Der Ruf der Steppe

MICHAEL STUHR

DER RUF DER STEPPE

Thienemann

In Erinnerung an Terry, der dem Begriff
»toller Hund« einen ganz neuen Sinn gab.

Prolog

In Memoriam Ysell

In einer Epoche, so weit von der unseren entfernt, dass das Maß der Zeit es nicht zu erfassen vermag, gab es noch echte Magie. Man konnte Ruhm und Macht erlangen, wenn das Glück einem beistand und man tapfer genug war, an den Rand der bewohnbaren Welt zu gehen, um dem Chaos ein neues Reich abzuringen. Ysell wusste nichts von alldem und sie zog aus, ohne auf Ehre und Reichtum begierig zu sein.

Dies ist ihre Geschichte:

Tief in der Steppe

Weit erstreckte sich das Ödland vor Ysells Augen bis zum Horizont. Die Sandfelder zwischen den trockenen Grasflächen wurden immer größer, je weiter der Clan vordrang. Staubschleier, die der ewige Steppenwind vor sich hertrieb, ließen den Eindruck einer bewegten, sanft pulsierenden Oberfläche entstehen. Es war gefährlich hier draußen, wo nie zuvor ein Mensch gegangen war; überall im Sand konnten die großen, krebsartigen Jumper verborgen liegen, aber Ysells Hunde waren wachsam und sicherten zuverlässig den Weg.

Ysell schaute sich um: Tross und Clan folgten den Aufspürern in weitem Abstand. Alles war in bester Ordnung.

Seit mehreren Monden zog Ysell nun durch die Steppe und das immer währende Gleichmaß der Landschaft schläferte die Sinne ein. Ysell erlaubte ihren Gedanken zurückzugehen in jene Zeit, in der alles begonnen hatte. Gerade dachte sie daran, wie sie Bogan kennen gelernt hatte und wie niedlich Läufer, ihr mächtiger Leithund, als Welpe gewesen war.

Urplötzlich stob eine Sandfontäne vor Ysell auf und ein riesiger Jumper schoss mit hoch aufgerichteten Scheren aus seiner Mulde. Ysell wich zurück, doch ein zangenartiger Griff um die hartlederne Beinschiene brachte sie zu Fall, und noch bevor sie aufschreien konnte, war die zweite Schere des Jumpers über ihr. Ohne nachzudenken hieb Ysell ihren schweren Knüppel mit beiden Händen in die Bahn des herabsausenden Mordwerkzeugs, das daran abprallte. Sie wollte sich zur Seite rollen, aber die Schere, die ihre Wade umklammerte, hielt sie unerbittlich fest. Immer stärker wurde der Druck, lange würde die Beinschiene ihm nicht mehr standhalten. Das riesige, krebsartige Tier versuchte nun mit der anderen Schere an Ysells Körper heranzukommen. Immer wieder stieß das scharfkantige Instrument wuchtig auf die ungeschützten Körperpartien herab, doch noch gelang es Ysell, die Schere mithilfe des Knüppels von sich fern zu halten.

Der Riesenkrebs durchschaute Ysells Abwehrtechnik schnell. Unvermittelt griff er den Knüppel direkt an und begann ruckartig daran zu reißen. Ysell spürte, wie ihr das Holz durch die Finger glitt. Der Jumper war unglaublich stark. Mit einem mächtigen Ruck riss er ihr das Holz aus den Händen und in hohem Bogen flog es davon. Ysell wusste, dass dies ihr Tod war, denn schon sauste die armlange Schere auf ihren Unterleib herab. Mit bloßen Händen griff sie in die Bahn des mörderischen Werkzeugs, sodass es sich knapp neben ihr in den Sand bohrte. Die Schere begann sich zu öffnen und drängte nun von der Seite her auf Ysell zu. All ihre Kraft aufbietend, drückte sie das Mordinstrument von sich fort, aber der Jumper war weitaus stärker als sie. Es war hoffnungslos. In wenigen Augenblicken schon würde sie nachgeben müssen und dann …

Ysell gab sich verloren. Kalt und leidenschaftslos starrten die Insektenaugen des Jumpers auf sie herab. Ysell sah, wie die Gier gelblichen Schleim aus seiner Fressöffnung triefen ließ. Verbissen und mit äußerster Anstrengung versuchte sie dennoch, die ruckartig auf sie zu drängende Schere abzuwehren, bis die Hunde heran waren. Das war sie Bogan schuldig, denn er hatte sie ausgebildet. Ysell kämpfte um ihr Leben, aber sie kämpfte auch, um Bogan nicht zu enttäuschen – Bogan, mit dem alles begonnen hatte …

TEIL 1
BOGAN

Ysell

Ysell rannte, so schnell sie konnte, um die Ecke des Marktplatzes, duckte sich unter einem Mauervorsprung hindurch, rutschte auf Knien und Ellbogen durch eine verdeckte Öffnung in der Wand, richtete sich hastig auf und raste mit jagendem Herzen die finstere Gasse entlang. Jetzt hieß es aufpassen und den Wachen nicht unter die Augen kommen, bis der Aufruhr sich gelegt hatte.

Ysell schaute sich um. Nichts war von den Verfolgern zu sehen; es würde sicher eine Weile dauern, bis die dicken Kerle sich durch das enge Loch gezwängt hatten, wenn sie es überhaupt fanden! Sie konnte sich ein boshaftes Grinsen nicht verkneifen. Elfjährige Mädchen waren eben gewitzter als erwachsene Männer.

Mit schnellen Schritten lief Ysell weiter zwischen den hohen, lehmbraunen Mauern hindurch, in denen nur da und dort eine schmale Fensteröffnung davon zeugte, dass es sich um die Rückseiten zweier Häuserzeilen handelte.

Ysell war in Sicherheit, das wusste sie. Sorgen

machte sie sich nur um Sabé, ihren Komplizen. Gleich nach ihrer Entdeckung waren sie in verschiedene Richtungen geflüchtet und sie hätte gern gewusst, ob auch er den Wachen entkommen war. Gewiss, Sabé war schnell und wendig, aber er neigte zum Leichtsinn.

Mittlerweile schlenderte sie fast durch die vergessene Gasse hinter den Häusern, die nur sie, Sabé und ein paar andere Kinder kannten. Niemand folgte ihr. Gleich würde sie am Ende der Gasse über die alte Mauer klettern und sich wieder unter die Leute mischen.

Eine heiße Welle der Freude stieg in Ysell auf, als sie daran dachte, wie sie die Wachen hereingelegt hatte. Schade nur, dass sie nicht in den vollen Genuss des Anblicks gekommen war. Gewandt wie ein Salamander erkletterte sie die Mauer, rollte sich über die Mauerkrone und fiel mit den Füßen voran – einem Wächter in die Arme.

»Ich habe schon gedacht, du kommst nicht mehr!« Der Mann schloss seine Arme so fest um Ysells Leib, dass ihr fast der Atem verging. »Du bist langsam!«

»W-woher«, stammelte Ysell aufgeregt und vergaß vor lauter Schreck sogar sich zu wehren, »… wieso?«

»Wieso ich wusste, dass du hier herauskommen würdest?« Der Mann lachte grimmig. »Glaubst du, dass ich alt geboren wurde? Ich habe diesen Weg selbst wohl an die hundertmal benutzt – und vor mir mein Vater und mein Großvater!«

Übertölpelt! Der Gedanke versetzte Ysell schlagartig in helle Wut. Ohne jede Vorwarnung holte sie mit dem rechten Fuß aus und trat mit aller Kraft nach dem Schienbein des Mannes, brach sich an den metallbesetzten, ledernen Beinschützern aber nur einen Zehennagel ab. Der plötzliche Schmerz tat ein Übriges. Außer sich vor Zorn und Angst trat und schlug Ysell um sich und sie hätte dem Wächter bestimmt in die Nase gebissen, wenn der seinen Griff nicht schnell gelockert und sie zu Boden gelassen hätte. Zu Ysells großem Ärger war er aber schlau genug, sie rasch bei den Haaren zu fassen und sich einige Strähnen um die Hand zu schlingen. So wurde sie denn durch die halbe Stadt zu den Räumen der Wache geschleppt, ihrem Richter entgegen.

»So, so! Hühnermist also!« Der Richter nahm seinen Hut ab und schaute nachdenklich hinein. »Es muss doch sehr unangenehm für die Wachen sein, wenn du ihnen Hühnermist in die Helme tust! Hast du denn daran nicht gedacht?«

»Äh, nö!«, versicherte Ysell treuherzig. »Hab ich wirklich nicht!«

»Und treten, schlagen und beißen, wenn man verhaftet werden soll«, fuhr der Richter unbeeindruckt fort, »das macht man doch nicht!«

»Och, das war ja nur Spaß!«, beteuerte Ysell. »Ich hab mich doch gar nicht richtig gewehrt!«

»So?« Der Richter schien Zweifel an dieser Darstellung der Dinge zu haben. »Und wer war dein Komplize?«

»Welcher Komplize denn?« Ysell schüttelte verständnislos den Kopf. »Ich war allein!«

»Stell dich nicht dümmer, als du bist!« Der Richter sah streng auf Ysell hinab. »Also, der kleine Halunke, der mit dir zusammen gesehen wurde, der die Pferde der Wachen losband – wer war das?«

Ysell konnte nicht verhindern, dass sich ein belustigter Ausdruck in ihre Augen stahl, als sie daran dachte, wie schnell die Wachen aus dem Haus gestürzt waren und, nur an die Pferde denkend, eilig die Helme von der Fensterbank gegriffen hatten … Sie achtete jedoch sehr darauf, dass das Lächeln ihre Mundwinkel nicht erreichte. »Niemand!« Ysell straffte die Schultern und sah dem Richter gerade ins Gesicht. »Niemand war bei mir! Ich war allein!«

»Du könntest es dir leichter machen!«, schlug der Richter nun in versöhnlichem Tonfall vor. »Wenn du mir den Namen des Jungen gibst, werde ich deine Bestrafung noch einmal überdenken!«

Sabé!, schrie eine Stimme in Ysells Innerem. *Gib ihm den Namen, dann lässt er dich in Ruhe! Was kann der Richter schon tun? Er wird euch eine kleine Strafe auferlegen, das hält Sabé schon aus!*

Aber wenn du bockig bist … Schnell schüttelte Ysell diese verführerischen Gedanken ab.

Mit zusammengekniffenen Augen sah sie den Richter an. »Ich war allein!«, behauptete sie mit fester Stimme »Nur ich kann bestraft werden!«

»Gut!« Der Richter nickte ernst. »Wie du willst! Es ist jetzt die Zeit der Mandelblüte. Du wirst, bis die letzte Mandel geerntet ist, jeden Tag den Platz der Wachen blitzsauber fegen. Und achte dabei besonders auf Hühnermist!«

Wenig später gingen Ysell und der Wächter wieder gemeinsam durch die Stadt, denn selbstverständlich mussten Ysells Eltern von dem Vorfall unterrichtet werden. Kleine Staubwolken wirbelten um die Knöchel der beiden, wenn ihnen jemand entgegenkam und sie zum Straßenrand hin ausweichen mussten. Der Steppenwind war in diesem Frühjahr besonders schlimm und trug eine solche Menge feinen Flugsandes in die Stadt, dass die Menschen halbe Tage damit beschäftigt waren, die Straßen gangbar zu halten.

Etwas ließ Ysell keine Ruhe. »Was wäre eigentlich geworden, wenn ich, na sagen wir mal, wirklich einen Komplizen gehabt und ihn an den Richter verraten hätte?«, wollte sie jetzt von dem Wächter wissen.

»Du *hattest* einen Komplizen, das wollen wir doch mal festhalten«, erwiderte der Mann freundlich. Er führte Ysell jetzt am Arm und sein Griff war lange nicht so schmerzhaft wie zuvor auf dem Weg zum Richter. »Und wenn du ihn verraten hättest, dann müsstest du jetzt sicherlich ein volles Jahr lang den Platz vor der Wache fegen!«

»Ich werde noch verrückt!«, stöhnte Ysells Mutter und rang in größter Seelenqual die Hände. Mit fahrigen Bewegungen goss sie sich einen Becher Wein aus einem Krug ein. »Ich werde noch verrückt!«, wiederholte sie.

Ysell saß schweigend und starr auf der Bettkante und schaute mit leerem Blick aus dem einzigen Fenster des Zimmers, in dem die Familie wohnte. Es wurde schon Abend und sie konnte ihre Eltern, die am Tisch saßen, nur noch als Schattenriss vor dem helleren Geviert erkennen.

»Du bringst deine Mutter noch ins Grab!«, stellte der Vater mürrisch fest und sah Ysell böse an. »Du wirst unsere Familie noch in Verruf bringen!«

Mit unbewegtem Gesicht saß Ysell da und erwartete die übliche Strafpredigt. Sie machte sich nicht allzu viel daraus, denn sie hatte desgleichen schon zu oft erlebt. Ihre Eltern regten sich jedes Mal wahnsinnig auf, wenn sie bei irgendetwas erwischt worden war, aber sie beruhigten sich auch ebenso schnell, wenn Ysell keine Widerworte gab. Neu war an der heutigen Situation nur, dass sie der Obrigkeit aufgefallen und vom Richter verurteilt worden war.

»Das musste ja mal so kommen«, schwadronierte der Vater weiter, »dass meine Tochter zur Verbrecherin wird! Verhaftet – das hat es in unserer Familie überhaupt noch nie gegeben!«

Ja, aber nur weil du so ein unverschämtes Glück hast!, dachte Ysell, denn sie wusste, dass der Alte auf seinen Arbeitsstellen mitgehen ließ, was immer er erwischen konnte.

»Verhaftet und verurteilt!«, stöhnte die Mutter, legte die Hand an die Stirn und trank dann in großen Zügen ihren Becher leer. Gleich würde sie ruhiger werden und gleich würde der Vater seinen üblichen Wutanfall bekommen. Ysell machte sich bereit pflichtschuldig zusammenzuzucken, wenn seine Faust auf den Tisch krachte.

»Verdammt noch mal!«, brüllte da der Vater auch schon los und hob die Hand. Der Schlag fiel heute schwächer aus als sonst, trotzdem ruckte Ysell hoch und sah ihren Vater angstvoll an. »Ich habe es dir schon hundert Mal gesagt!«, tönte der weiter. »Wenn du dich nicht zusammenreißen kannst, dann hast du an meinem Tisch auch nichts verloren! *Ein* solcher Ausrutscher noch, *ein einziger*, und ich jage dich aus dem Haus! Hast du das endlich verstanden?«

Ysell versuchte schuldbewusst auszusehen und nickte schüchtern. Dabei betrachtete sie den Tisch, von dem sie verstoßen werden sollte. Ein roh gezimmertes, wackeliges Möbel, das, seit Ysell denken konnte, in Ordnung gebracht werden sollte. Was sich auf dem Tisch befand, war auch nicht gerade verlockend: ein paar schlecht ausgespülte Becher, daneben Wein- und Wasserkanne und ein Stück altbackenen Brotes auf einem Holzbrett. Ysells Abendbrot, auf das sie heute, als Zeichen ihrer Bußfertigkeit, allerdings verzichten würde.

Ysells Mutter hatte ihren Weinbecher wieder gefüllt, aber jetzt trank sie nicht mehr so hastig und ihre Hände waren ruhig. »Da tut man alles für das Kind, und dann …« Ihre Stimme erstarb in einem Schluchzen.

»Sie wird's nicht mehr tun!«, brummte der Vater ihr beruhigend zu. Bei seiner Standpauke hatte er sich vollständig verausgabt und brauchte nun eine Stärkung. Auffordernd hielt er seiner Frau den leeren Becher hin und ließ sich einschenken.

Ysell war hiermit entlassen. Ohne ein Wort zu sagen, verzog sie sich still ins Bett und rollte sich auf ihrem Platz an der Wand zusammen.

Zwei Handmaß nach Hochsonne fand sich Ysell am folgenden Tag auf dem Platz der Wachen ein. Mürrisch ließ sie sich von einem feixenden Stadtsoldaten einen riesengroßen, ausgefransten Besen und eine Holzschaufel aushändigen und machte sich ans Werk. Tief stieß sie die Schaufel in den ersten, flachen Sandhaufen, der sich an der Treppe zum Haus der Wachen angelagert hatte. Vor Ärger und

Anstrengung schnaufend, trug sie den Sand dann ein paar Schrittmaß weit zu dem Karren, der später den Abfall vor die Stadt bringen würde. Die Schaufel war zu voll und Ysell verstreute den halben Sand auf dem kurzen Weg. Jedes Körnchen davon würde sie nachher wieder auffegen müssen!

Schon bald nachdem Ysell zu arbeiten begonnen hatte, waren andere Kinder aufgetaucht, um ihr die Plackerei zu »erleichtern«. Im Wesentlichen sah dieser »Beistand« so aus, dass sie die arme Fronarbeiterin mit ungelenken Sprüngen umtanzten und sie dabei nach Kräften verhöhnten.

»He, Ysell, da liegt noch ein Stäubchen!«, schrie der dumme Eisor quer über den Platz, wobei er höhnisch grinsend in die Ecke bei den Schafställen zeigte. »Mach das weg!«

Ysell ignorierte den blöden Tölpel. Eisor war nur ein knappes Jahr älter als sie und hatte ihr überhaupt nichts zu sagen. Still und verbissen fegte sie weiter den Hof vor der Wache, wie der Richter es gefordert hatte.

»Ysell!« Eisor gab keine Ruhe. »Hier ist Dreck – mach ihn weg!« Beifall heischend sah er sich zu den anderen Kindern um, die mit ihm hierher gekommen waren, um sich an Ysells Schmach zu weiden.

»Hier ist Dreck – mach ihn weg!«, fielen ein paar helle Stimmen ein und wenige Augenblicke später skandierte der ganze Chor den kurzen, einfältigen Vers; dazu klatschten die Kinder im Takt.

Ysell spürte Wut in sich aufsteigen. Ihr wurde es heiß und ihre Hände krampften sich um den Besenstiel. Ihr Gesicht jedoch zeigte den Ausdruck von Gleichmut und Langeweile. Jedes Anzeichen von Ärger hätte die Bande nur zu weiteren Gemeinheiten gereizt, das wusste sie. Aber lange würde sie sich das nicht mehr gefallen lassen!

Plötzlich stürmte ein kleines Mädchen an Eisor vorbei in den Schafstall und kam mit zwei Händen voll schmierigen Strohs zurück. »Hier ist Dreck – mach ihn weg!«, kreischte es vergnügt und warf die stinkenden Halme mitten auf dem Platz hoch in die Luft.

Das war zu viel! Aufbrüllend vor Wut schoss Ysell auf das erschreckt zurücktaumelnde Kind zu, holte weit mit dem Besen aus und ließ ihn mit voller Wucht im Halbkreis knapp über das Pflaster zischen. Der Schlag riss dem Mädchen die Beine unter dem Körper weg, sodass es auf das Steinpflaster schlug.

Jäh verstummte das Geschrei der anderen Kinder und Ysell blieb ernüchtert stehen. Totenblass vor Schmerz und halb betäubt richtete das Mädchen sich auf und blickte ungläubig auf seinen Unterschenkel, der an einer Stelle leicht abgewinkelt war, wo er niemals hätte abgewinkelt sein dürfen.

Endlose Augenblicke lang stand Ysell da und schaute auf das Kind hinab, das in stummem Schmerz sein Bein umklammert hielt und mit angstverzerrtem Gesicht zu ihr aufsah. Andere Gesichter tauchten auf. Gesichter von Kindern und Erwachsenen, die sich zu dem Mädchen hinunterbeugten und sich dann und wann zu Ysell umwandten. Es war wie ein Albtraum, denn was Ysell in den Blicken sah, war reiner Abscheu vor ihr und ihrer Tat. Jetzt fing das Mädchen laut zu weinen an und der Ausdruck in den Gesichtern der Menge schlug um in blanken Hass. Nichts wünschte sich Ysell sehnlicher, als alles ungeschehen machen zu können. Hätte sie sich doch nur besser beherrscht! – Schon lange bevor die Wachen kamen, hatte Ysell ihren Wutausbruch zutiefst bereut.

»Du benimmst dich wie eine Sandviper!«, stellte der Richter fest. »Du kannst nicht einfach jeden angreifen, dessen Gesicht dir nicht gefällt!«

»Aber die anderen …«, versuchte Ysell sich zu rechtfertigen.

»Schweig!«, donnerte da der Richter plötzlich los und Ysell duckte sich vor der Gewalt seiner Stimme. »Du hast ein Kind schwer verletzt! Ein Kind, das viel kleiner ist als du! Was immer es auch getan hat, dass es jetzt mit gebrochenem Bein daliegt und lange Zeit Schmerzen leiden muss, das hat es nicht verdient!«

»Ich weiß.« Ysells Stimme war nicht mehr als ein Hauch. »Das wollte ich wirklich nicht! Es tut mir so Leid!«

Der Richter tat, als nähme er Ysells Bedauern überhaupt nicht zur Kenntnis. »Da du also mit Menschen nicht umgehen kannst«, fuhr er scheinbar unbeeindruckt fort, »wirst du dich morgen bei den Zwingern der Trosshunde melden! Ein volles Jahr lang sollst du die Magd des Trossmeisters sein und ich rate dir dringend, dein Temperament zu zügeln, denn Trosshunde sind andere Gegner als kleine Mädchen. Die können sich nämlich wehren!«

Der Zwinger

Mit einem äußerst mulmigen Gefühl in der Magengrube meldete Ysell sich am nächsten Tag bei Trossmeister Bogan, der sie persönlich am Tor des Zwingers empfing. Trosshunde waren, soweit Ysell wusste, sehr große, halbwilde Tiere, die nicht gerade für ihre Freundlichkeit bekannt waren. Niemals sah man einen von ihnen in der Stadt, aber die Geschichten, die man sich von ihnen erzählte, waren Legion – und es waren sehr blutrünstige Geschichten.

Alle paar Jahre, wenn die Bevölkerung der Stadt zu groß wurde und die Ernten nicht mehr ausreichten, um die Bürger zu ernähren, wurde aus mehr oder weniger freiwilligen Kandidaten eine Gruppe gebildet, die »Land machen« ging.

So schlossen sich in etwa jedem siebten Jahr Abenteurer und Glücksritter, Machthungrige und Arme zu einem »Clan« zusammen. Etliche Leute, denen der Boden in der Stadt – aus welchen Gründen auch immer – zu heiß geworden war, fanden hier Aufnahme, darunter auch Schuldner, denen die Gläubiger im Nacken saßen. Verurteilte Gesetzesbrecher konnten sich schlimmerer Strafe entziehen, indem sie freiwillig in die Verbannung gingen; und die Obrigkeit nutzte gern diese Gelegenheit, die Gefängnisse zu leeren.

Jeder konnte sich melden und niemand wurde abgelehnt, solange er noch einigermaßen laufen konnte. So waren jedes Mal auch viele Alte dabei, die mitgingen, um ihren Familien nicht zur Last zu fallen. Unter der ärmeren Bevölkerung galt es schon fast als eine Ehrenpflicht, sich im Alter einem Clan anzuschließen und die Stadt für immer zu verlassen.

Diese Clans gingen natürlich nicht mit leeren Händen. Zelte, Vorräte, Werkzeuge, Waffen und sonstige persönliche Besitztümer mussten transportiert werden. Hoch beladene Tragtiere bildeten den Tross, der vor dem Clan herzog, das Gepäck beförderte und den Weg ebnete.

Diese Tragtiere und auch den Clan vor den Gefahren der Steppe zu schützen, war nun die Aufgabe der Trosshunde.

Trosshunde waren von wuchtigem Körperbau, ungeheuer stark und absolut furchtlos. Sie konnten schneller laufen als ein Pferd und nahmen es mit den gefährlichsten Tieren auf; selbst ein gut bewaffneter Kämpfer sollte der Legende nach keine Chance gegen sie haben. Mit diesen furchtbaren Tieren würde Ysell es jetzt jeden Tag zu tun haben – ihr war übel vor Angst!

»Du musst dich vor allem um Läufer kümmern!«, brummte Trossmeister Bogan, als er mit Ysell über den Hof des Zwingers ging. »Er ist ein Trosshund reinsten Blutes! Nur leider ein wenig ungehorsam. Ich traue mich selbst kaum ihn zu berühren – aber du wirst schon mit ihm fertig werden!«

»I-Ist er groß? Oder gemein? Beißt er?« Ysell konnte nicht verhindern, dass ihre Stimme zitterte. Ein Trosshund wog weitaus mehr als sie und konnte armdicke Buchenholzknüppel zwischen seinen Kiefern zermalmen. Was, wenn es ihm nun einfiel, *sehr* ungehorsam zu sein und ihr kurzerhand … Ysell mochte nicht weiterdenken. Die Knie wurden ihr weich und sie taumelte dem Alten hinterher, der, mürrisch wie er war, natürlich keine Antwort gab.

Auf der anderen Seite des Hofes lag das eigentliche Zwingergebäude, ein Schuppen, dessen eine Seite mit Eichenstäben vergittert war. »Deinen Hund konnte ich hier nicht unterbringen!«, erklärte der Alte im Vorbeigehen. »Die Gitter könnten ihn nicht halten!«

Endlich blieb Bogan vor einem geschlossenen Schuppen am Ende des Zwingergebäudes stehen. Betont vorsichtig schob er den Riegel der schweren Tür zurück und Ysell sah ganz genau, dass er sich so hinstellte, dass *er* von der Tür gedeckt war, während *sie* vollständig ungeschützt auf dem Hof stand. Ysell fühlte sich, als habe der Richter sie zum Tode verurteilt und Bogan sei ihr Henker.

Knarrend schwang die schwere Tür auf. Mit jeder Faser ihres Körpers bereit, schon beim geringsten Anlass schreiend davonzulaufen, starrte Ysell angstvoll in das Dunkel hinein und sah – einen Welpen!

»Das ist dann also Läufer«, stellte Bogan Ysell das Tierchen vor. »Der Name täuscht aber – denn laufen kann er noch nicht so gut!«

Ysell spürte, wie die Wut in ihr emporkroch. Der Alte hatte sie belogen! Er hatte ihr Schauermärchen erzählt und sie zu seinem Vergnügen wie eine Marionette der Angst über den Hof taumeln lassen! Was erlaubte sich dieser Hohlkopf eigentlich? So konnte er vielleicht mit seinen Viechern umspringen, aber doch wohl nicht mit ihr!

»Du verstehst sicher, dass ich ihn wirklich kaum berühren mag!«, drang die Stimme des Alten wie von weit her zu Ysell. »Ich habe Angst, ihm mit meinen groben Händen wehzutun! Und was den Zwinger angeht – die Stäbe könnten ihn tatsächlich nicht halten. Er würde einfach dazwischen durchlaufen!«

Dieser alte Trottel faselte einen so unerträglichen Blödsinn, dass Ysell es kaum noch aushalten konnte. Sie spürte genau, dass gleich wieder der Zorn in ihr hochkochen würde.

In diesem Moment jaulte der Welpe im Schuppen ängstlich auf und wich mit tapsigen Schritten zurück. Dann überlegte er es sich plötzlich anders. Das kurze Fell in seinem Nacken sträubte sich und blitzartig machte er mit hochgezogenen Lefzen und zurückgelegten Ohren Front gegen Ysell.

»Was ist denn das?« Ysell schaute fassungslos auf das winzige Tierchen, das zähnefletschend in dem Verschlag stand – und vergaß darüber ganz ihre Wut.

»Er hat gespürt, dass du wütend bist«, antwortete Bogan. »Aber er weiß nicht warum. Er denkt, dass du ihn angreifen willst.«

»Aber ich habe doch gar nichts gemacht!«

»Ich sagte doch, er hat es *gespürt!* Deine bösen Gedanken haben ihn geängstigt.«

»Er kann meine Gedanken lesen?« Ysell schüttelte ungläubig den Kopf.

»Wieso zwingst du mich dir alles zweimal zu erklären?« Bogan runzelte die Stirn und sah Ysell streng an. »Ja! Trosshunde können die Gedanken der Menschen deuten, das macht sie so wertvoll. Und mehr noch, sie können sogar mit den Menschen sprechen. Und das macht sie *noch* wertvoller!«

»Sprechen?«, rutschte es Ysell heraus. Im selben Moment hätte sie sich ohrfeigen können. »Entschuldigung!«

Bogan lächelte und fuhr fort, als habe sie nichts gesagt. »Noch eins: Ich habe Läufer deinetwegen von seiner Mutter abgesondert, bevor du kamst. Hätte sie miterlebt, wie du ihr Junges in Angst versetzt hast, dann müsste ich dich jetzt zum Heilkundigen tragen und die Spur meiner Schritte wäre rot! Geh jetzt«, schloss der Alte. »Und sei morgen zur Zeit der Frühsonne wieder hier!«

Verwirrt schlurfte Ysell die Straße entlang und wandte sich noch ein paar Mal nach dem geschlossenen Tor um. Ihr Stolz ließ es natürlich nicht zu, dass sie sich an Bogans Anweisung hielt. Was bildete sich dieser verrückte Alte eigentlich ein? »Bis morgen!« Er konnte sie doch nicht herumkommandieren wie einen seiner Hunde! Sie hatte den niedlichen Welpen gesehen und wollte mit ihm spielen, und zwar sofort!

Kaum zweihundert Schrittmaß von dem Zwinger entfernt machte Ysell kehrt und schlug bald darauf abermals an das hohe Tor aus Eichenholz. Aber Bogan wies sie schon an der Pforte ab.

»Läufer muss sich erst wieder vollständig beruhigen«, sagte er. »Er ist im Moment zu nervös, denn er ist nicht an solche Wutausbrüche gewöhnt. Wenn ihr euch morgen beide wieder beruhigt habt, mache ich euch richtig miteinander bekannt!«

»Ach was, ich schaffe das schon!«, begehrte Ysell auf, aber damit kam sie bei Bogan sehr schlecht an.

»Es geht nicht darum, was *du* schaffst«, erklärte er ihr mit gefährlich leiser Stimme, und seine wasserhellen Augen waren kalt wie Eis. »Viel wichtiger ist, was Läufer schafft – und ich glaube, für heute hat er genug von dir. Deine Launen und dein Jähzorn haben dich hierher gebracht und ich bin trotzdem bereit, es mit dir zu versuchen. Wenn du aber durch deine unbeherrschte Art den Tieren Schaden zufügst, brauchst du gar nicht erst wiederzukommen! Und jetzt geh!«

Die Wut schnürte Ysell förmlich die Kehle zu. Wohl an die tausend Mal wünschte sie den Alten hundert Schrittmaß tief unter die Erde und sie dachte sich allerlei grausame Todesarten für ihn aus. Weder rechts noch links schauend bahnte sie sich einen Weg über den belebten Marktplatz.

Schlimmer noch als der Zorn auf den alten Bogan aber war ihr Ärger über sich selbst. Sie hatte versagt, versagt und noch einmal versagt. Sie hatte sich bei ihrem Streich erwischen lassen, sie hatte dem Mädchen das Bein gebrochen und sie hatte sich Bogan gegenüber aufgeführt wie eine widerspenstige Ziege. Sie hatte sich in allem, was sie tat, so unsagbar dumm angestellt, dass es ihr die Schamröte ins Gesicht trieb. Dabei hasste sie nichts auf der Welt mehr als Dummheit! Ysell hasste ihre Wutausbrüche, sie hasste ihre Dummheit – ja, sie hasste sich selbst!

Zu Hause gab es an diesem Abend nicht mehr Ärger als sonst auch. Ihr Vater hielt seine übliche Strafpredigt und ihre Mutter beruhigte sich wie immer mit Wein.

Ysells Vater arbeitete den ganzen Tag über als

Tagelöhner auf den Feldern und war der festen Überzeugung, dass Kindererziehung allein Frauensache sei. Die Mutter hingegen mochte mit Ysells Angelegenheiten nicht belästigt werden und ließ ihrer knapp zwölfjährigen Tochter in fast allen Dingen freie Hand. Ansonsten war sie hinreichend damit beschäftigt, den ganzen Tag über im Stadtviertel herumzulaufen und mal mit dieser, mal mit jener Gesinnungsgenossin über die anderen Frauen in der Nachbarschaft herzuziehen. Ihre Eltern waren sehr jung gewesen, als Ysell zur Welt gekommen war, und warum sie sich einst ein Kind gewünscht hatten, das hatten sie schon längst vergessen. Die Mutter hatte bei Ysells Geburt sehr gelitten und wäre fast dabei umgekommen, wie sie gern und oft erzählte. Ysell hatte den Eindruck, dass sie ihr insgeheim einen Vorwurf daraus machte, dass sie keine weiteren Kinder mehr bekommen konnte.

Ysell hatte schon früh die Einsicht gewonnen, dass ihre Eltern es als Belastung empfanden, sich um sie kümmern zu müssen. So hatte sie versucht diesem Klima der Kälte und Gleichgültigkeit zu entfliehen und war ihrer eigenen Wege gegangen. Zusammen mit anderen Kindern hatte sie die Straßen des Stadtviertels unsicher gemacht; aber wenn ihre Spielkameraden nach Hause gerufen wurden, hatte Ysell erst richtig losgelegt. Allein hatte es sich fast noch besser Unfug treiben lassen als in der

Gruppe. Immer dreister waren ihre Streiche geworden und zugleich hatte sich ein Hang zu Tücke und Jähzorn in ihr herausgebildet. Die anderen Kinder hatten sie ihrer plötzlichen Wutanfälle wegen zu fürchten und zu meiden begonnen; alle – außer Sabé.

Sabé war so etwas wie der gute Geist in Ysells Leben, wenn sie das auch niemals hätte wahrhaben wollen. In ähnlichen Verhältnissen aufgewachsen wie Ysell, allerdings als Spross einer äußerst kinderreichen Familie, hatte auch er schon früh das Leben auf der Straße dem eigenen Elternhaus vorgezogen. Im Gegensatz zu Ysell war er aber eher still und in sich gekehrt und fiel durch sein ernstes, nachdenkliches Wesen auf.

Ysell und Sabé hatten einander mit dem untrüglichen Instinkt des Außenseiters als Artgenossen erkannt – und wenn sie sich auch nie die Freundschaft versprochen hatten, so waren sie doch seit Jahren nahezu unzertrennlich. Es war eine Gemeinschaft zu gegenseitigem Nutzen, das wussten sie beide. Ysell vermochte es immer wieder, Sabé mit ihren verrückten Einfällen aus seinen selbstquälerischen Stimmungen zu reißen, während er sie davor bewahrte, bei den gemeinsam ausgeführten Streichen allzu weit über das Ziel hinauszuschießen. Ysell kannte kein Maß in diesen Dingen; und ohne den zügelnden Einfluss ihres Freundes hätte es sicher mehr als einmal Verletzte gegeben. Mit

Schaudern dachte Ysell daran, was der Richter wohl gesagt hätte, wenn sie den Wachen statt Hühnermist glühende Holzkohle in die Helme gefüllt hätte, denn das hatte sie zunächst vorgehabt …

Es war gut, Sabé zu kennen. Wenn Ysell überhaupt einen Menschen auf der Welt hatte, dem sie vertraute, dann war er es! Dennoch sollte viel Zeit vergehen, bis sie ihn wieder sah, denn Ysells Leben veränderte sich nun so dramatisch, wie sie es niemals für möglich gehalten hätte.

Trosshunde und Tragtiere

Bogan war nicht unfreundlich, als Ysell am nächsten Morgen pünklich vor dem Tor des Zwingers stand. Im Gegenteil, er freute sich sogar, soweit sie das bei dem alten Miesepeter feststellen konnte.

Wenn Ysell aber erwartet hatte, sofort zu Läufer geführt zu werden und den ganzen Tag mit ihm spielen zu dürfen, dann hatte sie sich gründlich geirrt.

Bogan führte sie direkt zu einem Schuppen, aus dem ihr ein so entsetzlicher Gestank entgegenschlug, dass sie kaum mehr atmen konnte. Dort waren gerade vier junge Leute, die Bogan ihr als Aufspürer vorstellte, dabei, Fleischabfälle aus offenen Fässern auf große Fressnäpfe zu verteilen. Die Fässer waren auf einem flachen Karren befestigt.

»Innereien«, erklärte Bogan, »gut für Hunde! Innereien fressen sie am liebsten. – Geh auch mal da rauf!«

Augenblicke später fand sich Ysell mit dem ganzen Oberkörper über ein Fass gebeugt wieder, krampfhaft bemüht nicht vornüberzukippen. Als

Neuling stand ihr natürlich die »beste« aller Arbeiten zu. Mit bloßen Händen musste sie die kleinen Fleischstücke vom Boden der Fässer angeln, die ihr Kollege mit der klobigen Schöpfkelle nicht aufnehmen konnte.

Die Aufspürer brachten einen Napf nach dem anderen zum Zwingergebäude. Auf diese Weise kamen sie wenigstens für kurze Zeit in den Genuss frischer Luft. Nur Ysell schuftete in der stinkenden Baracke ohne Unterbrechung stumm und verbissen vor sich hin. Als Nächstes hieß es Wasser schleppen und Fässer, Karren, Fußboden und Arbeitstisch sauber schrubben.

Der Morgen endete dann damit, dass Ysell sich noch um die »Hinterlassenschaften« der Trosshunde auf dem Hof kümmern musste. Der Kot wurde täglich entfernt und war deshalb auch nicht ausgetrocknet. Ysell begann Trosshunde zu hassen!

Sie hatte gedacht, dass ihr niemals wieder ein Essen richtig schmecken würde, aber der köstliche Duft, der Ysell aus der Gemeinschaftsbaracke nun entgegenschlug, überzeugte sie schnell vom Gegenteil. Die beiden Trossleute, die heute Küchendienst taten, hatten sich angestrengt und das Essen war ihnen hervorragend gelungen. Klein geschnittenes, gebratenes Fleisch war mit vielen verschiedenen Gemüsesorten zu einem würzigen Gericht verkocht worden. Brav stellte sich Ysell am Ende der

Schlange an, um ihren Anteil zu erhalten. Kurz darauf balancierte sie einen Holzteller und einen hölzernen Löffel zum nächsten Tisch, an dem noch ein Platz frei war. Ysell hatte nicht gewusst, dass bei den Trosshunden und Tragtieren so viele Menschen arbeiteten. Es mussten wohl an die dreißig Frauen und Männer sein, die hier in der Pause zusammensaßen.

Genüsslich löffelte Ysell ihr Essen. Es schmeckte noch besser, als es gerochen hatte.

Auch Bogan nahm sein Essen in der Gemeinschaftsbaracke ein. Nach dem Mahl blieb man noch eine Weile zusammen und Bogan unterhielt sich mit seinen Leuten. Er hörte sich an, welche Probleme sie bei der Arbeit hatten, erkundigte sich nach bestimmten Tieren und gab einige Anweisungen und Ratschläge.

Ysell spürte, dass alle Anwesenden Bogan hoch achteten und seine Meinung respektierten. Ysell war allerdings *nicht* so ganz zufrieden mit dem Alten – er sollte sie endlich zu Läufer bringen!

Als habe Bogan ihre Gedanken erraten, stand er nun auf und kam an Ysells Tisch. »Na, wollen wir jetzt mal sehen, was Läufer so macht?«, fragte er sie. »Dann wasch mal schnell deinen Teller ab und komm!«

Blitzschnell war Ysell auf den Füßen und flitzte zu den Wassereimern, die neben einem Tisch standen. Augenblicke später war sie bereit.

Vor Ysells Bekanntschaft mit Läufer hatten die Götter jedoch erst einmal ihre Prüfung durch Läufers Mutter gestellt. Den kantigen Kopf misstrauisch gesenkt, stand sie vor ihren Welpen, als Bogan die Tür des abgelegenen Schuppens geöffnet hatte. Ysell traute sich keinen Schritt weiterzugehen. Die Hündin hatte, genau wie der kleine Läufer, tiefschwarzes, kurzes Fell; aber sie war so erschreckend groß – sie hätte Ysell das Gesicht lecken können, ohne die Vorderpfoten vom Boden zu nehmen! Noch nie hatte Ysell einen so gewaltigen Hund gesehen. Die Hündin hechelte. Ihre Reißzähne waren so lang wie Ysells Daumen – und auch ebenso dick! Diese Hunde konnten sprechen? Oh ihr Götter! Hoffentlich hatte Läufer sich nicht über sie beschwert.

Bogan hatte kein Wort gesagt und dem Tier auch kein Zeichen gegeben, als die Hündin plötzlich den Blick von Ysell nahm und zu ihm aufschaute, als habe sie ein Kommando vernommen. Dann ging sie langsam auf Ysell zu, beschnüffelte ihre Hand – und gab den Weg in den Schuppen frei.

»Geh nur!«, ermunterte Bogan Ysell. »Ich habe ihr gesagt, dass du freundlich bist, du brauchst keine Angst mehr zu haben.«

»Ich habe keine Angst!«, presste Ysell hervor, denn die Furcht schnürte ihr die Kehle zu.

»Dann muss Féira sich wohl irren«, stellte Bogan fest. »Das ist allerdings seltsam, denn sie irrt sich fast nie!«

»Féira heißt sie? Kann sie *auch* spüren, was ich denke?« Ysell stand wie angewurzelt da. Der große Hund machte ihr immer noch Angst.

»Sie spürt, was *ich* denke!«, erklärte Bogan. »Bei dir spürt sie nur, was du fühlst. Sie hat dich übrigens Zweibein-Welpe genannt. Das heißt, sie sieht keine Bedrohung in dir!«

Zweibein-Welpe! Das gab Ysell den nötigen Schub, denn sie war doch kein Kind mehr! Sie sah sich als junge Frau und wollte entsprechend behandelt werden. Tapfer trat sie in den Schuppen und schaute sich nach Läufer um.

Obwohl dort nur Dämmerlicht herrschte, erkannte Ysell Läufer sofort. Die Welpen lagen alle auf einem Lager aus Stroh. Läufer thronte in der Mitte und nuckelte am Ohr eines Geschwisterchens. Plötzlich aber, als habe sie ihn gerufen, ließ Läufer das Ohr Ohr sein und wandte sich Ysell zu. Hastig strampelte er sich aus dem Nest heraus.

Ysell sah den Welpen an und beugte sich zu ihm nieder.

Läufer schien ihr nichts nachzutragen; neugierig kam er auf seinen dicken Pfoten angetapst und schaute sie treuherzig an. Ysell spürte, wie etwas in ihrem Inneren nachgab und ganz weich wurde. Liebevoll hielt sie dem Tierchen zur Begrüßung den Zeigefinger entgegen und konnte sich vor Lachen kaum halten, als es unverzüglich anfing daran zu saugen.

»Nun, Ysell, wie hat dir der erste Tag deines Dienstes gefallen?«, fragte Bogan später mit ernster Miene.

»Hm … ja … ganz gut!«, antwortete Ysell verhalten, denn es war ja wirklich nicht alles ganz nach Wunsch verlaufen.

Bogan ließ sich durch ihr Zögern nicht beeindrucken. »Dann kann ich also morgen wieder mit dir rechnen!« Das war keine Frage, das war eine Feststellung.

»Ja«, bestätigte Ysell, »natürlich!«

»Dann bis zwei Handmaß vor Frühsonne!«

Ysell war für heute entlassen. Auf direktem Wege ging sie nach Hause, ließ ihr »Abendessen« stehen und fiel sofort todmüde ins Bett. Eigentlich hätte sie ja Sabé suchen und ein wenig mit ihm plaudern können, aber das hatte Zeit.

Mit jedem Tag, den Ysell im Zwinger arbeitete, trat ihr vorheriges Leben stärker in den Hintergrund. Bald schon konnte sie sich kaum noch vorstellen, dass sie früher den ganzen Tag in der Stadt herumgelaufen war. Die Langeweile, die sie dabei zu den wildesten Streichen getrieben hatte, war vollständig verflogen. Mehr noch! Ysell hatte manchmal den Eindruck, die Tage seien kürzer geworden, fast schon *zu* kurz, um all das zu erledigen, was zu tun war!

Jeden Tag stand sie bereits früh am Morgen vor dem Tor des Zwingergeländes und begehrte Einlass. Sie hatte es sich zur Angewohnheit gemacht, erst kurz bei Féira und ihren Welpen vorbeizuschauen, bevor der reguläre Dienst begann. Schon nach kurzer Zeit forderten die Trossleute Ysell für alle möglichen anderen Arbeiten auf dem Gelände an. Sie machte sich nützlich, wo immer sie konnte – alles, um zur Hochsonne und am Abend schnell noch ein paar Fingermaß lang mit Läufer spielen zu dürfen. Nach Einbruch der Dunkelheit wankte sie dann todmüde nach Hause und schlief so lange, bis es Zeit war, wieder zum Zwinger zu gehen.

Es war kein böser Wille, der Ysell davon abhielt, Sabé zu suchen und ihm von ihrem neuen Leben zu erzählen. Sie hatte einfach keine Zeit dazu.

Ysell war dabei, die Zaunpfosten eines Gatters dick mit einer übel riechenden, braunen Paste zu bestreichen, um sie vor dem ewig schmirgelnden Sand des Steppenwindes zu schützen. Sie schaute den Zaun entlang, aber die nächsten Trossleute waren über hundert Schrittmaß weit entfernt im nächsten Gehege. Keine Chance, sich ein wenig mit ihnen zu unterhalten. Ysells Arbeit war wichtig, das wusste sie. Ein schutzlos dem Wind ausgesetztes Stück Holz hätte dem stetigen Ansturm der dünnen Staubfahnen nicht standhalten können und wäre innerhalb weniger Jahre zu Pulver zerrieben worden. Aber das Streichen war auch eintönig und lästig. Der Spaß an der Arbeit wollte sich heute einfach nicht einstellen. Lustlos tauchte sie den Pinsel in die zähe Pampe und schmierte das Zeug widerwillig und missmutig auf die Pfosten.

Wenn doch bloß irgendetwas passieren würde, das sie von dieser Fron erlöste! Ein Sandsturm vielleicht, oder ein Wolkenbruch, der das Land überschwemmte … vielleicht sogar ein Steppenbrand, der das Gehege bedrohte. *Das* wäre richtige Arbeit! *Da* könnte man sich bewähren. Sie, Ysell, würde als Einzige dem Sturm trotzen und die Tragtiere ungeachtet der sie umtosenden Sandmassen in Sicherheit bringen. – Oder wenn bei der Überschwemmung alle anderen nur darauf bedacht wären, nicht zu ertrinken, würde sie sich heldenhaft in die Fluten stürzen und die Tiere auf den nächsten Hügel treiben. – Und bei einem Steppenbrand erst! Da würde sie …

Ysell war ganz in ihren Traum vom Heldentum versunken. Das Herannahen der zwei kämpfenden Tragtiere hörte sie zu spät.

Zwei große Schatten stürmten plötzlich auf sie zu und krachten in vollem Lauf gegen die Planken. Das oberste der drei langen Hölzer zerbrach mit einem splitternden Laut und Ysell sprang schnell zurück, um nicht von den herabfallenden Teilen getroffen zu werden. Der Pinsel fiel ihr aus der Hand und der Eimer mit dem Schutzanstrich kippte um, als der schwere Balken auf ihn fiel.

Die zwei Tragtiere, die in den Zaun hineingerannt

waren, wirbelten herum und durchquerten die Koppel abermals in rasendem Galopp. Ysell erkannte Jomo und Arkas, zwei von Nekois Hengsten. Arkas folgte Jomo dicht auf den Fersen und trieb ihn mit Bissen in die Kruppe vor sich her. Er war viel schneller als Jomo und jedes Mal, wenn dieser die Richtung ändern wollte, war er schon neben ihm und trieb ihn weiter auf den gegenüberliegenden Zaun zu. Wieder krachte Jomo gegen die Balken und Arkas drängte mit seinem Körper unbarmherzig nach. Dabei schnappte er nach der Schulter seines Rivalen und riss ihm das Fell auf einer handtellergroßen Fläche aus.

Blass, die Hände zu Fäusten geballt, stand Ysell vor Schreck wie gebannt und wusste nicht, was sie tun sollte. Es war Paarungszeit und in allen Gehegen kämpften die Hengste um die Stuten; aber das hier war kein normaler Kampf mehr. Jomo hatte verloren, er war auf der Flucht, das musste Arkas doch erkennen! Aber er ließ Jomo nicht in Ruhe. Immer wieder bedrängte er ihn mit Bissen und presste ihn mit groben Stößen gegen das Gatter. Jomo war vor Angst halb wahnsinnig; offenbar wusste er nicht, was er tun sollte, denn Arkas verstieß gegen sämtliche Regeln. Schließlich machte er sich mit einer verzweifelten Anstrengung wieder von dem Angreifer frei und floh mit schäumendem Maul quer über das Gelände. Ysell erkannte, dass er genau auf die Lücke im Zaun zuhielt, hinter der sie stand. Sie wollte fortlaufen, aber ihre Beine gehorchten ihr nicht. Verzweifelt riss sie die Arme hoch, damit die Tiere sie nicht überrannten. Entsetzt sah sie, wie Jomo zum Sprung über die beiden unteren Querbalken ansetzte, und erst im letzten Moment schaffte sie es, sich zur Seite zu werfen, aber da flogen auch schon zwei riesige Schatten über sie hinweg und der Boden erzitterte unter dem Aufprall zweier schwerer Körper. Jomo war beim Aufkommen gestürzt und Arkas war voll in ihn hineingerannt. Nun wälzten sich beide Tiere in einem wirbelnden Knäuel aus Zähnen, Beinen und zotteligem sandfarbenem Fell auf dem Boden.

Plötzlich war Nekoi da. Ungeachtet der Gefahr rannte die ältere Trossfrau auf die Tiere zu, die sich gerade wieder aufrappelten; in der Hand hielt sie den dünnen Strick mit der Schlinge, das Hauptwerkzeug der Trossleute.

Ysell richtete sich auf und sah, wie Nekoi versuchte die Schlinge um beide Vorderbeine von Arkas zu bringen. Sie erwischte jedoch nur eines davon und der Hengst riss ihr mit einer unwilligen Bewegung den Strick aus den Händen. Es schien Ysell, als werfe Arkas dem fliehenden Jomo noch einen letzten abfälligen Blick zu, dann setzte er sich wieder in Trab und sprang mit einer hochmütig-eleganten Bewegung in das Gehege zurück. Die Schlinge um sein linkes Vorderbein saß fest und das

Seil schrammte mit einem sirrenden Geräusch über das Holz.

Unvermittelt stutzte Arkas. Drei andere Trossleute hatten sich auf der Koppel postiert und stellten sich ihm im Halbkreis entgegen.

Ysell konnte erkennen, dass das Geschlecht des Hengstes angeschwollen war. Wütend starrte er die Männer an und scharrte unruhig im Staub.

»Er will zu den Stuten!«, rief Nekoi aufgeregt den anderen zu. »Bringt ihn zu Fall! Er darf sich nicht paaren!«

»Aber er hat doch gewonnen!«, wandte Ysell halblaut ein, doch niemand beachtete sie.

Arkas hatte keinesfalls die Absicht, sein Recht auf Paarung aufzugeben. Zögernd machte er ein paar Schritte auf die Trossleute zu. Das Seil ringelte sich im Staub wie eine Schlange, die sich in sein Bein verbissen hatte. Nekoi schwang sich eilig durch die Lücke im Gatter – und dann ging plötzlich alles ganz schnell.

Arkas wandte den Kopf Nekoi zu, die sich ihm von hinten näherte, und wich tänzelnd zur Seite. Darauf hatten die anderen Trossleute nur gewartet, zwei Schlingen flogen heran und legten sich um seinen Hals. Arkas schnaubte zornig und stieg steil nach oben. Seine Beine wirbelten in wilder Abwehr durch die Luft, da legte sich eine weitere Schlinge um das andere Vorderbein. Nun konnte auch Nekoi ihr Seil wieder aufnehmen und das Schicksal des

Hengstes war besiegelt; es dauerte nur wenige Augenblicke, bis er mit einem dumpfen Laut zu Boden stürzte.

»Hol Bogan!«, rief Nekoi Ysell zu. »Beeil dich!«

Wenig später stand Ysell keuchend vor Bogan und berichtete ihm in kurzen Worten, was geschehen war.

»So, Arkas also!« Bogan nickte grimmig. »Nun, das haben wir schon lange geahnt.« Ein böses, kurzes Schnaufen ausstoßend ging er zu einem Wandschrank, dem er eine längliche Metallkassette entnahm. Mit schnellen Bewegungen stellte er den Kasten auf den Tisch, öffnete ihn und überprüfte den Inhalt. Ysell sah ein Messer mit kurzer, nach innen gebogener Klinge und einige Flaschen, die Bogan jetzt anhob, in der Hand wog und kurz schüttelte. Offenbar war er mit dem Ergebnis seiner Prüfung zufrieden, denn er verschloss den Kasten sofort wieder und klemmte ihn sich unter den Arm. »Weißt du, was ich gleich tun werde?«, fragte er Ysell.

»Ich … ich glaube, ja!«

»Du musst es nicht mit ansehen«, sagte Bogan im Hinausgehen. »Du kannst auch hier bleiben.«

Ysell war übel vor Aufregung. Nichts hätte sie in diesem Moment lieber getan, als möglichst weit von dem Gehege fortzubleiben. »Kann ich dir dabei helfen?«, fragte sie unsicher.

»Vielleicht!«, antwortete Bogan »Aber ich will zusehen, dass ich es allein schaffe.«

»Ich komme mit!«, sagte Ysell mit entschlossener Stimme, die nur ein ganz klein wenig belegt war, und setzte sich in Bewegung.

»Wie du willst!« Bogan sah sie seltsam an und hielt ihr die Tür auf. Dann ging er mit schnellen Schritten hinaus.

Bogan bestand nicht darauf, dass Ysell ihm half, denn mittlerweile hatten sich genügend andere Trossleute eingefunden. Arkas lag mit rollenden Augen und schäumendem Maul auf der Seite. Seine Vorderbeine waren inzwischen zusammengebunden worden. Zwischen seinen Hinterbeinen hatte man ein etwa drei Ellen langes Stück Holz angebracht, das auf beiden Seiten gabelförmig auslief. In jedem Gabelende steckte eines der Hinterbeine, die mit Stricken unverrückbar fest an das Holz gebunden waren.

Es schnürte Ysell die Luft ab, als sie das stolze Tier so hilflos daliegen sah. Ihr Schritt verlangsamte sich, und als Bogan das Gehege betrat, blieb sie am Zaun stehen.

Bogan kniete bei dem Tier nieder und öffnete die Kassette. Ysell musste sich festhalten. Er nahm eine der Flaschen und benetzte die Stelle, an der er den Schnitt setzen würde. Arkas tobte in seinen Fesseln wie wahnsinnig und Ysell klammerte sich an den Zaun, als hinge ihr Leben davon ab.

Jetzt griff Bogan wieder in die Kassette und

brachte das Messer zum Vorschein. Arkas wand sich, versuchte auf die Füße zu kommen und Ysell stöhnte leise auf, sie krallte die Fingernägel in das Holz des Gatters. Es schien ihr, als würde die Welt um sie herum verschwimmen und nur ein einziger Fleck trete in gnadenloser Schärfe und Helligkeit hervor: Bogans Messer zwischen den Schenkeln des Hengstes, der sich verzweifelt gegen die Stricke wehrte, als ahne er, was ihm bevorstehe. Als Bogan das Messer ansetzte und Arkas' panisches Keuchen unvermittelt zu einem dumpfen, stoßweisen Brüllen anschwoll, knickten Ysell die Knie ein und es wurde dunkel vor ihren Augen.

Nachdem alles vorüber war, saßen Nekoi und Ysell auf dem Rand des Wassertrogs am Gatter. Die Trossfrau hatte eine Hand auf Ysells Schulter gelegt und beide beobachteten Arkas, der mit hängendem Kopf in der am weitesten entfernten Ecke des Geheges stand.

»Es war nötig!«

»Aber er hatte doch gewonnen!«, protestierte Ysell schwach und sah zu Boden. Sie schämte sich entsetzlich, dass sie schlappgemacht hatte. »Er hatte Jomo besiegt und es waren *seine* Stuten!«

»Mir wäre es auch lieber gewesen, er hätte sich mit seinem Sieg zufrieden gegeben.« Nekoi seufzte. »Aber er wollte Jomo für immer vertreiben und sie hätten nie wieder zusammen im Tross gehen können!«

»Es wären bestimmt schöne Fohlen geworden«, beharrte Ysell auf ihrem Standpunkt. »Arkas war der stärkste und stolzeste Hengst deiner Gruppe. Der schönste im ganzen Gehege!«

»Wir züchten Tragtiere, Ysell, keine Kampfhähne!«, erklärte Nekoi geduldig. »Stell dir vor, Arkas' Hengstfohlen hätten sein Temperament geerbt und seine Stutenfohlen hätten nach ein paar Jahren ebenso unverträgliche Hengstfohlen hervorgebracht ...«

»Hm!« Ysells Widerstand wurde schwächer. Sie sah ja ein, dass ein Hengst wie Arkas über seine Nachkommen die ganze Zucht verderben konnte.

»Wir brauchen ruhige und zuverlässige Tiere«, fuhr Nekoi fort. »Nicht die stärksten und nicht die schönsten wählen wir zur Zucht aus. Friedliebende Tiere müssen es sein. Ruhige Tiere, die sich anzupassen vermögen!« Nekoi sah kurz zu Jomo hinüber, der nun auch wieder friedlich im Gehege stand und scheue Blicke auf Arkas warf. Der Druck an Ysells Schulter verstärkte sich kurz, dann stand Nekoi auf.

So funktionierte also Zucht?, fragte sich Ysell. Eine endlose Folge von Verstümmlungen zum Nutzen der Menschen? Ysell schüttelte hilflos den Kopf. Unauffällig schielte sie nach Nekois Händen, denn *sie* war es gewesen, die Bogan bei seiner blutigen

Verrichtung geholfen hatte; aber natürlich hatte sie sich sofort gewaschen und nicht die kleinste Spur von Arkas' Blut war mehr zu entdecken.

»Du warst übrigens sehr tapfer heute!« Nekoi blickte Ysell ernst in die Augen. »Aber mach so etwas besser nie wieder!«

Sie und tapfer? Ysell sah Nekoi verständnislos an. Sie wusste nur, dass sie ohnmächtig geworden war, und das war peinlich genug! Wollte die Trossfrau sie etwa verspotten?

»Tu bloß nicht so unwissend!«, lachte Nekoi. »Wir haben alle gesehen, wie du die Tiere davon abhalten wolltest, durch die Lücke zu springen! Du hast ja den Weg erst freigegeben, als sie schon in der Luft waren!«

Jetzt begriff Ysell! Das meinte Nekoi also! Dass sie nur in wilder Angst mit den Armen gewedelt hatte, weil ihre Beine vor lauter Schreck wie gelähmt gewesen waren, konnten die Trossleute ja nicht wissen – und Ysell dachte im Traum nicht daran, die Sache richtig zu stellen. »Och …«, meinte sie nur und machte eine unbestimmte Handbewegung, die Bescheidenheit vortäuschen sollte. Dann stand sie ebenfalls auf und ging mit Nekoi zum Essen.

Natürlich sprach es sich in Windeseile herum, dass die kleine Ysell sich ganz allein zwei rasenden Tragtieren im Paarungskampf entgegengestellt hatte. Sie konnte es immer noch nicht fassen, dass sie zur Heldin des Tages geworden war, weil sie vor lauter Angst nicht hatte weglaufen können – aber sie genoss es, im Mittelpunkt zu stehen.

»Kannst du eigentlich lesen?«, fragte Nekoi unvermittelt, als sie danach wieder zu den Gehegen hinausgingen.

»Na ja, so 'n bisschen!«

Und das war nicht gelogen. Vor einiger Zeit hatte Ysell sich zeigen lassen, wie ihr Namenszeichen aussah, und sie würde es jederzeit wieder erkennen.

»Willst du es richtig lernen?«, fragte Nekoi freundlich. »Ich könnte dir jeden Tag ein wenig beibringen und mit dir üben!«

»Du kannst *lesen*?«, staunte Ysell.

»Ja!«, bestätigte Nekoi. »Und ich bin zahlenkundig.« Leichte Wehmut schwang in ihrer Stimme mit, so als denke Nekoi gerade an längst vergangene, bessere Zeiten.

»Ich könnte es ja mal versuchen«, meinte Ysell nachdenklich.

»Fein!«, freute sich Nekoi. »Dann komm doch morgen früh gleich zu mir! Ich werde mir für eine Handmaß frei nehmen und auch dafür sorgen, dass du Zeit dafür bekommst!«

So kam es, dass Ysell jeden Morgen nach ihrem Besuch bei Läufer zuerst zu den Gehegen hinausging und mit Nekoi ein paar Lektionen durchnahm.

Das Lesenlernen war nicht gerade eine Offenbarung für sie, weil Nekoi keine Bücher hatte und die Schriftzeichen mit einem spitzen Stock in den Boden ritzte, aber Ysell begriff schnell und beide hatten eine Menge Spaß bei dem Unterricht. Selbst an solchen Tagen, an denen sie keine rechte Lust hatte, ging sie zu Nekoi, um ihre neue Freundin nicht zu enttäuschen.

»Ha! Jetzt nehmen sie dich aber richtig ran!«, stellte Ysells Vater belustigt fest, als sie ihm nach einigen Tagen von den Leseübungen erzählte. Er schien das für einen Teil ihrer Strafe zu halten. Die Mutter schaute nur verständnislos und wunderte sich, was die Leute im Zwinger mit ihrer Tochter alles anstellten.

Ysell war bereits sogar über das einfache Buchstabenlernen hinausgekommen und konnte, wenn auch mit Mühe, schon ganze Wörter und Sätze entziffern. Das war sehr aufregend für sie und sie gab sich viel Mühe, denn Nekoi hatte ihr versprochen, sie auch noch in die Geheimnisse der Zahlenkunde einzuweihen, wenn sie erst richtig lesen könne.

Ysells auferlegte und selbst gewählte Pflichten wurden also nicht weniger und das Einzige, was sie an ihr altes Leben erinnerte, war, dass sie noch jede Nacht zu Hause schlief.

Aber auch das sollte sich bald ändern.

Bogan

Ysell war nun schon seit einiger Zeit den Aufspürern als Magd zugeteilt. Es fielen zwar immer noch die schmutzigen, unangenehmen und schweren Arbeiten an, die die Hundezucht mit sich bringt, aber Ysell wurde von allen im Zwinger als fleißige und willige Arbeiterin anerkannt. Darum machte ihr die Verrichtung ihrer Pflichten nicht mehr allzu viel aus.

Und es gab auch angenehmere Arbeiten im Zwinger. Ysell durfte mit den Aufspürern vor die Stadt gehen und dort in den Sandfeldern für die Trosshunde den Jumper spielen. Jumper waren die Hauptgefahr für die Clans, wenn sie durch die Steppe zogen. Die mannsgroßen, krebsartigen Tiere lauerten im Sand vergraben auf Beute und schnellten mit einem Riesensatz empor, wenn ein leichtsinniger Wanderer ihnen zu nahe kam.

So ging Ysell oft frühmorgens mit den Aufspürern und ein paar anderen Trossleuten in die Steppe, um sich dort eingraben zu lassen. Dann kam Bogan mit den Hunden und die Aufspürer trainierten mit den Tieren das Jumper-Finden.

Anfangs hatte Ysell Angst gehabt, eines der großen Tiere könnte ihr im Eifer der Suche ins Gesicht treten, aber diese Sorge war gänzlich unbegründet. Es war tatsächlich so, wie Bogan gesagt hatte: Die Tiere spürten die Gedanken aller Lebewesen. Sie fanden Ysell und ihre Gefährten jedes Mal, so gut sie sich auch versteckten. Und da sie nicht wirklich Jumper waren, durften sie auch ihre Arme und Beine behalten.

Ysell liebte die Trosshunde und es gab immer eine freundschaftliche Balgerei, wenn sie aufgespürt worden war.

Ysell freundete sich auch mit Läufers Mutter an, die außer ihm noch fünf andere Welpen säugte, und sie spielte mit den Tierchen, bis Bogan erschien und sie heimschickte. Vor allem von Läufer konnte Ysell sich kaum trennen. Nach ein paar Tagen aber gewann sie den Eindruck, dass Bogan sie absichtlich von Läufer fern hielt, und das begann an ihr zu nagen. Dabei war Läufer *ihr* Hund! Bogan hatte es selbst gesagt! Doch jedes Mal, wenn sie länger bei dem Welpen bleiben wollte, schickte er sie freundlich, aber bestimmt nach Hause.

Eines Tages nahm Ysell ihren ganzen Mut zusammen und beschwerte sich bei dem Alten. Wider Erwarten reagierte der jedoch nicht ungehalten, sondern lud Ysell sogar ein sich mit ihm auf eine Bank im Schatten zu setzen.

»Ich war wohl etwas ungeschickt, als ich dir sagte, Läufer sei dein Hund!«, begann er. »Und ich will mich auch gar nicht damit herausreden, dass du mich falsch verstanden hättest!«

Ysell staunte. Ein Erwachsener, der einen Fehler eingestand? Konnte es so etwas denn geben?

»Dennoch wird alles so bleiben, wie es ist«, fuhr Bogan fort, »denn den ersten Fehler durch einen zweiten zu heilen, das versucht nur ein Narr! Ich werde dir jetzt etwas über die Art der Hunde erzählen und ich hoffe, dass du dann einsiehst, dass ich nur so und nicht anders handeln kann, weil Läufer sonst Schaden erleiden würde!«

Bei Ysell hielten sich Enttäuschung und Neugier noch die Waage. Gespannt lauschte sie den Worten des Alten und wunderte sich selbst, wie ruhig sie dabei blieb.

»Läufer wächst schnell heran«, erklärte Bogan. »Bald wird er die Bindung an seine Mutter verlieren, das ist bei allen Hunden so. Wenn das geschehen ist und er sich dir anschließt, dann wirst du seine Mutter sein – seine Mutter, seine Schwester, seine Freundin … alles, was er hat, und alles, was er liebt. Du darfst ihn dann nicht mehr verlassen, denn es würde sein Gemüt krank machen und sein Vertrauen zu den Menschen zerbrechen. Ysell, ich erwähne es nur ungern, aber du bist mir vom Richter nur für ein Jahr zugeteilt. Nach diesem Jahr wirst du uns verlassen. Darum werde ich Läufer, sobald er entwöhnt ist, einem von meinen Aufspürern übergeben. Es ist besser für ihn. Er darf sich nicht zu sehr an dich gewöhnen. Das verstehst du doch?«

Und *wie* gut Ysell das verstand. *Natürlich* machte es das Gemüt krank, wenn die Menschen, die man liebte, einen von sich stießen, *natürlich* verlor man das Vertrauen, wenn man spürte, dass man ihnen egal war.

Und doch – sie *wollte* mit Läufer zusammen sein! Plötzlich hatte sie eine Idee. Es kam ihr zwar reichlich verwegen vor, um was sie Bogan da bitten wollte, aber wenn sie es jetzt nicht tat, war es vielleicht für immer zu spät!

»Wäre es nicht möglich, dass ich hier bliebe? Ich meine – für immer?«

Bogan schwieg eine Weile und Ysell begann sich schon ihrer Bitte zu schämen. Sicherlich überlegte der Alte nun, wie er ihr die Ablehnung möglichst schonend beibringen sollte. Schließlich war sie ein Straßenkind, eine Außenseiterin, die hier Strafarbeit leisten musste. Als Bogan weiterhin keine Anstalten machte zu sprechen, stand Ysell auf und wandte sich zum Gehen. Er brauchte ihr gar keine Antwort zu geben. Sie wusste auch so, dass sie verloren hatte.

»Warte!« Bogan hob die Hand und hielt sie zurück.

Mit einem Seufzer blieb Ysell stehen und erwartete die langatmige Erklärung, warum das alles nicht gehe. Aber es kam ganz anders.

»Du weißt, dass in drei bis vier Jahren wieder ein Clan gebildet wird?« Der Alte sah ihr forschend ins Gesicht.

»Ja.« Ysell nickte.

»Und du weißt auch, dass die meisten Aufspürer dann mit dem Clan zu gehen haben und nie mehr zurückkehren werden?«

»Das weiß ich.« Ysell schöpfte ein wenig Hoffnung.

»Was würden also deine Eltern dazu sagen, dass ihre Tochter in die Steppe geht, um Land zu machen?«

Ysell war irritiert. Erwog Bogan etwa ernsthaft, sie anzustellen? »Och, denen ist das egal«, sagte sie leichthin. »Meine Eltern kümmert es nicht, was ich tue!«

Bogans Gesicht nahm einen nachdenklichen Ausdruck an. »Ja, so etwas gibt es wohl«, sagte er leise, mehr zu sich selbst. Und dann zu Ysell gewandt: »Trotzdem bräuchte ich ihre Zustimmung.«

Ysell glaubte, nicht richtig gehört zu haben. »Darf ich dann hier bleiben?«, fragte sie ungläubig.

Bogans Miene blieb zunächst ernst. Dann aber sah er sie lächelnd an, stand auf und legte ihr eine Hand auf die Schulter. »Du bist willkommen!«, sagte er schlicht.

Ysell konnte gar nicht begreifen, dass sie soeben in die Trossmannschaft aufgenommen worden war. Dass Bogan gerade sie als Aufspürerin auswählen würde, das hätte sie niemals zu hoffen gewagt! Ihr war nämlich vollständig entgangen, dass sie, trotz all der ekligen, schweren Arbeit, schon mehr als einen Mond lang keinen Wutanfall mehr gehabt hatte.

Bogan hielt große Stücke auf Ysell. In seinen Augen verfügte sie über nahezu unerschöpfliche Energie und einen scharfen Verstand. Als Nekoi ihm angeboten hatte, Ysell als Schülerin aufzunehmen, hatte er sich sehr gefreut.

Nekoi war die Frau eines reichen Händlers gewesen, den man des Betruges überführt hatte, woraufhin sein ganzes Vermögen vom Gericht eingezogen worden war. Noch vor der Verhandlung war er an den Folgen der Aufregung gestorben und Nekoi war völlig mittellos zurückgeblieben. Bogan hatte sie in seine Gruppe aufgenommen, obwohl sie mit über vierzig Jahren schon sehr alt für den Trossdienst war. Wenn Nekoi auch keinerlei Vermögen hatte, so brachte sie doch etwas in den Alltag der Trossmannschaft ein, was Bogan mehr als alles andere schätzte: ihren Verstand, ihre Gelassenheit und ihr fundiertes Wissen.

Die Trossleute brachten Nekoi Respekt entgegen, aber das war nicht alles. Wurde Bogan von den jungen Leuten als väterlicher Vorgesetzter gesehen, den man wegen seiner Strenge ein wenig fürchtete, so galt Nekoi bald als die mütterliche Freundin, die, ob ihrer Güte, so manches bei Bogan bewirken konnte. Alles, was man ihm selbst nicht vorzutragen wagte, erfuhr er früher oder später über Nekoi. Auf diese Weise konnte er auf die Wünsche seiner Leute reagieren, ohne selbst allzu nachgiebig zu erscheinen.

Bald schon hatte Nekoi aus eigenem Antrieb begonnen, ausgewählten jungen Trossleuten Unterricht zu geben, und Bogan war es recht. Es konnte nicht schaden, wenn der Tross dem Clan in geistiger Hinsicht zumindest ebenbürtig war. Trossleute zählten nur, solange sich der Clan auf der Wanderschaft befand, danach spielten sie keine große Rolle mehr. Sobald das Ziel erreicht und gutes Land gefunden war, hatten sie ihre Aufgabe erfüllt. Wahrscheinlich waren die meisten Trossleute der früheren Clans als ungebildete Hilfsarbeiter in der Bedeutungslosigkeit versunken. Vielleicht konnte das diesmal mit Nekois Hilfe ja anders werden.

Bogan schätzte Nekoi sehr, und so weit sein eher schroffes Wesen das zuließ, gestand er sich sogar ein, dass er sie liebte. Oft kam es vor, dass sie am Abend zusammensaßen und die Ereignisse des Tages besprachen, und wenn ihnen gerade danach war, beschränkten sie die Besuche nicht nur auf das Reden, denn mit der Zeit hatten sie immer mehr Gefallen aneinander gefunden. Nekoi und Bogan pflegten eine liebevolle Beziehung voll gegenseitigem Respekt, denn sie waren beide sehr stark. Und wäre ihnen die sichere Freiheit nicht noch lieber gewesen als die Sicherheit einer festen Bindung, so hätten sie als Paar zusammengelebt.

So kam es, dass Ysell nach wenigen Monden bereits eine bessere Ausbildung besaß als die meisten Bewohner der Stadt. Sie war sehr stolz auf ihre neuen Künste, und wo immer es etwas vorzulesen, zu schreiben oder zu rechnen gab, bot sie gerne ihre Dienste an und erntete auch manche kleine Belohnung für ihre Freundlichkeit. Es schmerzte sie aber, dass ihre eigenen Eltern überhaupt kein Gespür dafür zu haben schienen, wie stolz sie auf sich war.

Läufer

Es war Ysells Mutter, die Schwierigkeiten machte. Zuerst war es sehr schwer für Ysell gewesen, sie überhaupt dazu zu bewegen, mit Bogan zu sprechen. Dann aber, als sie endlich doch mit ihm und Ysell auf der Bank im Hof des Zwingers saß, entdeckte sie auf einmal die Liebe zu ihrer Tochter und machte dem Alten schwere Vorwürfe, dass er ihr Kind in die Wüste locken wolle, einem ungewissen Schicksal entgegen! Sie jammerte und lamentierte und brachte es schließlich sogar fertig, sich ein paar Tränen aus den Augenwinkeln hervorzuquetschen. Anschließend verlegte sie sich unvermittelt aufs Feilschen und Fordern. Ihr Atem roch nach Wein und Ysell schämte sich. Sie verlangte sogar noch Geld von Bogan, damit sie ihm ihre Tochter überließ! Nur Bogans begütigenden und warnenden Blicken war es zu verdanken, dass Ysell nicht vor Scham und Wut mit erhobenen Fäusten auf sie losging.

Bogan verhandelte sehr geschickt. Mit Meisterschaft spielte er den einfältigen Hundezüchter, der sich das Futter für seine Tiere zusammenbetteln muss und dabei selbst kaum etwas zu beißen hat. Als er sie schließlich um eine kleine Spende bat, zog Ysells Mutter dann auch eilig von dannen, zwar ohne Geld – aber hoch erhobenen Hauptes und in dem sicheren Gefühl, diesem ärmlichen alten Hundetreiber haushoch überlegen zu sein. Ihre Genehmigung zu Ysells Anstellung hatte sie aber gegeben – und das war das Einzige, was zählte!

Noch am selben Abend holte Ysell ihre Kleidung, ihr Bettzeug und all ihre kleinen Schätze von zu Hause ab. Bogan wies ihr ein Bett in einer Kammer direkt neben dem Zwinger zu. Jetzt war sie eine Aufspürerin!

Fast einen Mond lang dauerte es, bis Ysell dazu kam, sich abends einmal ihre mitgebrachten Kinderschätze genauer anzusehen.

Es war Regenzeit. Gewaltige, schwarze Wolkenbänke waren von Norden herangezogen und schon seit Tagen gingen solch ungeheure Wassermassen auf die Stadt nieder, dass an ein geregeltes Arbeiten nicht mehr zu denken war. Also hatte Bogan seinen Leuten aufgetragen, nur noch die allernotwendigsten Arbeiten durchzuführen. So kam es, dass Ysell an diesen Tagen bereits recht früh allein in ihrer Kammer saß.

Sie hatte sich umgezogen und sich trockene Sachen herausgesucht. Dabei war ihr das kleine

Bündel wieder in die Hände gefallen, das sie schon fast vergessen hatte. Ein Gefühl von Wehmut beschlich sie, als sie es fand. Sie hatte doch sehr viel aufgeben müssen und plötzlich wurde ihr klar, dass sie noch viel mehr verlieren würde. Die Stadt, mit allem, was dazugehörte, würde es in wenigen Jahren für sie nicht mehr geben. Sie würde mit dem Clan in die Steppe ziehen, einem ungewissen Schicksal entgegen. Ysell spürte, wie Angst sich in ihr regte. Niemand, der auch nur halbwegs bei Verstand war, ging freiwillig in die Steppe und sie war gerade dabei, ihr ganzes Leben zu verschenken!

Der Regen prasselte mit unverminderter Heftigkeit auf das Dach und unter den Bodenbrettern gluckste ab und zu das Wasser. Gedankenverloren saß Ysell im letzten Tageslicht auf dem Bett in ihrer Kammer und ließ die Schauplätze ihrer Kindheit an sich vorüberziehen. Ihre Phantasie machte die Stadt noch schöner, als sie in Wirklichkeit je gewesen war, und mit jedem Bild ihrer Erinnerung war ein einziger Name verknüpft: Sabé! Es wurde nun wirklich Zeit, ihn einmal zu besuchen.

Ysells Liebling war und blieb Läufer. Nahezu täglich gewann der Welpe neue Fähigkeiten hinzu, denn mittlerweile war aus dem tollpatschigen Spiel der kleinen Hunde ein Wettstreit geworden. Es wurde um alles gezankt, was man sich denken konnte. Ob es um das größte Stück Fleisch, ein Büschel Stroh oder die Hoheit über den Wassernapf ging, nie konnten die Welpen sich friedlich einigen und keiner konnte seine Eroberungen ungestört genießen. An jedem alten Lappen zerrten mindestens drei Welpen und ein Liegeplatz an Ysells Seite musste in erbitterten Kämpfen errungen werden. Ysell machte sich Sorgen, dass einer ihrer Schützlinge bei solch einer Rangelei verletzt werden könnte. Ständig behielt sie sie mit gespannter Aufmerksamkeit im Auge, denn die Kleinen gingen mit ihren spitzen Milchzähnen aufeinander los und kniffen sich in Ohren, Nasen, Pfoten und Schwänze. So drang durch das Geknurre, Gekläffe und Gefiepe auch immer wieder die Stimme Ysells, die die kleinen Racker trennen wollte, und für eine Zeit lang ging es recht laut in dem Schuppen am Rande des Zwingers zu.

Läufer tat sich bei all diesen Spielen besonders hervor. Wo immer eine Balgerei im Gange war, da war er nicht weit, und immer häufiger setzte er sich gegen seine Geschwister durch. Ysell schimpfte zwar manchmal mit ihm, wenn er es allzu toll trieb, aber insgeheim war sie doch stolz darauf, dass Läufer, *ihr* Läufer, der Gewitzteste und Stärkste von allen war.

Da Läufer aber nicht nur Ysells Geschimpfe hörte, sondern auch genau wusste, was sie fühlte, machte er sich nicht allzu viel aus ihren Zurechtweisungen. Nur wenn er spürte, dass er drauf und dran war, sie wirklich böse zu machen, kam er schnell zu ihr und bat demütig um Verzeihung – um gleich darauf mit dem nächsten Blödsinn zu beginnen.

Je selbstständiger die Welpen wurden, desto weniger bedurften sie des schützenden Schuppens, und es wurde immer schwerer, die Bande in dem düsteren Verschlag zusammenzuhalten. Schließlich gab Ysell es auf und schüttete eine dicke Packung Stroh vor den Schuppen; das Hauptquartier ihrer Welpenschule war damit nach draußen verlegt. Nun begannen die Kleinen den Hof auf eigene Faust zu erkunden. Die Welpen krochen in Löcher, in denen sie stecken blieben, klemmten sich unter Holzstapeln ein und alle paar Augenblicke spähte einer von ihnen in die Tiefe des Brunnenschachtes und lief Gefahr hineinzufallen; sie verbrannten sich die Nase an offenen Feuerstellen, gerieten mit den Pfoten unter sich öffnende Türen und waren ständig in Gefahr, totgetreten zu werden, weil sie immer gerade dann vor den Füßen der Menschen auftauchten, wenn keiner damit rechnete.

Ysell war ein Nervenbündel. Den ganzen Tag lang rannte sie kreuz und quer über den Hof, um ihre Lieblinge vor dem Schlimmsten zu bewahren. Kurzum: Ysell hatte von morgens bis abends alle Hände voll zu tun.

Fast einen Mond lang hatte sie nun keinen Fuß mehr vor das Tor des Zwingers gesetzt, dabei war sie ja keineswegs hier gefangen. Aber alle guten Vorsätze, auch die Vorsätze, Sabé zu suchen, halfen nichts. Sie kam einfach nicht mehr dazu. Über all der Arbeit mit Läufer und den Welpen begann ihr altes Leben zu verblassen. Es schien ihr fast, als habe jemand anders es gelebt und sie habe nur davon erzählen hören.

Schließlich kam der Tag, an dem die Welpen endgültig ihren Aufspürern übergeben wurden. Läufer und die anderen hatten sich dank Ysells Pflege prächtig entwickelt. Ihre Körper ließen bereits die typischen breiten Schultern der Trosshunde erahnen und die Köpfe waren nicht mehr welpenhaft rund, sondern begannen kantiger zu werden.

Bogan selbst war voll des Lobes über Féira, die Welpen und natürlich über Ysell. Die guten Worte, die sie heute von allen Seiten zu hören bekam, machten sie so stolz, dass sie das Gefühl hatte, eine Handbreit gewachsen zu sein. Liebevoll nahm sie Abschied von den Tieren, denn sie würde jetzt nur noch Läufer bei sich behalten. Féira war schon am frühen Morgen von ihrem Aufspürer abgeholt worden. Ihr Platz war jetzt wieder bei ihrem Rudel.

Bei allem Stolz auf ihre Leistung war Ysell doch auch ein wenig traurig. Zwar würde sie die Tiere fast täglich auf dem Zwingergelände sehen, aber für Ysell bedeutete dieser Tag mehr als nur das Zuteilen der Hunde an die Aufspürer. Nun war es so weit, dass sie ihre Schützlinge aus ihrer Obhut entlassen musste, ohne zu wissen, was das Leben ihnen bringen würde. Ysell verspürte Trennungsschmerz und ein wenig Angst vor der Zukunft, denn auch ihr Leben würde sich ab heute verändern. Als vollwertige Aufspürerin würde sie für die weitere Ausbildung von Läufer zuständig sein; und Läufer würde schon heute Nacht in dem kleinen Zwinger hinter ihrer Kammer schlafen!

In dieser Nacht nahm Läufer zum ersten Mal Verbindung mit Ysells Geist auf.

Das Rudel

Ysell ging durch die breiten Straßen der Stadt. Nie waren sie ihr so schön vorgekommen wie heute. Es war nicht allein der Sonnenschein, der warm und golden über Straßen und Häusern lag, und es war auch nicht die milde, klare Luft, die alles so verändert erscheinen ließ; es waren die Menschen, die Ysell traf. Denn wo sie auch hinschaute, überall sah sie nur freundliche Gesichter.

Die Kühle, die vom Wasserspiegel eines nahen Brunnens herüberwehte, traf ihr Gesicht. Sie trank von dem Wasser und es schmeckte köstlich.

Unvermittelt erhielt Ysell einen Stoß in die Seite. Sie sah sich um. Ein anderes Kind stand nun am Brunnen und trank. Sie machte sich nichts daraus und ging weiter. Die Straßen wurden enger. Hoch ragten die lehmfarbenen Häuser über Ysell auf. Ein Händler auf dem Markt hielt ihr eine köstliche Frucht entgegen und freudig nahm sie das Geschenk an. Noch immer lag angenehme Heiterkeit über der Stadt. Selbst der Sitz des Rates, dessen hoch aufragende Mauer die eine Seite des Marktes beherrschte, wirkte heute freundlich. Andere Kinder stürmten an Ysell vorbei und fielen bettelnd über den Obsthändler her. Der Mann lachte und gab großzügig. Ysell wurde neidisch, die Frucht in der Hand genügte nicht! Sie wollte mehr! Eilig drängte sie sich zwischen die anderen Kinder und streckte die Hand aus. Sie wurde geschubst und schubste lachend zurück. Es war herrlich, hier mit den anderen um die Früchte zu wetteifern; noch nie hatte Ysell sich so wohl gefühlt.

Plötzlich waren alle Kinder um sie herum verschwunden. Ysell stand allein auf dem Marktplatz, nur der Obsthändler war noch da und musterte sie mit kaltem Blick.

Ysell bekam Angst. Wo eben noch Sonnenschein und Heiterkeit gewesen waren, hatten die Farben ihren Glanz verloren. Es herrschte bedrückendes Schweigen.

Der Marktplatz war leer. Wo waren nur die anderen geblieben? Ysell lief los, um sie zu suchen, aber der Marktplatz hatte keinen Ausgang mehr! Alle Straßen, alle Gassen waren verschwunden, selbst die Häuser hatten keine Eingänge mehr. Glatter Stein stellte sich Ysell entgegen, wohin sie auch sah. Ysell geriet in Panik. Sie würde nie wieder fröhlich sein können, wenn sie die anderen nicht fand!

Ysell eilte zurück zu dem Händler. Er musste ihr helfen! Sie streckte ihre Hand nach der seinen aus. Seine Hand war ganz warm und feucht. Ysell zuckte zurück. Sie hörte das Rascheln von Stroh. Das Gesicht des Händlers verschwamm vor ihren Augen. Es wurde dunkel. Wieder raschelte Stroh. Etwas Warmes berührte ihre Hand …

»Läufer!« Ysell schnellte hoch und Läufer zuckte vor Schreck zusammen. Es dauerte einen Moment, bis Ysell erkannte, dass das Warme, das ihre Hand im Traum berührt hatte, Läufers Zunge gewesen war. Er musste schon eine Weile neben ihrem Bett gesessen haben, denn ihre Finger waren ganz feucht.

Ysell stellte die Füße auf den Boden und legte sich die Decke um die Schultern. Läufer drängte sich sofort an ihre nackten Beine und schnüffelte sacht an ihrer Wade. Dann ließ er sich mit einem wohligen Aufstöhnen direkt auf ihre Füße fallen und machte es sich dort bequem.

Ein hellerer Fleck in der Dunkelheit zog Ysells Blick an. Läufer musste die Klappe, die zum Zwinger führte, leise aufgedrückt haben. Sie hatte sie ja auch mit Absicht nur angelehnt, damit er sie besuchen könnte, wenn er sich einsam fühlte.

Ysell war mittlerweile völlig wach und versuchte über ihren Traum nachzudenken; aber die Bilder waren zu schnell verblasst und je mehr sie sich anstrengte, desto weniger konnte sie sich erinnern. Das Einzige, was zurückgeblieben war, war das Gefühl von Verzweiflung und Verlassenheit.

Lange saß Ysell reglos da. Sie wollte dieses Gefühl niederkämpfen. Dann zog sie sich die Decke enger um die Schultern und beugte sich zu Läufer hinab. Sanft streichelte sie sein seidiges Fell. Das Gefühl der Verzweiflung wich sanfter Traurigkeit, durchsetzt mit unbestimmtem Wohlbehagen.

Da plötzlich begriff Ysell, was geschehen war. Blitzartig zog sie ihre Füße unter Läufer hervor, warf ihre Decke auf den Boden, kniete sich darauf und redete wie wild auf das verdutzte Tier ein.

»Läufer – ist es das, was du fühlst? Du armes Hundchen bist ganz traurig, nicht? Du hast mir diesen Traum gemacht, stimmt's? – Weil du traurig bist, muss ich auch traurig sein, ja? Weil du mit mir gesprochen hast! Natürlich! Weil du mit mir gesprochen hast!«

Bei den letzten Worten hatte sie Läufer dicht an sich herangezogen und drückte ihn nun fest an sich. Läufer strampelte und Ysell ließ ihn sofort los, denn sie hatte ein vages Gefühl von Unbehagen gespürt – so etwas wie Frei-sein-Wollen, ein Signal, das ganz ohne Zweifel von Läufer gekommen war!

»Jaa!«, schrie Ysell begeistert, sprang auf und tanzte in der Kammer herum. »Er kann sprechen! Läufer kann mit mir sprechen!«

»Was ist los?«, kam eine dunkle Stimme aus der Kammer nebenan, in der Esra, ein anderer Aufspürer wohnte.

»Mein Hund – Läufer – er spricht! Wir können miteinander sprechen! Ich … ich kann mit meinem Hund sprechen!«

»Gratuliere!«, sagte Esra und Ysell hörte durch die dünne Bretterwand, wie er gähnte. »Das geht aber auch leise!«

Esras Desinteresse und die Zurechtweisung glitten an Ysell ab wie Wasser von gewachstem Tuch. Trotzdem flüsterte sie jetzt lieber mit Läufer.

»Du darfst leider nicht bei mir im Bett schlafen!«, erklärte Ysell dem erstaunten Hund, denn das hatte Bogan, rein vorsorglich, streng verboten. »Aber komm«, sagte Ysell. »Erzähl mir was!«

Sie warf schnell ein paar Hand voll Stroh aus ihrem Bett auf den Boden und breitete ihre Decke darauf aus.

Dann legte sie sich nieder, nahm Läufer in den Arm, genoss das Wohlbehagen, das er ausstrahlte, und versuchte ihm Ruhe und Sicherheit zu geben. So schliefen beide bis zum frühen Morgen und ihre Träume waren sanft und heiter.

In gleichem Maß, in dem Ysells Beziehung zu Läufer sich festigte, nahm der Welpe an Kraft und Gewandtheit zu. Sein Körper straffte sich, seine Pfoten wirkten nicht mehr ganz so dick und tapsig und seine Bewegungen wurden zusehends kraftvoller und geschmeidiger.

Dass Trosshunde keine Kuscheltiere sind, lernte Ysell an einem sonnigen Morgen, als sie mit Läufer über den Hof ging, um sich ihr Frühstück abzuholen. Für einen Moment war sie abgelenkt, weil eine

Trossfrau sie am Brunnen um Hilfe bat. Sie sah noch, wie Läufer zu dem Baum hinüberlief, unter dem Athos, der ranghöchste aller Trosshunde, lag und vor sich hin döste.

Athos' zorniges Bellen riss Ysell herum und entsetzt sah sie, wie der riesige Rüde mit zurückgelegten Ohren und gefletschten Zähnen auf Läufer niederfuhr. Der Kleine wich erschrocken zurück, aber sofort setzte Athos nach und war mit weit aufgerissenem Rachen wieder über ihm.

»Nein!«, schrie Ysell, sprang mit einem Riesensatz vor den tobenden Trosshund hin und riss Läufer aus der Gefahrenzone. Athos blieb stehen und schaute verständnislos, als Ysell sich rasch mit Läufer auf dem Arm zurückzog und ihm mit der Faust drohte.

Wenig später stand die schluchzende Ysell, Läufer fest neben sich haltend, vor Bogan, der sich die Sache mit ernstem Gesicht anhörte. »Er hasst Läufer! Er will ihn töten! Die anderen Welpen sind vielleicht auch in Gefahr! – Er ist verrückt geworden!«

Bogan kam mit auf den Hof und gemeinsam gingen sie zu Athos hinüber, wobei Ysell immer darauf achtete, zwischen Läufer und dem Trosshund zu bleiben.

Oben an Athos' linkem Hinterlauf war deutlich eine feuchte Stelle zu erkennen. Bogan strich mit dem Finger darüber und hielt ihn Ysell mit wissendem Gesichtsausdruck hin. Der Finger war blutig!

»Gebissen!«, sagte er nur und sah Läufer kopfschüttelnd an.

»Du bist eine Plage!«, ließ Ysell Läufer wissen, und da er spürte, dass sie diesmal wirklich böse war, hielt er sich für eine Weile von ihr fern.

Von Anfang an war es klar gewesen, dass Ysell aus dem nächsten Wurf des Zwingers wieder einen Rüden erhalten würde. Als Yana, eine eher zierliche Hündin, denn sie war nur knapp hüfthoch, einen Wurf gesunder Welpen zur Welt brachte, wurde Ysell Reißer für ihr Rudel zugeteilt.

Läufer hielt nicht allzu viel von dem neuen Mitbewohner des Zwingers hinter Ysells Kammer. Er neigte zur Eifersucht und mehr als einmal zeigte er Reißer die Zähne, sodass der Kleine verängstigt zu Ysell gelaufen kam und sich hinter ihr verbarg. Ysell verstand Läufer, aber sie konnte sein Verhalten keinesfalls dulden. – Nur gut, dass sie schon viel von seinen Gefühlen spüren konnte, *bevor* es wieder zu einem Ausbruch kam. Ysell musste sich jetzt möglichst gerecht zwischen den beiden aufteilen. Es war nicht leicht für sie, aber sie lernte es, zu loben, ohne zu bevorzugen, und zu tadeln, ohne ungerecht zu werden.

Auch sonst ging mit Ysell einiges vor. Aus Zweibein-Welpe wurde eine junge Frau. Mehr noch als die diffuse Meinung der Hunde sagten ihr die Blicke der Aufspürer und Trossmänner. Läufer brachte es eines Tages auf den Punkt, als sie mit ihm über den Hof ging. Ysell fing plötzlich einen sehr intensiven Gedanken an Paarung auf. Erstaunt schaute sie auf Läufer herab – er war doch noch viel zu jung! Dann begriff sie aber, dass es nicht Läufers Gedanken waren, die sie empfing, sondern dass er den Impuls selbst empfangen und nur an sie weitergegeben hatte.

Ysell schaute sich um. Trossmann Pekan stand beim Brunnen, schielte unauffällig zu ihr herüber und vergaß dabei ganz, die Kurbel zu drehen. Ysell beachtete ihn nicht weiter, aber die Situation war ihr doch ein bisschen peinlich.

Es war in dieser Zeit nicht leicht für Ysell, ihre Gefühle unter Kontrolle zu halten. Plötzliche Heiterkeit wechselte sich mit ebenso unvermittelt auftretender Schwermut ab und zeitweise kehrte auch ihr grundlos aufwallender Groll gegen alles und jeden zurück. Oft sprach Ysell halbe Nächte lang mit den Tieren und es tat ihr wohl, die warmen, freundlichen Stimmen der Hunde in ihrem Geist zu spüren. Besonders Läufer hatte immer ein »gutes Wort« für sie, denn die beiden standen jetzt in ständiger Verbindung miteinander.

Ansonsten hatte Ysell aber kaum Gelegenheit, sich allzu sehr auf sich selbst zu konzentrieren, denn schon bald kam Dax, Sohn von Sirani und Oros, zu ihrem Rudel und die Eifersüchteleien begannen aufs Neue.

Als Ysells Strafjahr, über das übrigens nie wieder gesprochen wurde, vorbei war, war aus Läufer ein prachtvoller Trosshund und hervorragender Anführer geworden, der die Kommandos seiner Aufspürerin bis in die kleinsten Einzelheiten hinein verstand. Dax und Reißer hatten noch einiges zu lernen, aber das würde sich finden, denn jetzt sollten die Tiere beginnen zusammenzuarbeiten. Bald schon würden Ysell, Läufer, Dax und Reißer mit den anderen zusammen vor die Stadt in die Sandfelder ziehen.

Sabé

»Ysell? Du bist doch Ysell, oder?« Auch Ysell hatte Sabé kaum wieder erkannt. Nachdenklich hatte sie gerade vor einer Marktbude mit Schüsseln gestanden, denn im Zwinger wurden ein paar neue Näpfe gebraucht, als sich ein Schatten neben sie geschoben und sie eine Berührung an ihrer Weste gespürt hatte. Gereizt war sie herumgefahren, da hatte sie im Gesicht des Jungen neben ihr etwas Bekanntes entdeckt.

»Sabé?« Ysell konnte es kaum glauben, dass der hoch aufgeschossene Bursche neben ihr ihr ehemaliger Spießgeselle sein sollte. Sein Körper hatte sich gestreckt und er wirkte fast schon wie ein junger Mann. Gerade noch konnte sie sich ein »Du bist aber gewachsen!« verkneifen.

»Du bist aber gewachsen!«, sagte Sabé und schaute seine alte Freundin staunend an. Als er sie vor über einem Jahr zum letzten Mal gesehen hatte, war sie noch ein Kind gewesen.

»So? Hatte ich gar nicht gemerkt!« Fast war Ysell froh, sich ein bisschen über Sabé ärgern zu können, denn sofort als sie ihn erkannte, hatte sich ihr schlechtes Gewissen geregt, weil sie sich die ganze Zeit über kein einziges Mal bei ihm gemeldet hatte. Aber Sabé war für Ysell ein Stück ihrer Kindheit, und sie war so froh, der lieblosen Familie, dem muffigen Haus und dem heruntergekommenen Stadtviertel entkommen zu sein, dass sie ihr neues Leben nicht mit Erinnerungen an alte Zeiten hatte belasten wollen. Und Sabé gehörte nun mal leider zu ihrer trüben Vergangenheit, so nett er damals auch gewesen war!

»Na, haben sie dich endlich laufen lassen?«, wollte Sabé wissen. »War es schlimm?«

Es ärgerte Ysell ein wenig, als sie Sabé so reden hörte, aber er konnte ja von all den aufregenden Erlebnissen, die sie gehabt hatte, nichts wissen.

»Ich bin jetzt freiwillig dort!«, antwortete sie. »Ich bin jetzt Aufspürerin und habe drei eigene Hunde!« Der Stolz in Ysells Stimme war unüberhörbar.

»Trosshunde etwa? – Du hast drei Trosshunde?« Sabé vergaß den Mund wieder zu schließen.

»Klar!« Sabé brauchte ja nicht unbedingt zu wissen, dass es Junghunde, und einer davon fast noch ein Welpe, waren.

»Richtig ausgewachsene Trosshunde?« Sabé konnte sich kaum beruhigen. »Drei Stück? – Bei allen Göttern!«

»Komm, lass uns da rübergehen!« Ysell tat, als habe sie Sabés erstaunten Ausruf nicht gehört. Sie ging ein Stück die Straße entlang und setzte sich neben dem Badehaus auf ein Mäuerchen, das einen Brunnen umgab. Sabé folgte ihr.

»Und du? – Was machst du so?«, wollte Ysell nun wissen.

»Och, nichts Besonderes.« Sabé hob kurz die Schultern. »Mal dies, mal das. Ich lauf halt so herum.«

Ysell konnte sich kaum noch vorstellen, wie es war, einfach so herumzulaufen. Eine steile Falte erschien auf ihrer Stirn. Es passte ihr nicht, dass sich bei Sabé so rein gar nichts geändert hatte. Er war doch kein Kind mehr! Er war fast genauso alt wie sie!

»Es geht dir nicht so gut, stimmt's?«, vermutete Ysell. Ihr war aufgefallen, wie mager Sabé war. »Wovon lebst du?«

»Och, das findet sich!« Wieder dieses »Och« – Beginn aller Ausflüchte und Lügen der Kindheit! Sabé konnte Ysell bei der Antwort nicht in die Augen sehen, er war schon immer ein schlechter Lügner gewesen. Ysell begann Schlimmes zu ahnen.

Ein dünner Junge in zerlumpten, schmutzigen Kleidern kam in vollem Lauf über den Marktplatz und stoppte kurz vor der Brunnenmauer. »He, Sabé! Eisor sucht nach dir!«, keuchte er. »Du solltest doch zwei Handmaß nach Hochsonne bei dem Verschlag am Maisfeld sein!«

»Oh, verdammt! Ich muss los!« Hastig sprang Sabé von der Mauer und wollte sich von Ysell verabschieden. »Also dann …«

»Was hast *du* denn mit Eisor zu tun!« In Ysells Stimme lag eine Schärfe, die Sabé aufhorchen ließ.

»Geschäfte!«, antwortete er knapp und wichtigtuerisch. »Was hast du gegen Eisor?«

»Geschäfte?« Ysell lachte bitter auf. »Seit wann macht einer wie Eisor Geschäfte? Von dem würde doch keiner etwas annehmen, und wenn er reines Gold zu verschenken hätte!«

»Da irrst du dich aber!«, verteidigte Sabé seinen neuen Freund. »Eisor hat immer Dinge, die er verkaufen kann, und an Abnehmern fehlt es ihm auch nicht!«

»Leute wie Farkas, ja?« Ysell sah, wie Sabé zusammenzuckte, und stand schnell von der Mauer auf. Sie hatte den Namen des alten Hehlers, der ihr von früher bekannt war, nur erwähnt, um Eisors »Geschäfte« zu verspotten, aber nun sah sie, dass sie vollständig richtig lag. Sabé war Mitglied einer Diebesbande, deren Kopf ausgerechnet der dumme Eisor war.

Ysells Zorn stieg so heftig und so plötzlich in ihr auf, wie es seit über einem Jahr nicht mehr geschehen war. Ihre Augen wurden zu schmalen Schlitzen, ihr Gesicht rötete sich und ihr Mund verzog sich zu einer Grimasse der Wut.

»Verschwinde, Laufbursche!«, zischte sie dem Jungen zu, der Eisors Botschaft überbracht hatte.

»He, was ist denn mit dir …«

»Verschwinde!«, wiederholte Ysell mit Nachdruck. »Sag dem dummen Eisor, dass seine Mannschaft sich gerade verkleinert hat, denn Sabé wird bestimmt nicht mehr für ihn arbeiten!«

»Moment mal!«, wollte Sabé sich einmischen, aber da wurde Ysell erst richtig wütend.

»Bist du eigentlich wahnsinnig?«, fuhr sie ihren Freund an, sodass der einen halben Schritt zurückwich. »Du gehst für Eisor klauen? Bist du jetzt vollständig übergeschnappt?«

»Wieso …«

»Eisor ist dumm!« Ysell dachte nicht daran, sich unterbrechen zu lassen. »Er kann den Mund nicht halten! Er macht irgendwelchen Blödsinn und prahlt auch noch damit! Wie kannst du dir solche Freunde – oh Verzeihung – Geschäftspartner suchen?«

»Das kam, weil …«

»Das ist doch wohl das Letzte!« Ysell war nicht zu bremsen. »Wie lange, denkst du, dauert es, bis ihr geschnappt werdet? Wie viele seid ihr überhaupt?«

»Vier!«, gestand Sabé schnell, froh auch mal ein Wort dazwischenzubekommen. Der Laufbursche hatte sich schon ein Stück weit zurückgezogen und schaute nun aus sicherer Entfernung zu.

»Vier!«, wiederholte Ysell. »Oh ihr Götter! Vier Tölpel auf Raubzug, und fangen sie einen, dann fangen sie alle!«

»Blödsinn!«, versuchte Sabé sich zu wehren. »Die halten schon dicht. – Du hast mich doch damals auch nicht verraten!«

Ysell wurde blass. Das was Sabé da sagte, war eine so ungeheure Beleidigung, dass ihre Wut schlagartig in sich zusammenfiel und sie nur noch maßlose Enttäuschung fühlte.

»Du vergleichst mich mit Eisor?«, fragte sie leise. »Ja, glaubst du denn, dass er aus Freundschaft zu dir den Mund halten würde, wenn der Richter ihm Vorteile verspricht? Wenn er gefangen wird, Sabé, dann sind keine zwei Handmaß später die Stadtsoldaten auf der Suche nach dir, darauf wette ich meine beiden Daumen! – Oh – schau mal, da kommen sie schon!«

»Wo?« Sabé wirbelte herum und versuchte die Wachen zu entdecken. Sein Gesicht sah gehetzt aus und sein Körper war angespannt. Fluchtbereit sah er sich um und seine Augen irrlichterten über die Straße. Dann erkannte er, dass Ysell ihn hereingelegt hatte.

»Siehst du!«, sagte Ysell in ruhigem Ton. »Du weißt es selber. Du brauchst nur daran zu denken, dass man Eisor erwischt, und du wirst verrückt vor Angst.«

»Ach was!«, widersprach Sabé ärgerlich. »Ich bin nur ein bisschen nervös, weil ich …«

»Weil du ein Dieb bist!«, fiel Ysell ihm ins Wort. »Mach Schluss mit diesem Blödsinn, sonst erschrickst du bald vor deinem eigenen Schatten!«

»Warum sollte ich? Ich bin geschickt, das weißt du, und wenn ich erwischt werde, dann kann ich mich doch immer noch vom Richter zu euch, zum Zwinger, schicken lassen.«

»Keine Ahnung, ob der Richter einen Dieb zu uns schicken würde«, meinte Ysell. »Vielleicht schickt er dich auch dorthin, wo es nichts zu klauen gibt! Dann kannst du die Jauchegruben auf den Bauernhöfen leeren oder die Fleischabfälle auf dem Schlachthof zusammenklauben. Unter Aufsicht natürlich!«

»Solche Strafen gibt es?« Der Gedanke schien Sabé nicht sonderlich zu behagen.

»Aber ja!«, erklärte Ysell im Brustton der Überzeugung. Sie hatte keine Ahnung, ob solche Strafen wirklich verhängt wurden, aber sie wollte Sabé Angst einjagen. Sie wollte, dass er dieses Leben aufgab – und zwar rechtzeitig, bevor er noch schlimmere Dinge tat. »Ich wünschte fast, ich hätte dich damals verraten! Dann wärst du wenigstens nicht als Dieb vor den Richter gekommen!«

»Und was soll ich jetzt deiner Meinung nach machen?« Sabés Stimme klang patzig, aber er schien doch schon halb überzeugt.

»Wie tief steckst du drin?«, wollte Ysell wissen. »Was weiß Eisor von dir?«

»Eigentlich noch gar nichts.« Sabé sah Ysell unsicher in die Augen. »Ehrlich! Wir haben da erst was geplant!«

Ysell fiel ein Stein vom Herzen, sie hatte nämlich auch gerade etwas geplant, aber sie wollte Sabé noch nichts davon sagen. »Halte dich fern von der Bande«, trug sie ihm nur auf, »und sei morgen um dieselbe Zeit wieder hier! Möglich, dass sich bis dahin etwas ergeben hat!«

»Du willst mich bei euch im Zwinger unterbringen, stimmt's?«

Ysell seufzte. Sie hatte keine zweifelhaften Hoffnungen in ihm wecken wollen, aber Sabé war noch ganz der Alte, er hatte sie sofort durchschaut! »Stimmt!«, gab sie zögernd zu. »Aber ich weiß nicht, ob es auch möglich ist. – Hättest du denn Lust?«

»Ich denk mal drüber nach!« Sabés Stimme klang betont mürrisch, aber Ysell spürte, dass er interessiert war.

»Kommst du jetzt endlich?«, rief Eisors Laufbursche aus einiger Entfernung.

»Nein!«, schrie Sabé zurück. »Verroll dich!«

Der Laufbursche machte eine obszöne Geste und ging mit unentschlossenen Schritten davon.

Ysell war erleichtert. Sie kaufte am nächsten Marktstand ein kleines Brot und gab Sabé die Hälfte davon, dann verabschiedete sie sich. Vielleicht war sie ja gerade noch im rechten Moment gekommen.

Ysell war sich keineswegs sicher, was ihren Einfluss bei Bogan betraf. Sie war sich zwar bewusst, dass sie in der Zeit im Zwinger sehr viel geleistet hatte –

aber ebenso klar war ihr, dass das nur möglich gewesen war, weil Bogan sich für sie eingesetzt und an sie geglaubt hatte. Würde er wieder das Risiko eingehen wollen, ein ungezähmtes Straßenkind bei sich aufzunehmen? Denn dass er mit ihr ein Risiko eingegangen war, das war Ysell schon klar. Sie stellte sich vor, Sabé sei ein Fremder für sie, und er schnitt schlecht ab dabei! Wie er so vor ihr gestanden hatte, von Hunger und Misstrauen gezeichnet, mit unstetem Blick und immer auf Ausflüchte bedacht, da hätte sie ihm selbst nicht vertraut! Man musste Sabé schon sehr gut kennen, um zu wissen, dass er ein wirklich feiner Kerl war und der beste Freund, den man sich denken konnte! Würde Bogan das erkennen können? Ysell traute es ihm zu, aber sie war sich nicht absolut sicher.

Am Gatter

Bogan brauchte es nicht ein einziges Mal zu bereuen, dass er Sabé als Trossmann eingestellt hatte. Der Bursche machte sich sogar besonders gut heraus und schnell war er zu einem zuverlässigen Mitglied der Mannschaft herangereift.

Genau wie Ysell hatte Sabé erkannt, dass dies seine erste und vielleicht einzige Chance war, seinem bisherigen Leben Ade zu sagen und seinen Wert in einer starken Gemeinschaft zu beweisen.

Schön waren für Sabé die Abende mit Ysell, wenn er mit ihr auf einer der Bänke im Zwingerhof saß oder wenn sie mit den Hunden zu den Tragtiergehegen herauskam. Das anfänglich etwas gespannte Verhältnis der beiden zueinander hatte sich entkrampft und sie konnten nun schon lange über vergangene und kommende Zeiten plaudern, ohne dass Verlegenheit aufgekommen wäre. Mittlerweile behandelten sie einander, als seien sie Geschwister, und entsprechend unbefangen war ihre Art, miteinander umzugehen. Oft saß auch Diré bei den beiden. Die junge Trossfrau war es gewesen, die Sabé nach seiner Ankunft im Zwinger mit sauberen Kleidern versorgt hatte, und sie hatte ihn vom ersten Moment an spüren lassen, dass er ihr ausnehmend gut gefiel, und mittlerweile waren sie ein Paar. Zwar war sie zwei Jahre älter als er, aber da weder sie noch er daran Anstoß nahmen, tat es auch niemand sonst.

Ysell und Diré mochten einander sehr und saßen oft schon zusammen, wenn Sabé noch keine Zeit hatte. Bei einer dieser Gelegenheiten erfuhr Ysell, dass auch Diré aus einer Familie kam, in der nicht alles zum Besten stand. Zwei ihrer größeren Brüder hatten sie von frühester Kindheit an missbraucht. Dirés Stimme hatte gezittert, als sie Ysell gestand, wie oft und wie brutal sie misshandelt worden war. Als einer der Brüder schließlich einen zahlenden Freier angeschleppt hatte, war sie endlich ausgerissen, aber nicht, ohne vorher dem Fremden, der nackt vor ihr stand, einen heftigen Tritt in die Körpermitte verpasst zu haben. Dafür hatte der Richter noch Verständnis gehabt, aber da sie dem Mann auch noch seinen Geldbeutel gestohlen hatte, als sie fortlief, hatte er sie »zur Strafe« an Bogan weitergereicht.

Die Brüder waren übrigens nicht so glimpflich davongekommen, wie Ysell erfuhr. Wenn die beiden auch vehement bestritten, ihrer Schwester jemals ein Leid zugefügt zu haben, so fanden sich doch genügend Beweise, um sie anderer Straftaten zu überführen. Also hatte der Richter sie für ein halbes Jahr in den Kerker sperren lassen – wohl wissend, dass die beiden jungen Burschen zwischen all den in jeder Beziehung ausgehungerten Männern sehr schnell die andere Seite der Gewalt kennen lernen würden.

Diré hatte geglaubt, dass sie nach ihren hässlichen Erlebnissen nie wieder Lust auf einen Mann verspüren könne, aber Sabé in seiner jungenhaften Unerfahrenheit hatte sie ihre Bedenken vergessen lassen. Seine einfühlsame, nachdenkliche Art heilte nun langsam die Wunden, die ihre Kindheit bei ihr hinterlassen hatte.

Sabé hingegen konnte es kaum fassen, eine Frau wie Diré für sich gewonnen zu haben. Er war glücklich und Ysell freute sich für ihn.

Diré liebte Sabé und schloss es nicht aus, eines Tages eine Familie mit ihm zu gründen; vorerst wollte sie aber noch damit warten, bis sie mit dem Clan ein gutes Stück Land gefunden hatten. Von ihr erfuhr Ysell auch, wie man sich als Frau vor ungewollter Schwangerschaft schützen konnte. Für Ysell war dieses Problem im Moment zwar noch nicht dringlich, sie war Diré aber doch dankbar für die Einweihung, denn schließlich konnte man ja nie wissen …

Nach und nach ging es Ysell auf, dass wohl fast jeder im Zwinger und bei den Trossleuten gute Gründe hatte, sich hier vor dem Rest der Welt zu verbergen. Zwar wurde nicht offen darüber gesprochen, aber die Schar um Bogan war eine verschworene Gemeinschaft, die der Stadt und ihren Bewohnern geradezu feindlich gegenüberstand. Fast jeder hier hatte schon in jungen Jahren mehr erlebt, als er hatte erleben wollen. Die Verachtung, mit der zum Beispiel Pekan von Trinkern sprach, und die fast ängstliche Art, mit der er jedes alkoholische Getränk ablehnte, sprachen Bände. Mit Sicherheit waren außer Ysell und Diré noch viele andere vom Richter hierher geschickt worden, und freiwillig waren zunächst wohl nur die wenigsten geblieben. Bogan hatte es aber fertig gebracht, jedem Einzelnen seinen Wert vor Augen zu führen und ihnen allen die Sicherheit zu geben, die ihnen bislang im Leben gefehlt hatte.

»Morgen geht es also los!«, stellte Sabé fest und hob seinen Becher. »Ich kann es kaum erwarten!«

Fast das gesamte Trosslager würde sich früh am Morgen auf den Weg machen und für einen Mond lang zu einem Ringmarsch um die Stadt in die Steppe hinausziehen.

»Ich bin auch schon ganz aufgeregt!«, gab Ysell zu und schaute zu ihren Hunden hinüber, die im Gatter zwischen Dirés Tragtieren umherliefen und sich wichtig taten.

Heute war für lange Zeit der letzte Abend, an dem man so gemütlich zusammensitzen konnte, und so hatten Ysell und Sabé sich nach dem Abendessen in Dirés Hütte am Tragtiergehege eingefunden. Diré hatte zur Feier des Tages einen kleinen Krug Wein in der Stadt besorgt, mit dem sich das Wasser, das die drei tranken, trefflich aromatisieren ließ. Ein Teil Wein mit etwa fünf Teilen Wasser vermischt ergab ein erfrischendes Getränk, das nicht berauschte, aber köstlich schmeckte.

Dirés Tragtiere wurden jetzt unruhig, da die Hunde sich darauf verständigt hatten, sie mal in diese, mal in jene Ecke des Geheges zu treiben. Ysell rief sie zurück und murrend legten die drei sich in ihrer Nähe nieder. Läufer, Dax und Reißer waren nun schon ausgewachsene Trosshunde. Alle drei ragten mehr als hüfthoch auf und jeder von ihnen wog deutlich mehr als Ysell. Schon vor einigen Monden hatte Bogan ihnen die Schutzausrüstung anpassen können, die sie jetzt immer trugen, wenn sie sich im freien Gelände bewegten. In Ysells Kammer lagen die drei Lederrüstungen bereit, die Hals, Brust und Vorderbeine der Hunde schützten, und auch Ysell selbst besaß nun ein Paar lederne, metallverstärkte Beinschützer, um gegen die Angriffe der Jumper gefeit zu sein.

Die Sandfelder vor der Stadt waren schon seit Generationen jumperfrei; um die Trosshunde endgültig auszubilden, war es nötig, weiter in die Steppe hineinzugehen. Morgen nun würde es so weit sein! Man würde die Tragtiere mit Sandlasten bepacken und die Aufspürer würden mit ihren Hunden vorausgehen und das Gelände für die Nachfolgenden sicher begehbar machen. Irgendwann, weit draußen vor der Stadt, würde man auf die ersten Jumper treffen, und dann würde es für die Aufspürer und ihre Trosshunde ernst werden.

Ysell war unruhig. Immer wieder sah sie zu den Tieren hinüber, mit denen sie jetzt schon seit fast drei Jahren zusammen war. Es gefiel ihr plötzlich gar nicht mehr so gut, mit den Hunden vorausgehen und sie damit in Gefahr bringen zu müssen. Es war doch ein wesentlicher Unterschied, sich im sicheren Zwinger in dem Glanz zu sonnen, eine Aufspürerin zu sein, als an der Spitze eines Zuges von Tragtieren in unbekanntes, gefährliches Land vorzustoßen.

Diré hatte Ysells Anspannung bemerkt und versuchte nun ihre Freundin zu beruhigen. »Mach dir keine Sorgen. Du hast mir doch selbst erzählt, dass die älteren Hunde den jüngeren alles beibringen, was sie wissen müssen!«

Das stimmte. Es gab im Zwinger Hunde, die schon tief in der Steppe gewesen waren und das Verhalten der Jumper genau kannten. Athos gehörte dazu und auch Isora. Féira, Läufers Mutter, war ebenfalls schon seit Jahren voll ausgebildet und all diese Tiere hatten ihr Wissen an die nächste Generation weitergegeben. Es war Ysell immer lustig vorgekommen, wenn einige Junghunde in tiefem Ernst um ein älteres Tier herumsaßen und andächtig lauschten. Aber jetzt war es die einzige Beruhigung für sie, dass ihre Hunde auf diese Art schon so viel über die Gefahren der Steppe und die Kampftechnik der Jumper erfahren hatten. Wenn sie daran dachte, dass einer von ihnen bei der Arbeit verletzt werden könnte, wurde es ihr übel und der Aufbruch in die Steppe erschien ihr nun wie eine Bedrohung. Dabei sollte es doch diesmal nur ein Ringmarsch werden, der in weitem Abstand um die Stadt herumführte – sozusagen die Generalprobe für den Marsch des Clans, der im Spätsommer die Stadt verlassen würde. Man würde nie weiter als vier Tagesreisen von der Stadt entfernt sein. Und dennoch: Ysell gab es nicht gerne zu, noch nicht einmal vor sich selbst, aber sie hatte Angst.

Es war nicht nur die Sorge um die Hunde und ihre Freunde, es war noch viel mehr! Ysell hätte es nicht für möglich gehalten, aber sie fürchtete sich davor, die Stadt zu verlassen, die trotz aller Widrigkeiten doch der Hort ihrer Kindheit gewesen war. Aber es musste sein, das war ihr klar. Denn wieder einmal war es so weit gekommen, dass die begrenzte Ackerfläche nicht mehr genug hergab, um die angewachsene Bevölkerung zu ernähren. In den letzten beiden Jahren waren die Preise für Lebensmittel stetig gestiegen und die ärmeren Leute konnten sich kaum noch das Notwendigste leisten.

Das Wasser des Flüsschens reichte einfach nicht aus, all die Felder, Wiesen, Äcker und Plantagen zu versorgen. Die Bewässerung der Bäume hatten die Stadtoberen bereits im letzten Jahr einstellen lassen und etliche öffentliche Brunnen hatte man stillgelegt, da alles Wasser für die Bauernhöfe gebraucht wurde. Geradezu ungeduldig wartete man in der Stadt darauf, dass etwa ein Zehntel der Bevölkerung mit dem nächsten Clan in die Steppe zog, damit die Lage sich wieder entspannte.

»Die Clansleute bereiten sich auch schon langsam auf den Abmarsch vor!«, bemerkte Sabé. »Ich habe gehört, dass der alte Farkas schon begonnen hat alles zu verkaufen, was er besitzt! Ich schätze mal, dass er wohl endlich der Obrigkeit aufgefallen ist!«

So, der alte Hehler kam auch mit! Das war neu für Ysell. Sie hätte gewettet, dass man dieses Schlitzohr nie erwischen würde. »Fehlt eigentlich nur noch Eisor!«, stellte sie gallig fest. »Dann wird es bestimmt ein interessanter Marsch!«

»Sicher, Eisor kommt auch mit!« Sabé sah Ysell erstaunt an. »Im Moment sitzt er im Kerker, weil man ihn mit Diebesgut erwischt hat, aber wenn der Clan loszieht, dann wird seine Strafe in Verbannung umgewandelt. – Hast du denn nichts davon gehört?«

»Du weißt doch, dass ich fast nie in die Stadt gehe!« Ysell ärgerte sich, dass auch Leute wie Eisor mitgehen durften. So langsam wurde ihr die ganze Sache verleidet. Wozu verließ sie eigentlich die

Stadt, wenn die verhasste Vergangenheit die ganze Zeit lang wenige hundert Schrittmaß hinter ihr herlief?

»Wenn wir endlich weg sind«, lachte Diré, »brauchen die Leute ein paar Monde lang nicht mehr so streng auf ihre Wertsachen aufzupassen, weil alle Spitzbuben dann mit uns unterwegs sind!«

»Mögen die Götter geben, dass die Steppe sie läutert«, wünschte sich Ysell.

»Warum nicht?«, antwortete Sabé. »Wir sind ja schließlich auch geläutert worden! Der Marsch durch die Steppe ist kein Spaziergang! Da kommt man mit faulen Tricks nicht weiter! Möglich, dass sogar Eisor lernt, was Kameradschaft und Hilfsbereitschaft sind!«

»Oh, ihr Götter, redet der Kerl klug daher!«, stöhnte Ysell, legte Sabé aber sofort begütigend die Hand auf den Arm, als sie Dirés Lachen hörte. »Hoffen wir, dass du Recht hast!«, meinte sie versöhnlich und Sabés Gesicht hellte sich wieder auf.

»Wenn du in dieser Stadt in der falschen Straße geboren bist, dann ist dein ganzes Leben doch vorbestimmt!«, stellte Diré fest und ihre Stimme nahm einen nachdenklichen Klang an. »Du wirst nie eine Chance bekommen, weil alle wissen, woher du kommst! Da gibt es doch nur noch eins – weg hier, so schnell du kannst!«

»Du hast ja Recht.« Ysell schämte sich ein wenig, dass sie über andere Leute geurteilt und sie abgelehnt hatte, ohne etwas über sie zu wissen. Vielleicht hatte diesen Menschen ja bislang auch nur eine Chance gefehlt, sich zu bewähren. Aber man soll es mit der Selbsterkenntnis auch nicht übertreiben, und dass Eisor mit beim Clan sein würde, *das* passte ihr absolut nicht!

Es war mittlerweile recht dunkel geworden, sodass Diré und Sabé den Neuankömmling erst bemerkten, als seine Schritte schon zu hören waren. Diré ließ schnell den kleinen Weinkrug hinter einem Brett verschwinden. Wein war zwar nicht verboten, aber Bogan musste ja nicht unbedingt *alles* sehen, falls er es war, der da kam.

Ysell wusste, dass es nicht Bogan war, denn das hätten die Hunde ihr gemeldet; sie hatte aber nur ein vages »Jemand kommt!« vernommen, wie sie es von den Tieren täglich dutzendfach empfing. Dennoch sagte sie nichts. Sie hatte die Erfahrung gemacht, dass es besser war, nicht damit anzugeben, dass sie durch die Hunde fast immer mehr wusste als andere. Manche Trossleute argwöhnten sogar, dass die Aufspürer ihre Hunde benutzten, um die Gedanken der Leute zu lesen, und Ysell hatte sich für allzu unbedachte Bemerkungen in der ersten Zeit so manchen Rüffel eingefangen.

Ein junger Mann war aus dem Dunkel aufgetaucht. »Gutes Geleit! Darf ich mich zu euch setzen?« Höflich wartete er ab, bis Diré ihn mit einer Handbewegung einlud Platz zu nehmen. »Danke!«, sagte er dann und hockte sich nahe bei den Hunden zu Ysell. »Schöne Tiere!«, bemerkte er.

Einer der Hunde hob leicht den Kopf und Ysell spürte, dass der Fremde es ehrlich meinte. »Danke!«, sagte sie ein wenig verlegen. »Wer bist du und was führt dich zu uns?«

»Ich werde mit dem Clan gehen!« Der Fremde lächelte Ysell an. »Und da wollte ich schon mal ein wenig Bekanntschaft mit meinen Weggefährten machen, wir werden dann ja wohl für den Rest unseres Lebens zusammen sein. Ich heiße Galib!«

Auch die anderen stellten sich vor, dann ergriff Sabé das Wort. »Was hast du denn ausgefressen, dass du aus der Stadt rausmusst?« Es sollte lustig und lässig klingen, aber die Frage ließ an Deutlichkeit nichts zu wünschen übrig und war sogar grob unhöflich. Sabé hatte nämlich den Blick bemerkt, mit dem Galib Ysell gemustert hatte. Diré und Ysell waren *seine* Freundinnen und er empfand Galibs Auftauchen als Störung.

Noch bevor Diré ihren Freund zurechtweisen konnte, ergriff Galib das Wort. »Ich muss die Stadt nicht verlassen«, erklärte er mit ruhiger Stimme, »es ist mir nur zu langweilig hier! Was gibt es in der Stadt schon groß zu tun? Alles ist fest gefügt und wird für alle Zeiten so bleiben! Soll ich vielleicht den Hof meines Vaters übernehmen und ihn so lange führen, bis ich sterbe?«

»Du bist Erbe eines Bauernhofes?«, fragte Sabé

verwundert. »Und dann gehst du mit dem Clan? – Tut mir übrigens Leid, wegen eben.«

»Schon gut!« Galib hob begütigend die Hand. »Die Erbschaft überlasse ich gerne meiner jüngeren Schwester. Sie hat Lust dazu, Bäuerin zu sein, und der Hof ist bei ihr in guten Händen.« Galib hob die Schultern, als sei er sich selbst nicht ganz im Klaren darüber, was ihn nun wirklich aus der Sicherheit der Stadt trieb. »Wenn du als Ältester auf einem Hof geboren bist, dann liegt dein ganzes Leben vor dir, wie eine hundert Mal begangene Straße!«, fuhr er fort. »Du lebst nur von Aussaat zu Ernte und kämpfst ansonsten gegen den Sand, den der Wind auf die Felder legt. Es geschieht einfach nichts, und du weißt genau, dass du nie etwas anderes sein wirst als Bauer. Meine Schwester kann das; sie weiß gern im Voraus, was der nächste Tag ihr bringen wird. Ich dagegen ...« Galib brach ab und schaute erstaunt auf Diré, die mit der Hand vor dem Mund unterdrückt glucksende Geräusche von sich gab. »Warum lachst du?« Er runzelte unwillig die Stirn.

»Sei nicht böse!«, bat Diré mit einem Lächeln. »Aber gerade, bevor du kamst, habe ich beklagt, dass man in dieser Stadt keine Möglichkeiten hat, wenn man im falschen Viertel geboren ist!«

»Die Stadt scheint überhaupt nur aus falschen Vierteln zu bestehen!«, stellte Sabé grinsend fest.

Galib schwieg, aber im Schein der ersten aufflackernden Flammen konnte man sehen, dass er nachdenklich nickte und dann zu lächeln begann, denn Ysell hatte sich während der Unterhaltung ein paar Zweige aus Dirés Vorrat zurechtgelegt und mit Zunder und Drillholz flink ein Feuer entfacht. »Du bist geschickt!«, stellte Galib fest.

Ysell spürte, wie ihre Wangen sich röteten. Galib war bestimmt schon über zwanzig und seine Anerkennung schmeichelte ihr. Sie hatte das Feuer überhaupt nur entzündet, um seine Aufmerksamkeit zu erregen und um ihn besser sehen zu können – er sah sehr gut aus, fand sie. Und er war sympathisch. *Sehr* sympathisch sogar.

Es freute sie, dass er mit dem Clan ging, denn sie hatte an seinem Blick gespürt, dass auch sie ihm nicht gleichgültig war.

»Wenn ihr von dem Ringmarsch zurückkommt, dann wird der Erste Clansmann gewählt!«, sagte Galib. »Ich werde mich zur Wahl stellen und ich würde mich natürlich freuen …«

» … wenn du unsere Stimmen bekämest!«, fiel Diré ihm ins Wort. »Deswegen also der Besuch!«

Dirés Stimme hatte streitlustig geklungen, aber Galib war nicht bereit sich herausfordern zu lassen. »Ihr könnt natürlich auch einen der anderen wählen!«, sagte er ruhig.

»Wer sind die anderen?«, wollte Sabé wissen.

»Ofana, die Getreidehändlerin«, gab Galib Auskunft, »und Turé, der Ledermacher!«

Diré sog zischend die Luft ein, als habe ein plötzlicher Schmerz sie gepackt. »Ich kenne Turé!«, sagte sie mit rauer Stimme. »Sein Haus steht neben dem meiner Eltern. Er hat eines seiner Kinder so hart geschlagen, dass es starb, und er zwingt sogar Dreijährige, in die Bottiche mit dem Gerbmittel zu steigen!«

»Die Ofana hat man mit ausgehöhlten Gewichten erwischt«, wusste Sabé zu berichten, »und sie ist fast jeden Abend betrunken!«

»Ich bin der jüngste Bewerber«, schaltete sich Galib nun wieder ein, »und es wird nicht leicht für mich sein, die Mehrheit zu erringen – aber wenn die Trossleute geschlossen für mich stimmen, dann habe ich vielleicht eine Chance!«

»Gut!« Diré nickte ernst. »Du willst die Macht über den Clan und du sollst sie haben! Meine Stimme ist dir jedenfalls sicher!«

Sabé sah kurz zu Ysell hinüber. »Ja!«, sagte er dann. »Wir werden für dich stimmen – auch wenn wir nicht ganz verstehen, was dich eigentlich antreibt!«

Ysell nickte nur stumm, denn Sabé hatte ja schon für sie gesprochen.

»Danke!« Galib erhob sich. »Ich sehe euch, wenn ihr von dem Ringmarsch zurück seid. Viel Glück auf dem Weg und gutes Geleit!«

»Gutes Geleit!«, wünschten auch die drei am Feuer. Es war das erste Mal, dass sie den offiziellen

Gruß der Clansleute benutzten und die Worte kamen noch etwas zögernd über ihre Lippen.

»Übrigens – kann es sein, dass es hier ein wenig nach Wein riecht?« Ohne eine Antwort abzuwarten, ging Galib wieder in das Dunkel zurück, aus dem er gekommen war.

»Eigentlich ein ganz feiner Kerl!«, stellte Sabé fest, als Galibs Schritte verklungen waren.

Diré brummte nur etwas Unverständliches, aber Ysell stimmte zu, denn auch die Hunde hatten nur freundliche und ehrliche Gedanken von Galib empfangen. Es war nicht Macht, was Galib in der Steppe zu finden hoffte, vielmehr strebte er danach, sich zu bewähren, Fremdes zu sehen und Abenteuer zu bestehen. – Und dann war da noch etwas gewesen, das Ysell verlegen, aber auch stolz machte: Galibs großes Interesse an ihr!

TEIL 2
GALIB

Aufbruch

Trommelwirbel hallten von den Mauern der Häuser wider. Alle Augen waren auf den Tross gerichtet, der durch die Hauptstraße zog, um die Stadt auf der anderen Seite zu verlassen. Hoch ragten die lehmgelben Mauern der Häuser zu beiden Seiten der Hauptstraße auf und die engen, dunklen Fensterhöhlungen starrten auf den Zug herab, der schweigend und mit schnellen Schritten dem Stadtrand zustrebte. Fünfzehn Trosshunde liefen in lässigem Trab Schulter an Schulter direkt hinter den Trommlern. Ihre fünf Anführer gingen in breiter Reihe hinter ihnen, gefolgt von zwei weiteren, ebenso starken Trosshund-Trupps, an die sich der lange Zug der Trossleute mit über zweihundert Tragtieren anschloss.

Ysell war als Flügelfrau eingeteilt und ging nun hinter Läufer, Dax und Reißer auf der äußersten linken Seite in der ersten Reihe neben den vier anderen Aufspürern. Die Stadtbewohner waren an den Anblick der Trosshunde nicht gewöhnt und machten den massigen Tieren eilig den Weg frei, wenn der Zug sich ihnen näherte. Ysell spürte einen Anflug von Machtgefühl. Es gefiel ihr, dass die Menschen ihr auszuweichen hatten, ob sie wollten oder nicht. Sie war stolz wie nie zuvor in ihrem Leben; aber sie wollte sich nichts anmerken lassen und hielt den Blick ausdruckslos in die Ferne gerichtet.

»Wir werden durch die Stadt gehen, weil die Obrigkeit es so will«, hatte Bogan seinen Leuten erklärt. »Denkt aber immer daran, dass die Stadt uns nicht liebt. Die braven Bürger würden uns lieber heute als morgen endgültig loswerden, also gibt es für uns keinen Grund, ihnen ein besonders schönes Schauspiel zu bieten!«

Sensationsgier war es, was Ysell aus den verwaschenen Impulsen herauslesen konnte, die sie über die Hunde erreichten. Die Menschenmasse am Straßenrand betrachtete den Tross mit demselben Schauder, mit dem die Todgeweihten angestarrt wurden, die der Scharfrichter zum Galgenhügel führte. Schreckliche Dinge wurden jeden Abend in den Schenken über das Leben in der Steppe erzählt, und dies hier waren die Anführer der Verdammten, die schon bald hinausziehen würden, um nie mehr zurückzukehren.

Hinter den fünfzehn Aufspürern mit ihren insgesamt fünfundvierzig Hunden gingen die Trossleute mit den Tragtieren. Nekoi, Diré, Sabé, Pekan und viele andere hatten je acht Tragtiere mit dünnen Leinen locker aneinander geschirrt und führten das erste der Reihe an einem kurzen Halfter. Diesmal wurde nur eine kleine Ausrüstung mitgeführt, da der Clan noch nicht mitging. Viele der Tragtiere waren deshalb nur mit Sandsäcken bepackt, unter deren Last sie sich in der Steppe zu bewähren hatten.

Der Zug passierte den Sitz der Stadtoberen. Einige der wohlgenährten Männer standen auf einem breiten Balkon, der über die gesamte Breite des Hauses führte, und musterten den Tross mit kühlen Blicken. Auch hier hob sich keine Hand zum Gruß und keine Ehrenbezeigungen wurden ausgetauscht.

Ysells anfängliches Hochgefühl wich langsam einem Gefühl der Bitterkeit. Zu deutlich war die Ablehnung, die dem Tross aus den Reihen der Stadtbewohner entgegenschlug. Verachtung stieg in ihr auf. Verachtung für diese selbstgerechte Bürgerbande, die auf den Tross herabsah wie auf einen Zug Kettensträflinge. Dabei bedurfte es nur eines kleinen Anstoßes und jeder dieser Leute konnte sich selbst bei den Verbannten wieder finden – denn nichts anderes waren die Clansleute, so viel hatte Ysell inzwischen begriffen. Wie viele dieser Bürger mochte man in den nächsten Jahren wohl bei ihren kleinen Betrügereien erwischen? Wie viele von ihnen würden ihr Vermögen verlieren? Wie viele von ihnen würden als alte, unnütze

Esser ihre Familien mit dem nächsten Clan verlassen müssen?

Schnell und mechanisch setzte Ysell Fuß vor Fuß. Sie konnte es kaum noch erwarten, endlich die Enge der Stadt zu verlassen.

Auch den Hunden gefiel es nicht, von den vielen Menschen angestarrt zu werden; sie sahen grimmig aus und mit Genugtuung stellte Ysell fest, dass die Reihe der Leute noch eine Handbreit weiter zurückwich, wenn sie mit den Hunden vorbeiging. Ysell spürte die Macht, die die Herrschaft über die Tiere ihr gab. Und sie war wild entschlossen diese Macht dafür einzusetzen, dass der Clan unbeschadet die Gefahren der Steppe meisterte. Die Leute hier irrten sich! Nicht ein verlorenes Häufchen Ausgestoßener und Sonderlinge würde es sein, das bald die Stadt verließ – die Trossleute würden dafür sorgen, dass der Clan eine gute Chance bekam, ein bewohnbares Stück Land jenseits des Horizonts zu finden und urbar zu machen. Weit hinter dem Horizont würde eine neue Stadt entstehen und sie, Ysell, würde mit zu den Gründern gehören, während diese Leute hier immer noch fett und faul in ihren Häusern hockten und zu allen Göttern beteten nie mit einem Clan gehen zu müssen!

Plötzlich wandte Läufer den Kopf und im gleichen Moment entstand Unruhe in der Menschengruppe neben Ysell. Unwillig sah sie zur Seite, schon halb darauf gefasst, einen Betrunkenen abwehren zu müssen, aber dann erkannte sie Galib, der aus der Menge hervorgetreten war und nun mit raschen Schritten neben ihr herging.

»Ich wollte dir nur Glück wünschen«, sagte er mit einem Lächeln, »und dich bitten, dass du gut auf dich aufpasst!« Mit diesen Worten reichte er ihr eine einzelne, weiße Blume und war schon wieder zurückgeblieben, bevor Ysell sich auch nur bedanken konnte.

Völlig überrascht blickte Ysell auf die Blume in ihrer Hand – die erste Blume, die sie je geschenkt bekommen hatte – und kam vor Verwunderung und Freude für einen Moment aus dem Tritt. Mit ein paar schnellen Schritten war sie jedoch sofort wieder hinter ihren Hunden.

Eine Blume! Für sie! Von Galib! Eine Welle der Freude brandete so stark durch Ysells Körper, dass es ihr einen Moment lang ganz heiß wurde. Sie hatte sich also nicht getäuscht! Galib mochte sie. Er machte sich Sorgen. Er wollte, dass sie heil zurückkam. Plötzlich erschien Ysell die Zukunft doppelt schön, denn auch das, was sie bislang von Galib wusste, gefiel ihr sehr. Egal, ob er nun erster Clansmann wurde oder nicht, er würde auf jeden Fall mit dem Clan gehen und sie würden oft zusammen sein können. Es würde gut sein, jemanden wie ihn zum Partner zu haben, denn er war tapfer und stark. Und er sah sehr gut aus …

Alle drei Hunde drehten sich verwundert um. So aufgewühlt hatten sie Ysell noch nie erlebt. Aber sie unterließen es, ihr Fragen zu stellen, denn es war ohnehin offensichtlich, woran sie dachte.

So verdarb Ysell am Ende doch noch ein wenig das Bild der ernst und gleichgültig dahinziehenden Trossleute, denn als der Zug das Ende der Stadt erreichte, erwischte sie sich dabei, wie sie den Leuten am Straßenrand frech und fröhlich zulächelte.

Vor der Stadt wurde die Marschordnung geändert, und Ysell musste ihren Platz an der Spitze des Zuges aufgeben. Bogan selbst wählte die ersten drei Aufspürer aus, die mit ihren Hunden vorauszugehen hatten, und Ysell fand sich mit Läufer, Dax und Reißer plötzlich ganz am Ende des Zuges hinter den Tragtieren wieder. Sie wusste, dass sie und ihre Hunde an einem der nächsten Tage dem Tross auch wieder vorausgehen würden. Das verbesserte aber ihre Situation im Moment kein bisschen.

»Getrockneter Tragtierdung ist gutes Brennmaterial!«, hatte Bogan der Nachhut erklärt. »Das Beste ist, ihr gewöhnt euch sofort daran, ihn einzusammeln!« Die Aufspürer waren natürlich augenblicklich bereit Bogans Befehl nachzukommen. – Allerdings blieb diese Aufgabe zunächst den Jüngsten unter ihnen vorbehalten und die *Aller*jüngste war Ysell!

So kam es, dass Ysell, mit einer plumpen Holzschaufel bewaffnet, hinter dem Zug hin und her pendelte und ab und zu die Früchte ihrer Suche auf einen flachen Tragtierkarren mit riesigen Rädern warf. Läufer, Dax und Reißer halfen ihr getreulich beim Aufspüren der Beute.

Als endlich, viel zu spät, wie sie meinte, die Ablösung kam, war Ysell völlig entnervt. Trotzdem blieb sie freundlich, als sie die Schaufel an ihren Nachfolger übergab, und erst, als sie den verhassten Karren weit hinter sich gelassen hatte, machte sie sich mit ein paar kräftigen Flüchen und Verwünschungen Luft. Das gab ihr dann die nötige Kraft sich bei ihren Hunden artig für die gute Zusammenarbeit zu bedanken. Ihrem nächsten Einsatz sah sie allerdings mit Grausen entgegen und war nur froh, dass es für die flüssigen Hinterlassenschaften dieser Biester nicht auch noch eine Verwendung gab!

Die Landschaft blieb gleichförmig und flach. Noch ließen sich die Sandfelder umgehen, aber schon jetzt bekamen die Menschen einen Vorgeschmack darauf, was es hieß, abseits von Bebauung und höherer Vegetation den Kräften der Natur ausgesetzt zu sein. Die Tage waren heißer und die Nächte kälter als in der Stadt und der Wind fegte ungehindert durch die Reihen der Menschen und Tiere. Die Hitze des Tages nahm den Menschen den Atem, aber in der Nacht verkroch sich alles vor Kälte zitternd in die Zelte. Der Marsch wurde anstrengend, und bald schon würden die Sandfelder so groß werden, dass man sie nicht mehr umgehen konnte. Jetzt waren die Aufspürer gefordert.

Schon am dritten Tag nach dem Aufbruch aus der Stadt ging Ysell mit ihren Hunden dem Tross voraus. Die Stadt lag weit hinter dem Zug und das Gelände wurde unsicher. Bald würde es sich herausstellen, welche Rudel besonders gut zusammenarbeiteten, denn von nun an war mit Jumpern zu rechnen.

Aber nicht sie waren es, die das erste Opfer forderten.

Solos war, ebenso wie Dax, ein Sohn von Sirani und Oros. Er hatte aber im Gegensatz zu seinem Bruder seine welpenhaft-neugierige, verspielte Art nie ganz abgelegt. Er ging als dritter Hund in Hevals Gruppe neben einem alten, schon steppenerfahrenen Trosshund und Jigali, einem Bruder von Läufer. Solos war hoch empfindlich für die Ausstrahlung von Lebewesen, das hatte sich schon im Zwinger gezeigt, und Heval machte sich gerade seinetwegen berechtigte Hoffnungen mit seinem Rudel eine gute Bewertung zu bekommen.

Ysell ging auf der äußersten rechten Seite. Es machte sie unruhig, dass die Hunde ihre Schutzausrüstung noch nicht trugen, aber es wäre sinnlos gewesen, die Tiere unnötig mit der sperrigen Panzerung zu belasten, solange der Boden noch fest war. Hier konnten sich unmöglich Jumper eingegraben haben, das wusste sie, dennoch achtete sie scharf auf das Gelände und hielt ihre Hunde nahe vor sich.

Plötzlich sah Ysell aus den Augenwinkeln eine schnelle Bewegung links von sich. Sie schaute hinüber und sah, dass Solos mit weiten Sätzen ein Stück weit vorpreschte und dann verhielt. In typischer Trosshundmanier senkte er den Kopf und lauschte. Es gab keinen Zweifel. Solos hatte die Gedankenimpulse eines Lebewesens vor sich in der Steppe entdeckt!

Schnell überflog Ysells Blick das Stück Land vor Hevals Gruppe. Nur die vom ewigen Wind umspielten, borstigen Gräser erstreckten sich bis zum Horizont. Nicht die kleinste Unregelmäßigkeit unterbrach das eintönige Bild.

Solos hob den Kopf und ging einen Schritt weit nach vorne. Er hätte jetzt unbedingt zu Heval zurückkommen müssen, um sich von ihm seine Schutzausrüstung anlegen zu lassen, aber er war neugierig. Ysell sah, wie Heval seine Schritte beschleunigte. Irgendetwas stimmte nicht! Offenbar war Solos seiner Kontrolle entglitten. Heval rief sogar laut den Namen seines Hundes, aber Solos war voll auf das unbekannte Lebewesen vor sich konzentriert und konnte oder wollte seinen Anführer nicht hören.

Die anderen Aufspürer riefen ihre Tiere zu sich und blieben stehen. Keiner von ihnen würde weitergehen und seine ungeschützten Hunde in Gefahr bringen, bevor Heval sein Problem mit Solos nicht gelöst hatte.

Auf einmal machte Solos einige Sätze nach vorn. Vielleicht spürte er Hevals Herannahen und die Nähe seines Anführers vermittelte ihm das trügerische Gefühl von Sicherheit, vielleicht war es aber auch purer Übermut. Plötzlich gab es eine blitzschnelle Bewegung im Gras, und bevor Solos noch abstoppen konnte, hatte die Viper zugestoßen.

Sofort fuhr der Kopf des Trosshundes herab und der Kopf der Schlange wurde mit einem einzigen Biss zermalmt – aber es war bereits zu spät. Verwirrt schaute Solos auf den sich im Todeskampf windenden Körper seines Feindes hinab und hob dabei den verletzten Vorderlauf vom Boden. Das Gift begann schon zu wirken.

Heval hatte verfolgt, was seinem Hund passiert war, und hielt nun in vollem Lauf auf Solos zu. Kaum nahm er sich die Zeit, sich mit einem flüchtigen Blick zu überzeugen, dass die Schlange wirklich tot war.

Ysell sah, wie Heval schon im Laufen sein Messer zog. Es gab nur noch eine einzige Möglichkeit, Solos' Leben zu retten! Blass rief sie ihre Hunde noch dichter zu sich und kauerte sich auf den Boden, denn helfen konnte Heval und Solos jetzt niemand.

Heval befahl Solos sich flach auf die Seite zu legen. Er war so aufgeregt, dass er sogar Worte dazu benutzte. Unwillig legte das verwirrte Tier sich hin.

Heval verlor keine Zeit. Rasch schlang er sein Halstuch oberhalb der Wunde fest um Solos' Lauf. Dabei redete er seinem Hund beruhigend zu. Sanft, zu sanft, setzte er dann ein Knie auf das verletzte Bein und trieb mit einer raschen Bewegung die Spitze des Messers tief in die Wunde. Solos jaulte vor Schmerz auf und machte sich mit einer raschen Bewegung frei. Blitzartig war er wieder auf den Beinen und humpelte angsterfüllt einige Schrittmaß weit davon. Auch Heval sprang auf. Der Schnitt war bei weitem noch nicht tief genug gewesen und zum Aussaugen des Giftes war er überhaupt noch nicht gekommen.

Solos ließ Heval nicht wieder an sich heran, sosehr sich dieser auch bemühte. Einzig Bogan wäre vielleicht in der Lage gewesen, den vor Angst und Schmerz in Panik geratenen Solos wieder unter Kontrolle zu bringen, aber als er endlich zur Stelle war, begann der Hund schon zu taumeln und um Atem zu ringen. Das Gift war bereits im ganzen Körper. Solos wankte, erbrach sich, machte noch ein paar ziellose Schritte und sank dann mit einem dumpfen Stöhnen, das Ysell noch tagelang in ihren Träumen verfolgen sollte, zu Boden.

Ysell war wie betäubt. Das alles kam ihr wie ein böser Traum vor. Warum hatte Solos das bloß getan? Warum hatte er nicht gewartet? Wie konnte man ihm nur helfen? – Aber es gab nichts und niemanden auf der Welt, der Solos' Fehler ungeschehen machen konnte. Ysell und ihre Hunde kauerten abseits im Sand und das Einzige, was Ysell sich noch wünschen konnte, war, dass es mit Hevals Hund schnell zu Ende ging.

Kurze Zeit später war Solos tot. Heval konnte es nicht begreifen. Er kniete neben dem leblosen Körper und sah fast flehend zu den Umstehenden auf. In seiner Hilflosigkeit stammelte er sinnlose Sätze, wie: »Eben war er doch noch ganz gesund!«, »Er hat doch sonst immer gehorcht!« und »Heute Abend wollte ich ihn doch belohnen!«, bis Bogan ihn schließlich von Solos fortzog. Heval blieb nun nichts weiter zu tun, als mit dem Rest seines Rudels zur Nachhut zu gehen und einen Aufspürer mit einer vollzähligen Gruppe nach vorn zu schicken.

»Weiter!«, befahl Bogan mit versteinertem Gesicht und der Tross setzte sich langsam wieder in Bewegung. Ysell war nicht die Einzige, der Solos' Tod nahe gegangen war. Alle Aufspürer, die die Szene miterlebt hatten, waren sich plötzlich ihrer Verletzlichkeit und Hilflosigkeit bewusst geworden. Hastig hatte man Steine für ein kleines Grabmal zusammengetragen und den leblosen Körper damit bedeckt. Wenn er auch seine Pflicht für einen Moment vergessen hatte, so war Solos doch ein guter und tapferer Hund gewesen und diese Ehre stand ihm einfach zu.

Der neue Aufspürer, der mit seinen Hunden an Hevals Stelle getreten war, hatte es noch am leichtesten von allen. Er hatte nur gehört, was geschehen war, und es nicht miterlebt. Forsch ging er voran, während die anderen Rudel für den Rest des Tages auffällig dicht zusammenblieben. Zu plötzlich hatte der Tod zugeschlagen und zu nahe war er ihnen gewesen, als dass sie ihn so schnell aus ihren Gedanken hätten verdrängen können.

Langsam wurde den Trossleuten bewusst, dass hier draußen andere Regeln galten als in der Stadt, in der sie alle ihr bisheriges Leben verbracht hatten. In den Theaterstücken, die manchmal auf dem Marktplatz aufgeführt wurden, hatten sich dramatische Szenen immer durch düstere Trommelwirbel angekündigt. Man hatte sich darauf vorbereiten können, dass gleich etwas Schlimmes geschah. Wie erschreckend anders sah da doch die Wirklichkeit aus. Kein Zeichen hatte es gegeben – nicht den Schatten einer Warnung! Von jetzt auf gleich war ein Leben ausgelöscht worden und es war gerade die Alltäglichkeit der Szene gewesen, die die Menschen erschreckte. Diesmal hatte es einen Hund getroffen, der einen winzigen Fehler gemacht hatte – aber wenn schon kleine Fehler so hart bestraft wurden, welche Chance hatten *sie* dann, den Marsch heil zu überstehen?

Die Legende

Ysell hatte Angst! Es war schrecklich für sie gewesen, Solos' Tod mit ansehen zu müssen, ohne das Geringste dagegen tun zu können. Wie leicht hätte es einen ihrer eigenen Hunde treffen können! Mit allen Sinnen konzentrierte sie sich auf die öde Landschaft, lauschte auf verdächtige Geräusche und sog die Luft ein, als könne sie die Gefahr wittern wie ein Tier. Sie hielt die Anspannung aufrecht, so lange sie konnte. Aber irgendwann ließen ihre Kräfte unmerklich nach.

Immer stärker drängte sich das Bild von Galib in Ysells Geist. Es war verführerisch leicht, das grausame Erlebnis von eben mit dem Gedanken an Galib vergessen zu machen. Mehr als einmal tastete Ysell nach der Blume, die, mittlerweile verwelkt, in der kleinsten Tasche ihrer Weste steckte, und jedes Mal löste die Berührung Freude in ihr aus.

Knapp ein Handmaß vor Sonnenuntergang traf der Tross auf den ersten Jumper. Er lag genau in Ysells Spur.

»Gefahr!« Eher beiläufig drang Läufers Botschaft in Ysells Gedanken. Ysell schreckte aus ihren verliebten Träumereien auf. Sie war vollständig geistesabwesend hinter ihren Hunden hergelaufen und hatte noch nicht einmal bemerkt, dass Dax und Reißer sichernd stehen geblieben waren. »Gefahr!«, wiederholte Läufer gelassen, während er schon vor ihr stand und sie auffordernd ansah. Auch die beiden anderen Hunde kamen nun in lockerem Trab zurückgelaufen und Ysell hörte aus ihren Gedanken heraus, dass sie wahrscheinlich einen Jumper gefunden hatten.

Schlagartig war Ysell hellwach. Der erste Jumper auf diesem Marsch! Ihr erster Einsatz! Ihre Bewährungsprobe! Sie musste den Hunden die Schutzausrüstung anlegen. Mit zitternden Fingern löste sie die Knoten der Lederschnüre, die die Ausrüstungen der Hunde zusammenhielten. Sie durfte jetzt keine Fehler machen. Nervös ruckte sie an dem letzten Riemen, der die Teile auf ihrem Rücken hielt – der Riemen riss und die Lederpanzer purzelten in einem wirren Haufen zu Boden. »Verdammt!« Ysell hockte sich hin und sortierte Brustpanzer und Beinschienen, bis alles wieder seine Ordnung hatte, dann rief sie Läufer zu sich. Der Hund stellte sich vor ihr in Positur und in Windeseile hatte sie ihm seine Rüstung angelegt. Ebenso schnell waren auch Dax und Reißer versorgt. Nachdem sie den korrekten Sitz der Panzer überprüft hatte, legte sie ihre eigenen Beinschützer an. Hastig sah sie sich um. Der Zug der Tragtiere war schon nahe herangekommen und der Aufspürer neben ihr bereitete seine Tiere ebenfalls vor – ob aus Vorsicht, oder weil auch seine Hunde etwas entdeckt hatten, konnte sie nicht feststellen. Aber es war auch egal. Trosshunde jagten in festen Dreiergruppen, nicht zu zweit und nicht zu viert, so war es festgelegt und alle würden sich daran halten. Sollten Ysells Tiere in Not geraten, würde sie selbst die Einzige sein, die ihnen zu Hilfe kommen konnte! Ysell löste den schweren Eichenknüppel von ihrem Gürtel und gab den Hunden das Zeichen. Die Arbeit konnte beginnen.

Dax und Reißer gingen vorsichtig voraus. Der Abstand zwischen ihnen betrug etwa dreißig Schrittmaß und Läufer hielt sich ein wenig hinter ihnen in der Mitte. Ab und zu blieben die Tiere stehen und lauschten in die Steppe hinaus. Ysell war zufrieden. Genau so hatten die Hunde es gelernt. Dennoch hielt ihre Aufregung an.

Immer genauer nahmen die Trosshunde Kurs auf den Hinterhalt des Jumpers. Jetzt konnte auch Ysell die flache Mulde erkennen, in die der Steppenwind eine dicke Schicht Flugsand geweht hatte. Dort war das Versteck! Dax und Reißer blieben stehen und Läufer stellte sich genau zwischen ihnen auf. Er war es, der gleich die gefährlichste Aufgabe zu bewältigen hatte. Mit rasendem Herzen gab Ysell das Kommando.

Darauf hatten die Trosshunde nur gewartet! Hoch spritzte der Staub auf, als Dax und Reißer lospreschten. Eben noch hatten sie unbeweglich dagestanden und im nächsten Augenblick jagten die schweren Hunde schon in vollem Galopp auf das Sandfeld zu. Der Boden erzitterte unter dem Trommeln der Pfoten und Ysell ging mit schnellen Schritten hinter Läufer her, der seinen Gefährten in gemächlichem Trab folgte.

Wenige Schrittmaß voneinander entfernt stürmten Dax und Reißer nebeneinander voran. Die Entfernung zum Sandfeld verringerte sich mit rasender Geschwindigkeit; gleich musste der Jumper aus seinem Versteck hervorbrechen! Ysell fasste den Knüppel fester und rannte hinter Läufer her.

Dax und Reißer hatten den Rand der Mulde erreicht. Als ihre Pfoten den Sand berührten, stieg direkt vor ihnen eine mannshohe Sandfontäne auf und das schrecklichste Tier, das Ysell je gesehen hatte, schnellte mit einem Riesensatz auf die Hunde zu. Dax und Reißer warfen sich sofort zur Seite und waren schon an dem Jumper vorbei, bevor dieser den Boden wieder berührte. Reglos blieb das mannsgroße, krebsartige Tier liegen und starrte Läufer und Ysell entgegen, die nun als Einzige in seinem Blickfeld waren. Läufer war ebenfalls losgejagt, als der Jumper hervorbrach, und raste nun mit höchster Geschwindigkeit auf die Bestie zu. Ysell rannte, so schnell sie konnte, und schickte atemlose Stoßgebete zu allen Göttern, dass ihren Hunden nichts geschehen möge. Sie sah die insektenartigen Augen des Jumpers hinter den gewaltigen Scheren, die sich jetzt langsam zu öffnen begannen. Sie sah den gelblich braunen Panzer und die spinnenhaften Beine, die sich zum nächsten Sprung spannten – und sie sah Läufer, der wie ein Fleisch gewordener Dämon mit gefletschten Zähnen auf den Jumper losfuhr und erst wenige Handbreit vor den zuckenden Scheren die Pfoten in den Sand stemmte, sodass die Körner hoch aufspritzten.

Läufer wich einen halben Schritt zurück und begann das Untier zu verbellen. Wie Donnergrollen schlug dem Jumper die Stimme des mächtigen Hundes entgegen; gereizt winkelte er die Scherenarme vom Körper ab und duckte sich zum nächsten Sprung. Wenn jetzt keine Hilfe kam, war Läufer verloren!

Urplötzlich waren Dax und Reißer über dem Jumper, der diese in seiner Wut auf Läufer ganz vergessen hatte. Die Hunde hatten sich sofort wieder herumgeworfen und waren nun, von hinten kommend, wie zwei lebendige Rammböcke knapp am Körper ihres Gegners vorbeigerast. Ihr Ziel waren die Armröhren, die die Scheren trugen, die einzige Schwachstelle der Bestie. Ysell rannte wie noch nie in ihrem Leben, doch noch bevor sie auf dreißig Schrittmaß heran war, hörte sie schon an dem splitternden Krachen, dass die Hunde die Armröhren des Jumpers zwischen ihren Kiefern zermalmt hatten. Im gleichen Moment schnellte der Jumper hoch und Läufer warf sich blitzschnell zur Seite, um nicht von dem niederfallenden, jetzt scherenlosen Körper getroffen zu werden. Dann wirbelte er herum, denn nun war es an ihm, den Jumper mit einem Biss in den Kopf zu töten.

»Das muss der Großvater aller Jumper gewesen sein!« Bogan schüttelte verwundert den Kopf, denn ein so gewaltiges Tier hatte selbst er noch nie gesehen. Fast drei Schrittmaß war der Körper lang und vier kräftige Männer waren nötig gewesen das tote Tier auf den Rücken zu drehen.

Ysell war gerade dabei, mit ihrem Messer große Stücke aus dem Fleisch herauszuschneiden und an die Hunde zu verteilen. Es war eine unappetitliche Arbeit, aber sie war so stolz auf ihre Tiere und so froh, dass ihnen nichts passiert war, dass sie das vor lauter Aufregung gar nicht richtig mitbekam.

»Der erste Jumper wird an alle Hunde verteilt!«, hatte Bogan verkündet, als er am Platz des Kampfes angekommen war. »Das Fleisch ist eine Köstlichkeit für sie, und wenn sie es erst geschmeckt haben, werden sie ihre Anstrengungen bei der Arbeit verdoppeln!« – Für Menschen war Jumperfleisch giftig, und das war schade. Sonst wäre für jeden von ihnen auch noch ein schöner Braten angefallen.

Schwitzend hockte Ysell neben der Schale des

Rückenpanzers und arbeitete wie besessen. Schließlich waren alle vierundvierzig Hunde versorgt und Ysell stand auf. Sofort stürzten einige Trosshunde, die meinten zu kurz gekommen zu sein, herbei und eine wilde, aber harmlose Balgerei um die Reste begann.

»Gut gemacht! Meinen Glückwunsch!« Bogan ließ es sich nicht nehmen, persönlich den Ziegenlederschlauch zu halten, aus dem das Wasser in dünnem Strahl auf Ysells Hände perlte.

»Danke!«, strahlte Ysell und rubbelte sich eifrig die Spuren ihrer Arbeit von der Haut.

»Nun, ich denke, wir sollten euren Erfolg ein wenig feiern!«, sagte Bogan. »Ich glaube, ihr habt es verdient!«

Da es schon recht dunkel geworden war, wurde auch gleich das Lager für die Nacht aufgeschlagen. Die Trossleute hatten die Tragtiere von ihren Lasten befreit und die Zelte aufgebaut. Jetzt kamen sie nach und nach zu der Mulde und bestaunten den riesigen Rückenpanzer des Jumpers, der wie eine große, leere Schale im Sand lag. Pekan konnte es wie üblich nicht lassen und hob ächzend eine der schweren Scheren auf. Angstvoll die Augen verdrehend und Grimassen schneidend steckte er seinen Hals in die Öffnung des Mordinstruments und tat so, als sei er eingeklemmt.

»He, pass auf! Die zuckt ja noch!«, schrie plötzlich einer der Aufspürer. Entsetzt riss Pekan sich die

Schere vom Hals, warf sie weit von sich und sprang sicherheitshalber auch noch einen Schritt zurück. Erst das Gelächter der ganzen Mannschaft brachte ihn darauf, dass er wohl gefoppt worden war. »Hätte doch sein können!«, brummte er ärgerlich und schaute die Schere mit zusammengekniffenen Augen misstrauisch an. Dann drehte er sich um und schloss sich den Gratulanten an, die Ysell umstanden und ihr die Hand reichen wollten.

Die Trossleute waren nicht weniger aufgeregt als die Aufspürer. Alles redete wild durcheinander und jeder wollte dem anderen mitteilen, was er gesehen oder gehört hatte. Die meisten von ihnen hatten noch nie einen Jumper gesehen und deshalb die Berichte der erfahreneren Kollegen stets für übertrieben gehalten. Jetzt konnten sie sich aber selbst davon überzeugen, dass ein Jumper durchaus in der Lage war einen Menschen oder ein Tragtier blitzschnell zu töten, und die Aufspürer mit ihren Trosshunden stiegen gewaltig in ihrer Achtung.

Es gab keinen Zweifel: Heute war Ysells großer Tag. Sie hatte sich als Erste in der Steppe bewährt. Die Hunde und sie waren ein großartiges Team, das hatte Bogan bestätigt; und mit der hektischen Fröhlichkeit, die großer Anspannung folgt, nahm sie die Glückwünsche aller entgegen.

Im letzten Licht des Tages hatten die Trossleute große Büschel des strohigen Steppengrases herbeigeschleppt und die Höhlung des Rückenpanzers mit den trockenen Halmen ausgestopft. Dann war man in das Lager zurückgekehrt und hatte dort ein Kochfeuer entzündet. Nun brodelte statt der üblichen Suppe aus gesammelten Grassamen ein festliches Essen aus Dörrfleisch und getrocknetem Gemüse in einem großen Kessel, der an einem Dreibein über den Flammen hing. Im ganzen Trosslager war die unruhige Heiterkeit der Erwartung zu spüren.

Ysell stand mit Diré und Sabé neben einem kleinen Zelt. Sie besprachen die Ereignisse des Tages und hielten dabei ihre gefüllten Schüsseln hoch vor der Brust. Der stetige Wind hatte zum Abend hin ein wenig aufgefrischt und trieb einen endlosen Strom feinen Staubes knapp über den Boden. Man aß besser im Stehen, wenn es zwischen den Zähnen nicht knirschen sollte.

»Hoffentlich werden deine Hunde jetzt nicht eingebildet!«, meinte Sabé. »Schließlich gebührt ein großer Teil der Ehre ihnen!«

»Keine Gefahr!«, lachte Ysell. »Sie jagen, weil Jumper ihnen gut schmecken, nicht für die Ehre!«

Eigentlich fand sie es aber bedauerlich, dass sie für die Tiere auch heute nicht mehr hatte tun können, als sie ordentlich zu loben und zu streicheln – abgesehen von einer gehörigen Portion Jumperfleisch, natürlich. Andererseits war sie aber auch froh, dass Trosshunde nicht so wie Menschen dachten, sonst hätte Solos' Tod sie vielleicht verängstigen können. Ysell hatte aber nur einen Anflug von Verwirrung gefühlt, als Solos' Signale plötzlich erloschen waren, und bald schon war der Vorfall dem Gedächtnis der Hunde entglitten.

Ysell schaute sich um. Einige der Trossleute waren mit dem Essen fertig und gingen nun in kleinen Gruppen zu dem Sandfeld hinüber. Die drei Freunde beeilten sich ihre Teller zu leeren, denn sie wollten vom ersten Moment an bei der Feier dabei sein. Es dauerte dann aber doch noch einige Zeit, bis Bogan erschien, um den Ritus des Ersten Jumpers zu zelebrieren.

Die Trossleute hatten unterdessen die nur wenig widerstrebende Ysell genau an den Platz bugsiert, an dem Bogan aus dem Dunkel auftauchen musste. Die Menschen unterhielten sich leise. Einige hatten Musikinstrumente mitgebracht und manchmal übertönte eine verhalten angestimmte Melodie das Gemurmel, die aber, kaum begonnen, schon wieder verklang. Nur das dumpfe Geräusch einer rasch geschlagenen Trommel hing stetig über dem Festplatz und steigerte die Erwartung der herumstehenden Menschen immer mehr.

Plötzlich entstand Bewegung. Bogan war erschienen. Nekoi blieb noch zwei Schrittmaß weit neben ihm und reihte sich dann in die Linie der Trossleute ein, die nun einen Kreis um den grasgefüllten Rückenpanzer zu bilden begannen.

»Gutes Geleit!«, grüßte Bogan seine Mannschaft.

»Gutes Geleit!«, kam es aus über vierzig Kehlen zurück.

»Wir haben heute allen Grund zu feiern!«, begann Bogan. »Wir haben erlebt, wie gefährlich die Steppe sein kann – und wir haben gezeigt, wie man der Gefahr trotzt. Ysells Hunde haben heute den schlimmsten Feind gestellt, den die Sandfelder für uns bereithalten, und sie haben ihn vernichtet!«

Beifall klang auf und Bogan schwieg, bis alles wieder ruhig war. Ysell stand in seiner Nähe und war froh, dass in der Dunkelheit niemand sehen konnte, wie rot sie geworden war.

»Dies ist der Moment«, fuhr Bogan fort, »euch an die Legende der Trosshunde zu erinnern! Ihr kennt die Geschichte zwar alle, aber sie darf niemals vergessen werden. Denn nur diesen Tieren ist es zu verdanken, dass unsere Stadt in der Steppe entstehen konnte und dass wir die Steppe zu bewältigen vermögen!«

Und nun erzählte Bogan die Legende der Trosshunde: »In einer Zeit vor unserer Zeit«, schlug er die Brücke zur Vergangenheit, »war der Boden, auf dem wir stehen, verbranntes Land. Ein Feuer, so heiß, dass der Sand zu Glas zerschmolz, war vom Himmel gefallen und hatte alles Grün von Horizont zu Horizont, und weit darüber hinaus, ausgelöscht. Ein Feuer, so heiß, dass Menschen und Tiere im Augenblick zu Asche wurden und nur noch ihre in den

Stein gebrannten Schatten von dem vergangenen Leben zeugten.

Vor jener Zeit war Senno Perros ein reicher Mann gewesen. Gewaltige Ländereien nannte er sein Eigen, seine Felder waren grün und fruchtbar und er wohnte in einem großen Haus. Doch er war nicht nur reich, sondern auch klug, und er sah das Unglück voraus. Er ließ eine große Höhle bauen, um sich und die Seinen zu retten, und als das große Feuer kam, ging er mit seiner Familie hinein. Und weil er gütig war, vergaß er auch seine Mägde und Knechte und Diener nicht – und auch seine Hunde bekamen einen Platz in der Höhle.

Viele Menschen drängten sich in der Höhle und sie waren für lange Zeit dort gefangen, denn das Land war der Feind des Lebens geworden. Das Land brachte den Tod, der Wind brachte den Tod und selbst der Regen brachte den Tod!

Die Menschen in der Höhle bekamen Angst. Sie nannten sich selbst die Tombatores, was in der alten Sprache ›Die Begrabenen‹ bedeutet; sie wussten, dass sie das Licht der Sonne nie wieder erblicken würden, denn der Tod würde noch sehr lange über dem Land schweben, und wer es wagte, die Höhle zu verlassen, der hatte sein Leben verwirkt.

Es herrschte Enge in der Höhle und es war dunkel. Die Menschen begannen einander das Licht und den Platz zu neiden, ja, sie begannen einander zu hassen. Am meisten aber hassten sie Senno Perros und seine Hunde. Die Tiere wurden den Tombatores bald lästig, und so nahm man Senno Perros die Tiere fort und jagte sie hinaus vor die Höhle – in den sicheren Tod, wie man meinte. Auch Senno Perros jagte man fort und mit ihm seine ganze Familie. – Das war der Dank der Tombatores für ihre Rettung!

Viele Jahre später wagten die Kinder der Verräter es, das Tor der Höhle zu öffnen. Sie fanden die Knochen von Senno Perros und seiner Familie nahe am Eingang; bis zuletzt hatten sie wohl gehofft wieder eingelassen zu werden. Die Hunde aber hatten überlebt. Die Nachkommen von Senno Perros Hunden waren mächtige Tiere geworden. Sie beherrschten die Steppe und fraßen sogar giftiges Fleisch, ohne Schaden zu nehmen – über Generationen hinweg hatten sie sich daran gewöhnt und nun konnte es ihnen nichts mehr anhaben. Doch dies war nicht die einzige Veränderung, die mit den Tieren vorgegangen war. Die erstaunten Menschen stellten fest, dass die Hunde miteinander reden konnten; nicht so, wie wir es tun – sie waren wie ein einziger Geist: Was eines der Tiere erkundete, wussten sogleich auch die anderen. Auch die Gedanken der Menschen erahnten sie, und wenn sie sich jemandem anschlossen, dann musste der ein sanftmütiges und starkes Wesen haben. Dies waren die ersten Aufspürer, denn die grünen Felder waren zu Asche geworden und die Steppe war gefährlich.

Die Jumper waren aufgetaucht und sie fügten den Menschen schwere Verluste zu, denn diese waren nicht auf die Bestien gefasst gewesen, die unter dem Sand verborgen auf sie lauerten. Viele wurden von den Jumpern getötet oder verstümmelt. Erst in Begleitung der Trosshunde konnten die Menschen sich im Land bewegen. Sie bildeten die Hunde aus und die Aufspürer mit ihren Rudeln waren der einzige Schutz vor den Gefahren der Steppe. Sie waren sanftmütig und stark und sie waren von ihren Hunden erwählt worden!«

Zum Ende seiner Rede erhob Bogan noch einmal seine Stimme: »Denkt immer daran, dass wir die Nachkommen von Verrätern und Mördern sind, und behandelt die Hunde gut, die ihre Kraft bewiesen haben, als die Menschen versagten. – Seid auch ihr sanftmütig und stark, dann habt ihr auf all euren Wegen gutes Geleit!«

»Gutes Geleit!«, murmelten die Trossleute auf dem Sandfeld im Licht der Sterne und manch einer schaute scheu auf den Panzer des Jumpers und dankte allen Göttern, dass es Trosshunde gab.

»Holt das Feuer!«, befahl Bogan. »Und macht Musik!«

Immer auffordernder war in der Dunkelheit die Musik geworden, bis die Ersten begonnen hatten sich im Takt zu wiegen. Das dumpfe Dröhnen der Trommeln und die hellen Melodien der Flötenspieler hatten die Menschen im Schein der ersten Flammen immer mehr in ihren Bann gezogen, bis die rhythmische Bewegung von der ganzen Gruppe Besitz ergriffen hatte. Die Musiker hatten sofort reagiert und das Tempo beschleunigt, und nun, als das Freudenfeuer seinen Höhepunkt erreicht hatte, tanzten die Menschen ausgelassen um die glühenden Überreste ihres toten Feindes. Da lag er nun, er, an den alle mit Schrecken gedacht hatten, der Albtraum der Steppe, der Hunde, Menschen und sogar Tragtiere mit seinen Scheren entzweischneiden konnte. Er, der in den Sandfeldern tückisch auf seine Opfer wartete und mit einem Riesensatz über sie kam. Da lag er nun als brennende, tote Hülle. Hoch schlug die feurige Lohe aus der rot glühenden Schale des Jumpers. Aus den Löchern, wo die Scherenarme und die acht Beine gewesen waren, stießen lange, feurige Klingen in die Nacht.

Die Menschen tanzten wie besessen. Sie tanzten sich die Angst aus der Seele. So wie diesem hier würde es allen Jumpern, ja überhaupt allen Feinden ergehen!

Als es in der rot glühenden Wölbung des Rückenpanzers zu knistern begann, wurde der Takt der Musik noch schneller, noch fordernder. Die Tänzer stampften den Sand unter ihren bloßen Füßen wie in Ekstase – so heftig, dass der Wind eine breite Staubfahne aus dem Lager heraustrug, die im Licht des Feuers rötlich schimmerte und wogte. Noch lauter wurde der Schlag der Trommeln, noch aufpeitschender. Die Füße der Tänzer bewegten sich in rasendem Wirbel, als die Rückenschale des Jumpers endlich in der Glut der Flammen mit einem lauten Knall zerbarst und ein feuriger Strom glimmender Asche vom Wind über das Sandfeld getragen wurde.

Ysell erwachte wie aus einem Traum. Schwer atmend und glücklich sah sie auf die Überreste des Monstrums herab. Jetzt erst war ihr Sieg vollkommen. Ihr Feind war so vollständig vernichtet worden, dass nur noch verkohlte Splitter von ihm übrig waren, die der Sand bald verschlingen würde.

Als die Feier zu Ende war, sah Ysell Diré und Sabé Hand in Hand davongehen und sie konnte einen kleinen sehnsüchtigen Seufzer nicht unterdrücken. Beim Anblick des glücklichen Pärchens war ein Wermutstropfen in Ysells Geist gesickert. Plötzlich war der Gedanke mit aller Macht wieder da: Wenn Galib doch nur hier wäre! Sie tastete nach der Blume in ihrer Tasche und fühlte sich ein wenig getröstet.

Diré

Ysell und die anderen lernten viel auf dem Ringmarsch. Bogan brachte seinen Leuten bei, wie man mithilfe eines lotrecht herabhängenden Stabes und der gleichzeitigen Ermittlung der Tageszeit die ungefähre Marschrichtung bestimmen konnte, an welchen Stellen es sich lohnte, nach Wasser zu graben, und noch vieles andere mehr. Der Zug orientierte sich tagsüber an der Sonne und in der Nacht an den Sternbildern. Jede noch so unscheinbare Landmarke, jeder Strauch und jeder Hügel am Horizont wurden in die Berechnungen mit einbezogen. Ging es in unübersichtliches Gelände, ließ man Wegzeichen zurück: kleine Steinpyramiden, die den Zug im Fall der Not wieder auf sicheren Grund führen konnten.

Der Tross musste sich auf seinem Weg selbst ernähren. Die mitgenommenen Vorräte waren nur für wenige Tage berechnet, dann hätte die Gruppe ohne Nahrung in der Steppe festgesessen. Tragtiere zu melken und ihnen aus einer Vene am Vorderbein etwas Blut abzunehmen, das dann mit der

Milch vermischt wurde, hatte man im Zwinger schon geübt. Das allein reichte aber nicht aus, denn wenn man kein Wasser fand, versiegte die Milchquelle nach wenigen Tagen und von dem Aderlass konnte man auch nur sehr vorsichtig Gebrauch machen, da die Tiere sonst zu sehr geschwächt wurden. Um wenigstens einigermaßen satt zu werden, mussten die Trossleute noch zu anderen Mitteln greifen.

Ysell lernte es, schlammiges Wasser durch dicke Packungen eng gewebter Tücher zu filtern, und stellte fest, dass die Rückenwirbel der Sandviper nur dann genießbar waren, wenn man sie lange genug kochte. Sie sammelte die essbaren Samen der Gräser am Weg in einem Lederbeutel und akzeptierte nach anfänglichem Schaudern, dass Mäuse- und Maulwurfsfleisch zwar keinen Braten ersetzen konnte, jedoch zusammen mit Insektenlarven eine Grassamensuppe wesentlich zu verbessern vermochte – wenn die Trossleute nur genug der Tierchen zu fassen bekamen. Wurde dann abends aus den Funden aller ein Mahl bereitet, freute man sich gemeinsam, dass man heute wieder die Vorräte hatte schonen können. Es war eben alles eine Frage der Gewohnheit.

Langsam, aber stetig zog der Tross in weitem Bogen um die Stadt, die irgendwo auf der linken Seite weit hinter dem Horizont lag und mit jedem Tag wuchsen die Fähigkeiten der Menschen, sich in der Steppe zu behaupten. Das nächtliche Geheul der Wüstenfüchse störte ihren Schlaf nicht mehr, und was ihnen zuerst wie ein großes Abenteuer erschienen war, wurde schon bald zum Alltag.

Es zeigte sich schnell, dass Ysells Hunde die begabtesten waren. Den Tieren entging nichts, was in ihrer Spur lag, und die Trossleute, die hinter Ysells Gruppe gingen, brauchten um ihre Sicherheit nicht zu fürchten. Läufer, Dax und Reißer bekamen auf dem Marsch noch fünfmal Gelegenheit, einen Jumper zu stellen, und meldeten Ysell ein gutes Dutzend Sandvipern, die dann den Speiseplan der Mannschaft bereicherten.

Am zweiundzwanzigsten Tag des Marsches verzögerte sich am Morgen der Aufbruch. Die gesamte Habe der Trossleute war bereits auf die Tragtiere gepackt und nur Dirés Zelt stand noch einsam mitten unter den geschäftig hin und her laufenden Menschen und Tieren. Diré konnte nicht aufstehen. Sie hatte schon seit zwei Tagen über Schmerzen in Kopf und Rücken geklagt und halb blind war sie neben ihren Tragtieren einhergetaumelt, weil das Tageslicht ihren Augen wehgetan hatte. Über Nacht waren die Krämpfe in Rücken und Nacken so stark geworden, dass sie sich überhaupt nicht mehr bewegen konnte.

Sabé stand ratlos neben Bogan, der sich, wie es schien, ebenfalls schwer tat eine Entscheidung zu treffen. Am liebsten hätte er eine Bahre zwischen zwei Tragtiere schirren lassen und Diré einfach mitgenommen, doch die junge Frau war blass vor Schmerzen und jede noch so kleine Bewegung ging ihr durch und durch. Bogan kannte dieses Fieber; normalerweise war es schmerzhaft, aber harmlos und klang nach etwa vier Tagen wieder ab. So schlimm wie bei Diré wurde es nur selten und er machte sich große Sorgen – aber der Ringmarsch musste weitergehen. Man war auf die spärlichen Nahrungsmittel angewiesen, die die Steppe auf der Wanderung hergab und ein Aufenthalt von zwei oder drei Tagen hätte den ganzen Tross gefährdet.

»Ich könnte bei ihr bleiben«, sagte Sabé in Bogans Überlegungen hinein. »Wenn ich Ysell frage, bleibt sie mit ihren Hunden bestimmt bei uns. Wir könnten Diré dann gesund pflegen und nachkommen, sobald es möglich ist.«

Sabé tat Bogan Leid. Seine Stimme hatte vor Angst um Diré gezittert. Trotzdem konnte Bogans Entscheidung nur so ausfallen, wie es seinem Wesen entsprach: logisch, alles bedenkend und der Sachlage nach besten Kräften gerecht werdend.

»Nekoi wird bei Diré bleiben«, entschied er. »Sie versteht ein wenig von Heilkunde und wird deine Freundin besser versorgen, als du es könntest. – Schick jetzt Ysell zu mir!«

»Aber …«, wandte Sabé ein, doch Bogan schnitt ihm mit einer beruhigenden Geste das Wort ab.

»Sorge und Angst sind schlechte Ratgeber!«, sagte er mit leiser Stimme. »Es ist das Beste so, glaub mir!«

Sabé hob kurz die Schultern, um seinen Zweifeln Ausdruck zu verleihen, aber insgeheim musste er dem alten Trossmeister Recht geben. Was hätte er schon tun können, um Diré zu helfen? Langsam ging er zu Ysell hinüber und berichtete ihr von Dirés schlechtem Zustand. Natürlich war Ysell sofort bereit bei der Kranken zu bleiben. Sabé war ein wenig beruhigt.

Bogan gab den Trossleuten den Auftrag, Vorräte für drei Leute zusammenzustellen und neben Dirés Zelt zu lagern. Er rechnete mit einem Aufenthalt von fünf Tagen. Dann suchte er persönlich die vier wohlgenährtesten Tragtiere aus und ließ Material für eine Bahre heranschaffen. Drei Fingermaß später war alles geregelt und Bogan gab das Zeichen zum Aufbruch. Der Tross zog weiter. Sabé war noch schnell in Dirés Zelt gekrochen und hatte ihr ein letztes Mal den Schweiß getrocknet, den die Schmerzanfälle ihr auf die Stirn trieben. Dann war er zwischen die Reihen der Tragtiere gegangen und mit den anderen weitergezogen. Diré hatte ihm mit blassem Gesicht zugelächelt und ihm gesagt, dass er sich keine Sorgen machen solle, bald würde sie mit Ysell und Nekoi nachkommen.

Vier Tage später war Diré tot.

Die Schmerzen waren schon am ersten Tag so schlimm geworden, dass Nekoi gezwungen war ihrer Patientin etwas von dem betäubenden Mohnextrakt zu geben, den der Tross für solche Notfälle mitführte. Danach war Diré ein wenig ruhiger geworden und Ysell hatte schon Hoffnung geschöpft, dass es ihrer Freundin bald besser gehe. Dirés Körper war aber unnatürlich heiß gewesen, sie schwitzte und fror zugleich und am Abend war der Schlaf der Betäubung unruhigen Fieberphantasien gewichen. Diré spürte keine Schmerzen mehr und Nekoi brauchte ihr nichts von dem Mittel zu geben. Als fast alles Wasser aufgebraucht war, um ihren Körper zu kühlen, war Ysell mit den Hunden zum letzten Wasserloch zurückgegangen, um Nachschub zu besorgen und die Tragtiere zu tränken. Insgesamt dreimal machte sie den Weg in den nächsten vier Tagen, während Nekoi bei der Kranken blieb und sich Tag und Nacht um sie kümmerte. Diré trieb die meiste Zeit in einer tiefen Ohnmacht dahin, aus der sie nur manchmal für kurze Zeit erwachte. In ihren Fieberphantasien schien sie all das noch einmal durchleben zu müssen, was ihre Kindheit vergiftet hatte; sie stöhnte, dann schrie sie gequält auf und wehrte sich gegen unsichtbare Gegner. Sie redete auch im Fieber, und was Ysell hörte, war so schrecklich, dass sie das Zelt verlassen musste. Sie hatte auch die alten Narben am Körper ihrer Freundin gesehen. – Was hatte Diré nur alles erleiden und erdulden müssen?

Nekoi saß mit versteinertem Gesicht an Dirés Lager und gönnte sich kaum einige Augenblicke des Schlafs. Manchmal, wenn sie Diré den Schweiß vom Körper wischte, stieß diese die Hand von sich, richtete sich unvermittelt auf und starrte blicklos vor sich hin. Dann sank sie wieder auf ihr Lager zurück und ließ willenlos alles mit sich geschehen.

So sehr Nekoi sich auch bemühte, das Fieber ließ sich nicht senken, und zur Zeit der Hochsonne am vierten Tag hörte Dirés Herz auf zu schlagen. Ysell war gerade wieder unterwegs, um Wasser zu holen, und als sie zurückkam, war Nekoi schon dabei, eine flache Grube in den harten Steppenboden zu hacken. Wortlos legte Ysell die Wasserflaschen in das Zelt. Diré sah sehr klein aus, jetzt, da das Leben aus ihr gewichen war, fast wie ein Kind. Ysell strich der toten Freundin noch einmal sanft über das Gesicht, dann verließ sie das Zelt und begann schweigend den Steppenboden nach Steinen für den Grabhügel abzusuchen. Was hätte sie auch sonst noch tun können?

Bogan hatte den Frauen aufgetragen, nicht zu versuchen dem Tross zu folgen, sondern auf direktem Weg in die Stadt zurückzukehren; also packten sie ihre Sachen auf die Tragtiere, bestimmten die Marschrichtung nach dem Stand der Sonne und zogen los.

Wie zum Hohn schaukelten die langen Zeltstangen an der Seite eines der Tiere. Die Frauen hatten eine Tragbahre daraus bauen wollen, wenn es Diré besser ging.

Nekoi war schweigsam auf dem Weg und ein beängstigend maskenhafter Zug hatte sich auf ihr Gesicht gelegt. Es schien ihr sehr nahe gegangen zu sein, dass sie Diré nicht hatte retten können, und Ysell ließ sie in Ruhe. So gingen die beiden Frauen den größten Teil des Weges wortlos hinter den Hunden her, Ysell in ihrer Trauer um Diré und Nekoi in ihrem stillen Zorn. Energisch schritt Nekoi voran, so als habe sie ein fernes, nur ihr bekanntes Ziel.

Irgendetwas fraß an Nekoi, zehrte sie regelrecht von innen her auf und Ysell konnte nur erahnen, was ihre Gefährtin so sehr bedrückte. Tiefe Falten hatten sich im Laufe der letzten Tage in Nekois Gesicht gegraben. Die dumpfen Impulse einer unsäglichen Wut waren das Einzige, was Ysell durch die Gedanken der Hunde spüren konnte. Nekoi sprach kaum noch, sie lehnte das Essen ab, das Ysell für sie beide kochte, und in den Nächten brütete sie stumpf vor sich hin. Ysell sorgte sich um ihre Gefährtin. Nekoi würde in absehbarer Zeit zusammenbrechen, wenn sie so weitermachte.

Ysells Befürchtungen zum Trotz schien Nekois Energie jedoch unerschöpflich. Obwohl sie mehr und mehr abmagerte, strebte sie mit aller Kraft der Stadt entgegen, als fürchte sie etwas zu versäumen.

Nekoi war für Ysell zu einer Fremden geworden. Das war nicht mehr dieselbe Frau, die ihr geduldig das Lesen und die Zahlenkunde beigebracht hatte. Schweigend und kalt ging sie ihren Weg. Es war nur ein Zufall, dass ihre Spuren noch ein Stück weit nebeneinander herliefen.

Am Ende des dritten Tages erreichten Ysell und Nekoi die Stadt. Sie mieden die Begegnung mit den Menschen und gingen direkt auf das Zwingergelände zu.

Der Tross hatte den Ringmarsch noch nicht beendet und die beiden Frauen wurden von den wenigen zurückgebliebenen Trossleuten unter großem Hallo empfangen. Mit knappen Worten erstatteten sie Bericht, und da es keine guten Nachrichten waren, die sie brachten, ließ man sie bald in Ruhe.

Ysell zog sich in ihre Kammer zurück und legte sich, ohne erst ihr Bündel auszupacken, auf das Bett. In wenigen Tagen würde auch der Tross zurückkehren und Ysell hatte Angst davor. Wie sollte sie Sabé bloß den Tod seiner Freundin beibringen?

Nekoi

Am nächsten Morgen war Nekoi verschwunden. Ysell suchte sie zuerst am Tragtiergatter und dann auf dem ganzen Zwingergelände, doch niemand hatte sie gesehen. Genau wie Ysell war sie gestern gleich in ihre Kammer gegangen und für den Rest des Tages dort geblieben. Eine Trossfrau hatte ihr am Morgen etwas zu essen bringen wollen, da sie so abgezehrt ausgesehen hatte, aber die Kammer war leer und das Bett war unberührt gewesen. Nekoi musste das Zwingergelände schon früh am Morgen oder sogar noch in der Nacht verlassen haben.

Ysell war sehr beunruhigt. Nekoi hatte zwar Verwandte in der Stadt, aber sie hielt nichts von diesen Leuten, die noch nicht einmal ein Stück Brot für sie gehabt hatten, als sie in Not gewesen war, wie sie Ysell einmal erzählt hatte. Undenkbar, dass sie sich die Blöße gab, sich dort in ihrem Zustand zu zeigen.

Bis zur Zeit der Hochsonne redete Ysell sich ein, dass Nekoi auf dem Markt sei, um dort ihre Vorräte für den Marsch des Clans zu ergänzen; als die Sonne dann aber wieder dem Horizont entgegenstrebte, hielt sie die Ungewissheit nicht mehr länger aus und ging in die Stadt.

»Mit einem Knüppel erschlagen!«, schnappte Ysell auf, als sie auf dem Marktplatz an einer Gruppe von Männern vorbeiging. Unauffällig blieb sie stehen und tat so, als würde sie die Auslagen eines Händlers betrachten. »Waren ja nicht viel wert, die Burschen«, sagte ein dünner alter Mann, der sich auf einen Stock stützte, »aber sie gleich zu erschlagen ...«

»Diebe waren es«, behauptete ein jüngerer in feinen Kleidern, »Diebe! Man hat sie erwischt und verfolgt – geschieht ihnen recht!«

»Blödsinn!«, widersprach ein dritter, der wie ein Handwerker aussah. »Die Hure war's, da wett ich drauf, das spür ich! Die Burschen wollten sich einen Spaß mit der Alten machen und da hat sie die Wut gekriegt! – Ich sag euch, wütende Weiber sind was Furchtbares ...«

»Was ist eigentlich los?«, fragte Ysell den Händler, der sie misstrauisch musterte. »Wovon reden die?« Sie wies mit dem Daumen über ihre Schulter in Richtung der Männer.

»Bist du gerade erst aufgestanden?«, knurrte der Händler und sah sie unfreundlich an. »Die ganze Stadt redet heute von nichts anderem! Zwei junge Kerle hat man erschlagen! Im Viertel der Ledermacher! Sie waren betrunken! Eine Hure hat sie mit Wein freigehalten! Dann sind sie mitgegangen und jetzt sind sie tot!«

»Und die – Hure«, das Wort kam Ysell nur schwer über die Lippen, denn sie hatte unerklärlicherweise ein bestimmtes Gesicht vor Augen, »die war schon älter?«

»Ja«, sagte der Händler gedehnt.

»Kennt man sie? Weiß man denn, wer sie ist?«

»Nein.« Der Händler zog die Augenbrauen zusammen. »Wieso, kennst *du* sie etwa?«

»Ich? Nö! – Ich frag nur so.« Gelernt ist gelernt! Die Lüge kam Ysell glatt von den Lippen, wenn sie dabei auch innerlich bebte, denn sie hatte einen schrecklichen Verdacht. Ein Doppelmord an zwei jungen Männern im Viertel der Ledermacher, vermutlich von einer älteren Frau begangen … Es fehlte nur noch ein winziges Mosaiksteinchen, damit ihr Verdacht sich bestätigte.

»Danke!«, sagte Ysell zu dem Händler und wandte sich ab.

»He, willst du nichts kaufen?«, rief der Mann ihr ärgerlich hinterher. »Das hab ich gern, erst …«

Ysell hörte nicht hin. Sie wollte nichts mehr hören, nichts mehr sehen, nichts mehr wissen. Sie wollte nur noch zurück zum Zwinger, in ihre Kammer, in die letzte sichere Zuflucht, die ihr noch verblieb. Sie wollte die Tür verriegeln, sich auf das Bett legen und darauf warten, dass die Welt sich wieder in Bahnen bewegte, die man verstehen konnte. Warten, dass jemand an die Tür klopfte und sagte, dass alles nur ein Irrtum gewesen sei, ihr sagte, dass Diré noch lebe, dass sie Sabé nicht die Nachricht von ihrem Tod bringen müsse und dass Nekoi keine … Ysell mochte den Gedanken nicht zu Ende denken. Das alles war zu viel für sie.

Wie von selbst trugen Ysells Füße sie zum Zwinger. Sie drückte das große Tor hinter sich zu und lehnte sich erschöpft dagegen. Teilnahmslos ließ sie die Begrüßung ihrer Hunde über sich ergehen und versorgte die Tiere. Nekoi war nicht zurückgekehrt. Ysell riegelte sich in ihrer Kammer ein.

»Ysell?« Die Stimme war durch das dicke Holz der Tür entstellt und kam Ysell nicht bekannt vor. Sie lag angekleidet auf ihrem Bett und starrte zur Decke. Sie blieb stumm, denn was auch immer der Fremde von ihr wollte, etwas Gutes erwartete sie nicht.

»Ysell?« Ein leises Klopfen begleitete die Frage. »Ysell, schläfst du?«

»Wer ist denn da?« Ysells Stimme klang gereizt. Sie richtete sich auf und blinzelte aus halb geschlossenen Augen feindselig zur Tür hinüber.

»Galib!«, antwortete die Stimme von draußen. »Ich wollte dich besuchen, aber wenn es dir jetzt nicht passt …«

»Ich komme!« Mühsam stand Ysell auf und ging

zur Tür. Sie hatte nur noch selten an Galib gedacht, seit Diré krank geworden war. Seitdem war alles um sie herum zusammengebrochen und Galib erschien ihr wie ein Bote aus einer anderen Welt, zu der sie nicht mehr gehörte.

Das würde jetzt ein tolles Wiedersehen werden; mit ihrem verheulten Gesicht und so erschöpft, wie sie aussah, würde sie ihn wahrscheinlich so verschrecken, dass sich das Thema Galib auch für alle Zeiten erledigt hätte. Ysell schob den Riegel zurück.

»Gutes Ge…« Der Gruß blieb Galib im Halse stecken, als ihm Ysell durch den Türspalt mit roten Augen und wirrem Haar entgegensah. »Was ist los?«, wollte er wissen. »Hast du geweint?«

»Ach!« Unwillig wandte Ysell sich ab und ging mit zwei schnellen Schritten zum Bett. Steif setzte sie sich auf die äußerste Kante und schaute mit leerem Blick in eine dunkle Ecke. »Komm, setz dich doch!«, forderte sie Galib auf und dann fiel ihr nichts mehr ein, was sie noch hätte sagen können, ohne sofort wieder loszuheulen.

»Schau mal, was ich mitgebracht habe!« Galib hielt einen kleinen Krug hoch. »Wein!«, sagte er stolz. »Den magst du doch – oder?«

»Nur mit Wasser.« Die Erinnerung an Diré war überall. Ysell stand auf, um welches zu holen, und war erleichtert den Raum kurz verlassen zu können.

Sie mischte für Galib und sich selbst das Getränk, dann setzte sie sich wieder auf das Bett, hielt ihren Becher zwischen beiden Händen und schaute schweigend zu Boden.

Die Stille war unbehaglich. Galib spürte, dass Ysell etwas auf der Seele lag. »Willkommen in der Heimat!«, sagte er, um das Schweigen zu beenden, und hob seinen Becher.

»Blödsinn«, stellte Ysell leise fest, aber es lag keine Schärfe in diesem Wort, nur eine tiefe Resignation; dann hob auch sie ihren Becher und versuchte ein Lächeln. »Danke!«

»Wieso bist du eigentlich schon hier?«, wollte Galib nun wissen. »Und was ist mit dem Tross?«

Die Frage hatte freundlich geklungen und sachlich, nicht neugierig und auch nicht drängend. Also begann Ysell von Dirés Tod zu berichten und wie es dazu gekommen war, dass sie vor dem Tross die Stadt erreicht hatte, und da sie schon mal dabei war, erzählte sie Galib gleich alles, was sie in den letzten Tagen erlebt hatte. Sie sprach von ihrem Erfolg und von den Gefahren, von ihrer Angst und wie sie sie überwunden hatte, von ihrer Hilflosigkeit bei Dirés Tod und von ihrer Trauer. Sie sprach zusammenhanglos und sprang von Ereignis zu Ereignis, aber langsam konnte Galib verstehen, was sie so verändert hatte. Sie hatte mit eigenen Augen gesehen und am eigenen Leib erfahren, was sie in der Steppe erwartete, und sie hatte Angst vor der

Zukunft. Aber da war noch mehr. Ysell hatte ihm nicht alles erzählt, das spürte er genau! Da war noch etwas, das sie belastete und das sie ihm nicht anvertrauen wollte. Aber er wollte nicht weiter in sie dringen und berührte nur sacht ihren Unterarm, damit sie spürte, dass sie nicht allein war.

Ysell hatte Galib ihren Verdacht über Nekoi verschwiegen, denn sie hoffte noch immer, dass sich alles als ein Irrtum erweisen würde.

»Wieso hast du vorhin eigentlich gesagt, dass ich Blödsinn rede?«, hörte sie Galib plötzlich fragen.

Ysell erinnerte sich. Galib hatte von Heimat gesprochen, ein Begriff, mit dem sie heute weniger denn je etwas anfangen konnte.

»Ich habe keine Heimat!«, stellte sie mit tonloser Stimme fest. »Niemand, der mit dem Clan geht, weiß, was ihn erwartet. Es gibt nur ein unbekanntes Ziel! Wenn wir beide so etwas wie eine Heimat brauchen, dann werden wir sie uns selbst schaffen müssen, irgendwo da draußen. – Die Steppe ist keine Heimat!« Ysell sah Galib eindringlich an. »Es ist heiß dort und windig und staubig und die Sandflöhe fressen einen förmlich auf. Man ist die ganze Zeit schmutzig, selbst wenn man sich gerade gewaschen hat. Die Haut wird wund vom Schweiß und die Kleidung scheuert bei jeder Bewegung. Man wetteifert mit den Mäusen um die Grassamen und man isst Dinge, von denen man kaum glauben kann, dass der Magen sie bei sich behält. Die

Steppe quält und tötet auf hunderterlei Art, und man hofft die ganze Zeit, dass einen das Fieber nicht erwischt. Man kann dort überleben, wenn man Glück hat, aber mehr auch nicht!«

»Wir sind wie die Vögel am Himmel«, meinte Galib melancholisch. »Der Sturm kann uns hoch hinaustragen, aber er kann uns auch zerschmettern.«

Für einen, der noch nie in der Steppe gewesen war, kannte er sich ja sehr gut aus, dachte Ysell zynisch. Trotzdem rührten seine Worte sie an und es war schön, seine ruhige, sanfte Stimme zu hören.

»Wenn es da draußen wenigstens ein Ziel gäbe!«, seufzte sie sehnsüchtig auf. »Aber da gibt es nur Steppe und Sand und Mücken und Flöhe und – Fieber.«

»Hinter dem Horizont gibt es Wasser!« Galibs Körper straffte sich und seine Stimme klang entschlossen. »Wir werden fruchtbares Land finden und wir werden es bebauen! Es wird reiche Ernten geben und wir werden eine Stadt errichten, die niemand mehr verlassen muss, bloß weil die Nahrung nicht mehr für alle ausreicht!«

»Das hoffen alle, die gehen, aber ich habe jetzt Zweifel!«

»Du wirst es sehen, ich werde den Clan dorthin führen!«

»Du wirst die Hintern der Tragtiere vor dir herschaukeln sehen, und wenn du etwas weiter vorne gehst, die der Hunde!«

»Und wenn ich nicht ganz so weit vorne gehe, dann sehe ich deinen!«, ergänzte Galib grinsend. »Damit stände mein Lieblingsplatz ja wohl fest!«

Wider Willen musste Ysell lachen. Dass Galib nicht bereit schien, auf ihre Anwandlung schlechter Laune und ihr pessimistisches Gerede einzugehen, imponierte ihr. Plötzlich wurde ihr bewusst, dass die ganze Zeit über Galibs Hand auf ihrem Arm gelegen hatte. Die Geste der Zuneigung ließ ein warmes Gefühl durch ihren Körper strömen und sie lehnte sich an seine Schulter.

Galib strich sanft über Ysells Haar. Auch auf ihn war die Berührung Ysells nicht ohne Wirkung geblieben, aber er hielt sich zurück.

Ysell spürte, dass Galib sie begehrte, und sie sah ihrerseits keinerlei Grund sich zurückzuhalten. Plötzlich war ihr Interesse an ihm wieder erwacht, ja, es war stärker als je zuvor. Sacht schob sie eine Hand unter seine Kleidung und spürte seine nackte Haut unter ihren Fingerspitzen. Wie gut sich das anfühlte!

Galib war bereit! Leise stöhnte er auf, als Ysell ihre Hand an seinem Bauch hinabgleiten ließ und seine Hände fassten unwillkürlich fester zu. Ysell entzog sich mit einer geschickten Bewegung seinem Griff, stand auf und streifte mit wenigen raschen Bewegungen ihre Kleider ab. Dann schlüpfte sie an Galib vorbei und legte sich hinter ihm auf das Bett.

»Komm, leg dich zu mir!«, forderte sie ihn auf.

»Bist du sicher, dass du das willst?« Nichts hätte Galib lieber getan und sein Körper verlangte mit jeder Faser danach. Dennoch war er unschlüssig. Eben noch war Ysell traurig und verstört, fast abweisend gewesen, und jetzt forderte sie etwas von ihm, was er noch vor wenigen Augenblicken im Traum nicht zu hoffen gewagt hätte.

»Komm doch endlich!« Ysell konnte es nicht erwarten. Sie richtete sich wieder auf und half Galib ungeduldig sich zu entkleiden. Dann zog sie ihn mit sich, legte sich wieder zurück und wartete, dass er zu ihr kam, denn sie sah, wie bereit er dazu war.

Galib war die Sache unheimlich. Ysell war ihm zu verwirrt und es kam ihm vor, als nutze er ihre Hilflosigkeit aus, wenn er sie jetzt einfach so nahm. Er begehrte sie sehr und wollte sich seinen Gefühlen bedingungslos hingeben – aber sie sollte es wirklich wollen und ihn nicht nur benutzen, um sich von ihren Ängsten abzulenken!

Galib setzte sich auf und begann Ysell zu streicheln. Zuerst sehr sanft. Sie lächelte ihn an, kam näher und legte ihren Kopf auf seine Schenkel. Er spürte, dass sie die Zärtlichkeit seiner Hände genoss. Sie machte sich seinen Berührungen zugänglich, konnte das Weiterwandern seiner Hand kaum erwarten, griff ungeduldig zu und führte sie. Galibs Liebkosungen passten sich den Reaktionen von Ysells Körper an. Immer intensiver und direkter erforschten seine Hände Ysell, bis ihre fordernden Bewegungen so stark wurden, dass es keinen Zweifel mehr gab. Ysell war wirklich bereit für ihn. Sie wollte ihn. Jetzt und hier! Sanft glitt Galib neben sie auf das schmale Bett.

Galib blieb bis zum frühen Morgen bei Ysell. Sie konnten nicht voneinander lassen, immer wieder erhitzten sie sich in leidenschaftlichem Spiel. Beiden kam es so vor, als hätten sie nur auf diesen Tag ihres Lebens gewartet, und es waren nicht nur ihre Körper, die sich heute fanden. Lange lagen sie nebeneinander und sprachen von Vergangenheit und Zukunft. Ysell gewann wieder Zuversicht; mit einem Partner wie Galib würde sich sogar die Steppe meistern lassen! Sie erkundeten gegenseitig ihre Körper und ihre Gedanken, und alles, was sie fanden, war Schönheit.

Irgendwann hatte Galib einen halben Gedanken daran verschwendet, dass er eigentlich zurück in die Stadt müsse, aber er hatte gesehen, dass es schon dunkel wurde, und was er zu erledigen hatte, das konnte auch ruhig noch bis morgen warten.

Ysell und Galib wurden müde und freuten sich beim Einschlafen der Nähe des geliebten Menschen. Sie erwachten, und es war ein gutes Erwachen, denn der erste Blick brachte die Erinnerung und sofort war die Lust wieder da.

Schließlich, am frühen Morgen, bekam Ysell Hunger und sie kleidete sich an, um sich aus der Küchenbaracke etwas Essbares zu besorgen. »Ich bring dir was mit!«, sagte sie zu Galib und wollte gehen.

»Danach muss ich dann aber sofort weg!« Ysell meinte einen bedauernden Unterton in seiner Stimme zu hören.

»Wo musst du denn hin?«

»Zu den Messerschmieden, unten am Fluss«, sagte Galib. »Ich will sehen, ob ich noch ein paar günstige Waffen für den Clan finde!«

»Waffen?« Ysell verstand nicht ganz. »Wozu willst du denn Waffen mitschleppen?«

»Man kann nie wissen!«, meinte Galib. »Besser wir haben Waffen und brauchen sie nicht als umgekehrt! Wenn ich Erster Clansmann werde, will ich so etwas wie eine Miliz aufstellen. Wie wichtig so etwas ist, sieht man ja gerade jetzt wieder!«

»Wieso das denn?«, fragte Ysell und griff nach dem Türriegel.

»Seit man Enas und Gatan erschlagen hat, ist die Stadt wie ein Wespennest. Meinst du, unterwegs könnte …«

»Oh nein!« Es kam wie ein tiefes Aufstöhnen aus Ysells Mund. Mit zwei unsicheren Schritten war sie wieder am Bett und setzte sich auf die Kante.

»Was ist denn?« Galib verstand nicht, was in Ysell vorging.

»Sie hat es getan!«, sagte Ysell leise. »Sie hat es wirklich getan!« Enas und Gatan, das waren die

Namen, die sie gefürchtet hatte. Es waren die Namen der Ermordeten. Die Namen, die sie nicht hatte hören wollen. Enas und Gatan, die Namen der Männer, die Nekoi umgebracht hatte. Die Namen von Dirés Brüdern!

Ein Handmaß nach Hochsonne entdeckte eine der Trossfrauen eine Staubwolke am Horizont, und noch bevor es dunkel wurde, kam der Tross auf das Zwingergelände zurück.

Sabé nahm die Nachricht von Dirés Tod äußerlich gefasst auf. Er versuchte es Ysell leicht zu machen, denn er spürte, dass sie nicht weniger trauerte als er. Er stellte ihr nur wenige Fragen und bedankte sich für ihre Hilfe. Ysell merkte, wie angespannt Sabé war, und dass er möglichst schnell allein gelassen werden wollte. Sie sagte ihm nichts von Dirés schrecklichen Fieberphantasien, nur, dass sie die ganze Zeit ohnmächtig oder halb bewusstlos gewesen sei und dank Nekois Pflege keine Schmerzen habe ertragen müssen.

»Ich werde mich bei Nekoi bedanken!« Sabés Stimme war kaum zu verstehen, so leise sprach er. Ysell wusste nicht, was sie darauf antworten sollte. Zu eng hing Nekois plötzliches Verschwinden mit Dirés Tod und der Ermordung ihrer Brüder zusammen, aber Sabé ersparte ihr, ihn belügen zu müssen. »Würdest du mich wohl ein wenig allein lassen?«, bat er, ohne vom Boden aufzusehen.

Ysell stand auf. An der Tür drehte sie sich noch einmal um. Sabé saß reglos auf dem Bett. »Wenn du mich brauchst …«

»Ich weiß.« Sabé hob den Kopf. »Danke!«

Ysell sah, wie bleich er war, und nahm sich vor, in der Nacht noch einmal nach ihm zu sehen. Dann ging sie hinaus und schloss leise die Tür. Die Beklommenheit lastete schwer auf ihr. – Und Bogan würde sie eine ganz andere Geschichte zu erzählen haben.

»Du meinst also, dass Nekoi Dirés Brüder erschlagen hat und jetzt auf der Flucht ist!« Bogan hatte die Nachricht von Nekois Verschwinden sofort von den Trossleuten im Zwinger vernommen, aber nur Ysell hatte ihm jetzt die Zusammenhänge verdeutlichen können, die vermutlich zu ihrer Flucht geführt hatten.

Ysell nickte. »Sie war auf dem Rückweg sehr zornig – sie war nicht mehr sie selbst!«

»Wo, denkst du, könnte sie sich verborgen haben?« Bogans Stimme war ruhig, aber Ysell sah, dass seine Hand zitterte.

»Ich glaube nicht, dass sie sich versteckt«, meinte Ysell. »Sie kennt niemanden in der Stadt, dem sie vertrauen könnte, und es wäre auch nicht ihre Art, sich zu verbergen!«

»Sie ist in die Steppe gegangen«, stellte Bogan fest. »Es wäre ebenso wenig ihre Art, sich den Wachen zu stellen und sich vom Henker zum Galgenhügel schleifen zu lassen!«

»Du meinst …«

»Sie ist tot«, bestätigte Bogan. »Sie ist allein in die Steppe gegangen und sie wird nicht zurückkehren. – Sie ist tot!«

»Nein, sie lebt!« Ysell sprang auf. Wie konnte Bogan so schnell aufgeben? »Sie ist vorgestern erst aufgebrochen! Sie lebt, und wir können sie retten!« Immer lauter waren Ysells Worte geworden und zuletzt schrie sie Bogan fast an. Es war ihr unbegreiflich, wie er so ruhig bleiben konnte, wo doch in diesem Moment seine Freundin in der Steppe in höchster Gefahr war! »Wir müssen einen Suchtrupp aufstellen! Sie hat doch Spuren hinterlassen – wir können sie noch finden!«

»Und dann?«, fragte Bogan. »Willst du sie zwingen zu leben?«

Ysell setzte sich ernüchtert. Bogan hatte ja Recht! Nekoi war zur Mörderin geworden, und wenn sie mit ihrer Tat nicht leben wollte, wer könnte sie davon abbringen, sich zu töten? Sie war freiwillig in die Steppe gegangen, was ohne den Schutz der Trosshunde den sicheren Tod bedeutete. Sie wollte es so!

»Es tut mir alles so Leid!«, sagte Ysell mit gesenktem Kopf, dann ließ sie Bogan allein. Als sie seine Kammer verlassen hatte, hörte sie, wie er von innen den Riegel vorschob.

Galib

Ysell war glücklich und unglücklich zugleich. Die Liebe zu Galib hatte ihr eine völlig neue Welt eröffnet. Es war weit mehr als die körperliche Erfüllung, was die beiden miteinander verband. Alles, was er tat, zeigte ihr, dass auch er sie vorbehaltlos liebte, und sie tat alles, um sich seiner Liebe würdig zu erweisen. Ysell hielt sich zurück, wenn er eine seiner seltenen, großsprecherischen Anwandlungen bekam, und wenn ihr doch einmal eine spöttische Bemerkung herausrutschte, so war sie eher liebevoll und er lachte nur, weil sie ihn erwischt hatte.

Ysells Liebe zu Galib bewirkte, dass ihr Spott seine Schärfe verlor. Sie wurde sanfter, aber gleichzeitig entschlossener, denn jetzt wusste sie, dass es doch eine Zukunft für sie gab, wenn der Clan Land machen ging. Sie war nicht mehr nur die kleine Aufspürerin, die dem Clan den Weg ebnete und den Tag zu fürchten hatte, an dem man gutes Land fand. Sie würde auch danach noch wissen, wo ihr Platz in der Gemeinschaft war, denn sie hatte einen starken Partner, der sie brauchte!

Je stärker Ysell ihr Glück spürte, je sicherer sie sich war, zu lieben und geliebt zu werden, umso schlechter wurde ihr Gewissen. Sie hatte Sabé ein paar Mal besucht und es ging ihm nicht gut. Sie hatte es ihm inzwischen gestanden, dass sie ihm zuerst nicht die ganze Wahrheit gesagt hatte, aber er nahm es ihr nicht übel. Das Wissen, dass seine Freundin ihre letzten Tage in Fieberphantasien der Quälereien verbracht hatte, die sie als Kind hatte erdulden müssen, wäre am ersten Tag zu viel für ihn gewesen, das sah er ein. Freudlos versah er seine Arbeiten, versorgte seine Tiere und tat, was man ihm auftrug; sobald er aber zur Ruhe kam, versank er in seine trüben Stimmungen und Ysell konnte nichts für ihn tun. Sie konnte nur hoffen, dass die Zeit ihm über seine Trauer hinweghelfen würde.

Auch Bogan hatte sich verändert. Er gab sich zwar alle Mühe, es sich nicht anmerken zu lassen, aber Nekois Verschwinden ging ihm sehr nahe. Seit er zurückgekehrt war, gab er seinen Leuten nur noch knapp die nötigsten Anweisungen und auf Fehler reagierte er ärgerlicher und unduldsamer als früher. Auf seine Art litt er genauso wie Sabé, nur meinte er seine Trauer nicht zeigen zu dürfen. Die Trossleute fingen an, ihm aus dem Weg zu gehen, und ihm war es recht.

Die Steppe hatte das Leben der Menschen zerbrochen, die Ysell am meisten geschätzt hatte. Nichts war mehr so, wie es einmal gewesen war.

Ysell schämte sich für ihr Glück, ihre Freude, ihre Liebe. Es kam ihr nicht richtig vor, glücklich zu sein, während andere starben, trauerten und litten, aber sobald Galib in ihrer Nähe war, vergaß sie all das und genoss unbeschwert das Zusammensein mit ihm. Sie lebte! Sie liebte! Sie hatte eine Zukunft! Sie hätte den ganzen Tag singen können vor Glück und sie wusste, dass nichts Falsches daran war. Und doch empfand sie ein so starkes Gefühl der Schuld, dass sie den anderen manchmal nicht mehr unter die Augen treten konnte.

Schon beim nächsten Mondwechsel sollte der Clan aufbrechen und die ganze Stadt war mit den Vorbereitungen beschäftigt. Jeder Händler versuchte noch schnell, den Clansleuten seine Waren zu verkaufen, und in den Handwerkerstuben war Hochbetrieb, weil an jedem Tag irgendwelche wichtigen Ausrüstungsgegenstände in Auftrag gegeben wurden. Die Backöfen wurden nicht mehr kalt, denn die Bäcker stellten ungeheure Mengen haltbaren Brotes her und den Weinhändlern gingen langsam die Schläuche und Flaschen aus, weil alles für die Versorgung des Clans gebraucht wurde. Die Preise für alle Waren stiegen in wenigen Tagen auf das Doppelte und die Stadtbewohner konnten es kaum noch erwarten, die Clansleute endlich loszuwerden, auf dass so bald wie möglich wieder Ruhe einkehre. In zwei Tagen schon sollte der Erste Clansmann gewählt werden und auch die Trossleute hatten nun ihren Anführer zu bestimmen.

Ysell und Pekan waren von den Trossleuten zu Bogan geschickt worden, um diese Angelegenheit zu besprechen. Nun saßen sie mit ihm in der leeren Küchenbaracke an einem der langen Tische und Pekan hatte, vorlaut wie immer, die entscheidende Frage gestellt, noch bevor man sich richtig gesetzt hatte: »Wer soll Erster Trossmann werden?«

»Nun, das ist schnell entschieden!« Bogan schaute die beiden ernst an, und sein Blick ruhte auf Ysell, als er weitersprach. »Ich selbst werde Erster Trossmann sein!«

»Du?« Ysell war vollständig überrascht. Schnell machte sie eine Einhalt gebietende Geste, als Pekan etwas sagen wollte. »Aber das geht doch nicht! – Du gehörst doch *hier*her! Du gehörst doch zum Zwinger!«

»Esra wird den Zwinger leiten«, sagte Bogan mit fester Stimme. »Er ist ein guter Mann und ich vertraue ihm. Ich habe vorhin mit ihm gesprochen und er ist einverstanden, also kann ich gehen.«

»Warum?«, fragte Ysell nur, aber ganz gleich, welche Antwort Bogan auch geben würde, den wahren Grund kannte sie schon. Er wollte in die Steppe gehen, wie Nekoi es getan hatte, und wenn er sich auch nicht so direkt dem Tod ausliefern wollte, wie sie, so würde es ihm doch recht sein, wenn er irgendwo dort draußen in der Steppe blieb.

»Warum ich von hier fortgehen will?« Ysell sah, wie sich Bogans Hand zur Faust schloss. »Weil meine Zeit gekommen ist. – Nun, Ysell, ich bin älter, als du vielleicht glaubst! Wann, denkst du, wird der nächste Clan zusammengestellt? In fünf Jahren? In sechs? In acht? – Ich bin jetzt weit über sechzig und habe mehr als fünfzig Jahre mit den Trosstieren gearbeitet. Sieben Clans habe ich in dieser Zeit ausgestattet. Ich fürchte, wenn der nächste Tross gebraucht wird, könnte es zu spät für mich sein! Ich möchte nicht so lange zaudern, bis ich nicht mehr laufen kann und man mich aus meinem Amt jagt. Da tue ich doch lieber etwas Sinnvolles und führe meinen letzten Tross selbst!«

Ysell sagte nichts. Sie wusste es besser und für einen Moment legte sich die Stille wie ein dunkles Tuch über die drei Menschen am Tisch.

»Na, hervorragend!«, blökte Pekan plötzlich in das Schweigen hinein und grinste über das ganze Gesicht. »Und ich habe schon gedacht, ich könnte deiner Knute endlich entwischen!«

Wider Willen lachte Ysell kurz auf und sah, dass auch Bogans Gesicht für einen kurzen Augenblick vom Anflug eines Lächelns gestreift wurde. Man konnte über Pekan ja denken wie man wollte, aber manchmal war der blöde Kerl wirklich großartig!

Es war alles besprochen und alles entschieden. Ysell und Pekan standen auf und teilten den Trossleuten, die vor der Tür gewartet hatten, Bogans Entschluss mit. Kurz darauf trat der Alte selbst aus der Baracke und Applaus brandete auf. Bogan nickte seinen Leuten freundlich zu, und bevor noch die letzten Hochrufe verklungen waren, ging er zu seiner Kammer hinüber. Ysell schöpfte Hoffnung – er war noch nicht wieder ganz der Alte, aber sie hatte gerade eben das zweite Lächeln von ihm gesehen, seit der Tross zurückgekehrt war.

Galibs Wahl lief nicht ganz so glatt. Den Schlägern war er zu sanft, den Säufern gab er zu wenig Lokalrunden aus und den Dieben war er zu ehrlich. Blieben also noch die Alten und die Armen, aber denen war er zu jung oder zu reich. Seit Tagen schon pendelte er zwischen den Stadtvierteln hin und her und warb für sich bei den Clansleuten, aber es war alles andere als sicher, dass er die nötige Anzahl von Stimmen auch wirklich erhalten würde. Wenigstens um das Zwingergelände musste er sich nicht kümmern, denn dank des unermüdlichen Einsatzes von Ysell konnte er sich darauf verlassen, dass die Trossmannschaft bei der Wahl geschlossen für ihn stimmen würde.

Es blieben noch fünf Tage bis zum Mondwechsel. Der Aufruhr und das hektische Durcheinander in der Stadt trieben immer weiter ihrem Höhepunkt entgegen. Abschiedsfeste wurden gefeiert und das Geschrei der Betrunkenen hallte nachts von den Wänden der Häuser wider. Wer von den Clansleuten noch Geld hatte, der gab es mit vollen Händen aus, denn in der Steppe würde es nichts mehr wert sein. In den Schenken und Hurenhäusern herrschte Hochbetrieb und mancher der ärmeren Clansleute versetzte einen Teil seiner Ausrüstung und brach, in der Hoffnung, dass ihm unterwegs jemand aushelfen würde, schon mal seinen Wandervorrat an.

Der vierte Tag vor der Abreise war der Tag der Wahl. Der Erste Clansmann sollte unterwegs zusammen mit dem Ersten Trossmann alle wichtigen Entscheidungen treffen. In welche Richtung der Clan ziehen sollte, wo und wann man ein Lager aufschlug oder wie lange man an einem Wasserloch verweilte – all das waren Fragen von Belang, die täglich neu geklärt werden mussten. Des Weiteren unterstand dem Ersten Clansmann die Verwaltung des Clanguts, also des Gemeinschaftsbesitzes; und auch die Gerichtsbarkeit auf dem Weg durch die Steppe gehörte zu den Obliegenheiten dieses Führungspostens, um den Galib sich bewarb.

Die Ofana stand in der Mitte zwischen Galib und Turé auf dem Podest. Böse hatte sie die Männer mit zusammengekniffenen Augen angeblitzt und sie einfach zur Seite gedrängt. Offenbar wollte sie unbedingt als Erste reden, was Galib nicht störte und auch Turé erstaunlich kalt ließ.

Die Wahl fand auf dem Platz der Wachen statt. Vor der Wachstation hatte man eine kleine Tribüne errichtet und die Clansleute drängten sich bis dicht vor die Stufen des Podestes. Eine größere Anzahl Stadtsoldaten sollte für Ordnung sorgen, denn der Platz der Wachen war bis in den letzten Winkel hinein von den Clansleuten besetzt und es war keine fröhliche, erwartungsvolle Gesellschaft, die sich hier versammelt hatte. Kaum jemand befand sich freiwillig hier und von der hektisch-fieberhaften Spannung, die großen Unternehmungen vorauszugehen pflegt, war nichts zu spüren. Viele der Clansleute hatten gestern Abschied gefeiert und waren verkatert, sehr viele hatten Angst vor der Zukunft und fast allen war klar, dass die Stadt sie davonjagte. Über sechshundert unnütze Esser, denen nur noch eine Gnadenfrist von vier Tagen blieb – und so langsam kam auch der Letzte von ihnen dahinter, dass es nun ernst wurde.

Eben hatte der Hauptmann der Stadtsoldaten dem Trommler das Zeichen gegeben und beim Klang des Instruments wandten sich alle Köpfe der Tribüne zu. Die Ofana schluckte trocken, als sie sah, dass plötzlich alle Augen auf sie gerichtet waren. Sie hatte sich Mut für ihren Auftritt angetrunken und ihr massiger Leib schwankte ein wenig zu nahe an den Rand der Tribüne, als sie vortrat und sich räusperte. Die Clansleute in der ersten Reihe wichen einen Schritt zurück, denn sie waren gekommen, um zu wählen, und nicht, um unter einem der Kandidaten begraben zu werden.

»Ich will mit euch Land machen gehen …«, begann die Ofana. Sie ließ die Worte ineinander fließen, und was der Wein ihrer Aussprache an Schärfe genommen hatte, versuchte sie durch eine große Geste mit beiden Armen wieder wettzumachen. Sie schwankte abermals und hielt kurz inne.

»Du bist doch viel zu fett zum Gehen!«, schrie jemand in der Menge. »Du kannst doch das Tempo überhaupt nicht halten!«

»Du bist doch schon an der Stadtgrenze außer Atem und verlangst die erste Rast!«, rief ein anderer.

»Weil sie so viel frisst und säuft!«, meinte ein Dritter. »Dass sie Getreide stiehlt, weiß man ja! – Leute, achtet auf eure Vorräte!«

Erstes Gelächter klang auf und die Ofana war vollständig aus ihrem Konzept gebracht. Mit einer hilflosen Handbewegung versuchte sie die Ruhe wiederherzustellen, aber die Pöbelei ging weiter. »Fettes Trampel!«, »Besoffene Schlampe!« und noch Schlimmeres wurde ihr von den feixenden Männern entgegengeworfen.

Galib sah sich die Schreihälse an. Es waren nur drei. Kantige Kerle mit groben Gesichtern, die großen Spaß an ihren Rohheiten zu haben schienen – und sie steckten die anderen mit ihrer bösartigen Heiterkeit an.

Nach wenigen Augenblicken schon brüllte der ganze Clan auf Kosten der Ofana vor Lachen und die Leute weideten sich an der Hilflosigkeit der

Rednerin, die mit wutverzerrtem Gesicht immer wieder versuchte sich Gehör zu verschaffen.

Galib konnte Turé insgeheim seine Bewunderung nicht versagen. Ganz offensichtlich hatte der Ledermacher drei seiner Freunde so in der Menge postiert, dass kein anderer Redner eine Chance hatte, auch nur einen einzigen Satz zu Ende zu bringen.

Die Ofana war bis zur Weißglut gereizt. Mit gefletschten Zähnen glubschte sie angriffslustig in die grölende Menge. »Ihr könnt mich alle mal!«, brüllte sie dann plötzlich so laut, dass es trotz des Tumults jeder auf dem Platz hören konnte, und damit war ihre Rede beendet. Trotz ihrer Körperfülle wirbelte sie herum, stürmte auf das Treppchen zu und war im Nu in der Menge verschwunden.

Zufrieden grinsend schob sich Turé an Galib vorbei und baute sich mitten auf dem Podium auf. Breitbeinig stand er da, und obwohl er schon älter war, strotzte er nur so vor Kraft. Sein Gesicht strahlte eine biedere Ehrlichkeit aus – ein Mann, dem man vertrauen würde, wenn man ihn nicht kannte.

»Erster Clansmann kann nur einer werden, der auch genug Kraft hat!«, erklärte Turé der Menge mit einem abfälligen Seitenblick auf Galib.

»*Bravo!*«, schrie einer seiner Freunde.

»Wir müssen vorankommen! Ihr alle wollt doch schnell wieder in richtigen Häusern wohnen!«

»*Ja, genau!*«, rief ein anderer.

»Ich werde dafür sorgen, dass wir keinen unnötigen Aufenthalt haben! Die meisten von uns sind stark genug, ein scharfes Tempo durchzuhalten! Nur das sichert uns den Erfolg!«

»*Ganz richtig!*«, meinte der Dritte.

»Die anderen müssen sich eben anstrengen! Ich will jedenfalls bald wieder meine Werkstatt aufmachen! Gutes Leder wird immer gebraucht! Tragtiere haben wir ja!« Damit hatte Turé sein Hauptanliegen vorgebracht und wartete auf den Beifall der Menge. Außer seinen Freunden, die wild applaudierten, hatte aber niemand mitbekommen, dass das schon alles gewesen war, und man wartete, dass der Ledermacher weitersprach. »Äh, das war's!«, erklärte der, als er merkte, dass sein Publikum in Reglosigkeit verharrte und stumm zu ihm aufsah. »Ihr könnt mich nun wählen!«

Jetzt klang auch an anderen Stellen zaghafter Applaus auf, und tatsächlich hoben sich etliche Hände.

Galib registrierte, dass etwa die Hälfte der über sechshundert Clansleute für den Ledermacher stimmte, der jetzt selbstgefällig vorne auf dem Podest stand und gar nicht daran dachte, den Platz freizumachen.

Galib trat neben Turé, um sich sein Recht zu nehmen, aber da verkündete der Hauptmann der Stadtsoldaten schon mit lauter Stimme: »Moment, Leute!

Gewählt wird erst, wenn alle gesprochen haben!«, und sofort sanken die Hände in der Menge wieder herab.

Unwillig fuhr Turé herum und sah den Störenfried böse an. »Was soll das?«, polterte er los. »Die Ofana …«

Der Hauptmann nahm die Spitze des Spießes, den er trug, um eine Winzigkeit höher und Turé verstummte. Ärgerlich trat er einen Schritt zurück und Galib baute sich am Rand des Podiums auf. Er nutzte den Vorteil des letzten Redners, dem niemand mehr widersprechen kann. Schonungslos ging er mit den beiden anderen Bewerbern, und vor allem mit Turé, ins Gericht.

»Turé setzt sich gern über die Regeln hinweg!«, sagte er. »Ihr habt gerade erlebt, wie er mir das Wort abschneiden wollte – und glaubt nur nicht, dass es euch später besser ergehen würde! Für Turé zählt nur seine eigene Meinung und er wird sich mit aller Härte durchsetzen! Er ist für seinen Jähzorn bekannt und er wird sich nicht aufhalten lassen, was immer auch geschieht! Es mag für die jungen und starken Clansleute verlockend sein, wenn er einen schnellen und darum kurzen Marsch verspricht – aber was wird, wenn ihr erkrankt oder euch verletzt, sodass ihr nicht mehr mithalten könnt? Unter meiner Leitung wird …«

Plötzlich fühlte Galib sich grob an der Schulter gepackt und noch bevor er reagieren konnte, hatte

Turé ihn herumgerissen. Der vierschrötige Ledermacher holte weit aus und stieß seine Faust mit aller Macht dorthin, wo eben noch Galibs Gesicht gewesen war. Geschmeidig wie eine Katze tauchte Galib aber unter Turés Arm hindurch und stand plötzlich hinter ihm. Als der Ledermacher von der Wucht seines eigenen Schlages nach vorn gerissen wurde, bedurfte es nur noch eines kleinen Stoßes und der massige Mann stürzte aufbrüllend vor Wut von dem Podest vor die Füße des Publikums.

Galib hörte ein drohendes Grollen hinter sich und sah sich um. Die Ofana war wieder da! Sie stand am anderen Ende des kleinen Podiums und stierte mit gesenktem Kopf zu ihm hinüber. Unruhig pendelte ihr schwerer Leib über den Füßen hin und her und für einen Moment sah es so aus, als wolle sie Anlauf nehmen und Galib überrennen. Dann überlegte sie es sich plötzlich anders, ihr Körper sackte in sich zusammen, unwillig winkte sie ab, drehte sich um und stieg mit hängendem Kopf die Treppe wieder hinab. Sie gab endgültig auf.

Die Sache war hiermit entschieden! Der vor Wut tobende Turé versuchte zwar unter dem Gelächter der Menge wieder auf das Podest zu gelangen, um Galib doch noch zu verprügeln, aber zwei Stadtsoldaten hatten sich seiner angenommen und hielten ihn eisern fest.

Galib nutzte die Gunst des Augenblicks. »Wenn ihr wollt, dass ich Erster Clansmann werde, dann hebt jetzt die Hand!«, rief er laut über die Köpfe der Menge hinweg, und wenige Augenblicke später war der ganze Platz ein wogendes Meer emporgereckter Hände.

»Bei allen Göttern, was hatte ich für eine Angst, dass Turés Freunde auch mich nicht zu Wort kommen lassen!«, keuchte Galib, als er sich durch die Schar der Gratulanten endlich zu Ysell vorgearbeitet hatte.

»Ich auch«, meinte die mit einem Lächeln, »und da habe ich ein paar Trossmänner gebeten, mal zu den Kerlen zu gehen und sie zu bitten, etwas leiser zu sein. – Sehr kräftige Trossmänner übrigens! Aber Turé hast du dir nicht gerade zum Freund gemacht mit deiner Rede.«

»Ich wähle meine Freunde eben mit Bedacht aus!«, sagte Galib lachend. »Und würde Turé mich seinen Freund nennen, dann würde mich das sehr nachdenklich machen!«

»Versteh ich!« Ganz wohl war Ysell aber nicht bei dem Gedanken, dass Galib schon jetzt mindestens einen skrupellosen Feind im Clan hatte.

Der Clan

Am Tag des Aufbruchs standen Ysells Eltern bereits mit dem ersten Sonnenstrahl an dem seit Tagen geöffneten Tor des Zwingers.

Trossleute liefen auf dem Hof zwischen aufgehäuften Packstücken hin und her und immer wieder kamen Leute und legten irgendwelche Ausrüstungsgegenstände auf die Stapel. Die Trosshunde fühlten sich in ihrer Ruhe gestört und beäugten verschlafen und misstrauisch das Treiben. Die ersten Tragtiere wurden herangeführt, um bald mit dem Clangut beladen zu werden.

Ysell war gerade aufgewacht. Es war eine unruhige Nacht gewesen. Galib hatte am Abend keine Zeit gehabt, weil er sich um hundert Sachen zu kümmern hatte, und so war sie bis spät in die Nacht hinein auf dem Hof gewesen. Mit den anderen Trossleuten zusammen hatte sie im Schein der Feuertöpfe Unmengen von Packstücken so auf die Stapel verteilt, dass die Tragtiere sie bewältigen konnten, und sie war erst sehr spät zu Bett gegangen. Die unwiderruflich letzte Nacht in der vertrauten

Kammer – Ysell hatte kaum geschlafen, und wenn sie schlief, hatten unruhige Träume sie gequält, sodass es kaum mehr als ein friedloses Dahindämmern gewesen war.

»Ysell, bist du wach?«, fragte eine Stimme durch das Holz der Tür. »Deine Eltern sind am Tor, sie wollen dich sprechen!«

Ysell gab Antwort und stand auf. Schon seit Tagen hatte sie daran gedacht, dass es eigentlich an der Zeit sei, ihre Eltern zu besuchen und sich von ihnen zu verabschieden. Immer war irgendetwas dazwischengekommen, und als gestern Abend die letzte Gelegenheit gewesen war, hatte sie es über der Arbeit total vergessen – aber auch vergessen wollen, wie sie sich jetzt eingestand.

Mit ziemlich schlechtem Gewissen machte Ysell sich fertig und ging dann eilig zum Tor hinüber. Schon von weitem erkannte sie die hagere Figur ihres Vaters neben einem Handkarren, der mit zwei Säcken beladen war. Die Gestalt ihrer Mutter kam Ysell ungewöhnlich klein vor, als sie näher kam, und als sie vor ihren Eltern stand, stellte sie mit Erstaunen fest, dass es an ihr lag, dass sie selbst fast so groß war wie ihr Vater.

»Wir wollten dir was bringen!«, sagte der Vater und zeigte auf die beiden Säcke. »Saatgut!«, erklärte er knapp. »Damit du ein eigenes Stück Land haben kannst.«

Ysell sah auf die beiden Säcke herab, die schwer von Korn auf dem kleinen Karren lagen. Sie waren aus starkem Sackleinen und jemand hatte Ysells Namenszeichen hineingestickt. Ysell konnte es kaum glauben. Nie hätte sie damit gerechnet, dass ihre Eltern überhaupt noch an sie dachten, geschweige denn …

»Wie kommst du denn an Saatgut?«, wollte Ysell wissen, um ihre Verlegenheit zu überspielen.

»Och, zusammengespart!«, sagte der Vater mit einem verschwörerischen Grinsen, denn Ysell kannte ja seinen Umhang mit den vielen Innentaschen. Er würde es wohl von seiner Arbeitsstelle mitgebracht haben, jeden Tag ein oder zwei Hand voll. Die Säcke musste er aber wirklich für sie gekauft haben.

Ysell konnte es nicht fassen, dass sie ein Geschenk von solchem Wert erhalten sollte. In der Steppe gab es nichts Kostbareres als Nahrung und Saatgut war knapp in der Stadt. »D-danke!«, stammelte sie verlegen und schaute auf die Säcke, denn sie traute sich nicht, ihrem Vater in die Augen zu sehen.

»Ich hab auch noch was für dich!« Die Mutter trat vor und drückte Ysell mit einer raschen Geste einen kleinen Gegenstand in die Hand. Es war ein Ring, schmal, aber fein gearbeitet und aus sehr edlem Metall.

»Das hat keinen Wert in der Steppe! Du kannst ihn

hier doch viel besser gebrauchen!« Ysell hielt ihrer Mutter den Ring auf der ausgestreckten Hand entgegen und wartete, dass sie ihn wieder zurücknahm.

»Solche Dinge haben immer Wert!«, widersprach die Mutter und drückte sacht Ysells Hand zu.

»So, wir müssen dann wieder!« Der Vater räusperte sich. »Viel Glück!« Er hob die Säcke aus dem Karren und stellte sie vor Ysell auf den Boden.

»Viel Glück, Kind!«, sagte auch die Mutter und dann drehten die beiden sich um und gingen davon. Ysell schaute ihnen hinterher. Sie sah, dass ihre Mutter begann sich ein wenig krumm zu halten. Es schien fast, als suche sie, leicht vornübergebeugt, irgendetwas Kleines im Straßenstaub. Der leere Karren rumpelte hinter den beiden her, und plötzlich überkam Ysell ein Gefühl von hilfloser Zärtlichkeit. Sie wäre ihren Eltern gern nachgeeilt, um ihnen zum Abschied noch etwas Nettes zu sagen. Sie hatte aber nie gelernt ihnen gegenüber echte Gefühle zu zeigen und so wartete sie nur reglos ab, bis die beiden das offen stehende Zwingertor passiert hatten und das Rumpeln des Karrens verklungen war.

Ysell kniete sich nieder und öffnete einen der Säcke. Sie ließ eine Hand voll Körner durch die Finger rinnen. Ein paar davon hielt sie aber fest und steckte sie mit dem Ring zusammen in die kleinste Tasche ihrer Weste, zu den letzten vertrockneten

Resten von Galibs Blume. Dann verschnürte sie den Sack wieder und rief einen Trossmann zu sich herüber, der ihr half die Säcke zu ihrer persönlichen Tragtierlast zu bringen.

Der Auszug des Clans verlief vollkommen anders als der Aufbruch zum Ringmarsch. Wieder führte der Zug vom Zwinger aus durch die Stadt, aber diesmal war es den Trossleuten nicht möglich, die Sache schnell hinter sich zu bringen und den Städtern auf diese Weise ihre Verachtung zu zeigen.

Wieder gingen die Reihen der Aufspürer mit ihren Trosshunden an der Spitze und die Tragtiere mit dem Clangut folgten. Diesmal war es aber eher ein schrittweises Dahinschleichen, wie bei einem Trauermarsch, denn der Abstand zum Clan durfte nicht zu groß werden.

Hinter den hoch bepackten Tragtieren ging der eigentliche Clan, ein unordentliches Gewimmel von Frauen, Männern und Kindern, die zwischen privaten Tragtieren hin und her liefen und alles andere wichtiger fanden, als schnell voranzukommen. Man verabschiedete sich tränenreich von den Verwandten am Straßenrand, wer noch Geld hatte, trank schnell einen Becher Wein im Vorbeigehen, die Lasten der Tragtiere verrutschten und mussten neu geschnürt werden und so mancher, der sich im letzten Moment noch verdrücken wollte, wurde von den Stadtsoldaten eingefangen und wieder auf den rechten Weg gebracht – unter Bewachung, versteht sich.

Es war peinlich und beschämend. Ysell drängte sich das alte Bild wieder auf und heute stimmte es mehr denn je. Jetzt glichen sie wirklich einer Bande Verurteilter, die zur Hinrichtung geführt wurden! Langsam ging sie Schritt für Schritt voran und doch zog sich die Kolonne immer weiter auseinander, bis Ysell das Ende des Zuges nicht mehr erkennen konnte, wenn sie sich ungeduldig umdrehte.

Armselige Gestalten gingen im Clan, die alles, was sie besaßen, in einer Hand tragen konnten, aber auch Leute mit zwei oder drei eigenen, hoch bepackten Tragtieren. Schafe und Ziegen liefen mit und auf einem Tragtierwagen war sogar ein transportabler Hühnerstall aufgebaut, in dem das aufgeregte Federvieh zum Vergnügen der Massen flatterte und kreischte. Säcke mit Erbsen, Bohnen, Linsen und Getreide schwankten auf den Rücken der Tragtiere, denn was man jetzt an Saatgut nicht mitnahm, das würde man für immer entbehren müssen. Den Höhepunkt des Zuges bildete für die Menschen am Straßenrand der Vorbeimarsch von Farkas. Der Alte hatte sein ganzes Geld in Bauholz investiert und ging nun zwischen sieben Tragtieren, die das Material für ein komplettes Haus schleppten.

Wie ein zäher Strom, der sich an hundert Klippen brach, stockte, sich verwirbelte, zurückgeworfen wurde und nur langsam wieder vorwärts floss, zog der Clan durch die Straßen der Stadt. Es dauerte fast vier Handmaß, bevor die Spitze der Kolonne die Häuser hinter sich ließ und in die freie Landschaft hinaustrat.

Seit dem Ringmarsch war die Steppe zwar nicht mehr sehr verlockend für Ysell, aber als das Grün der Felder hinter ihr zurückblieb, fühlte sie sich dennoch erleichtert; wenigstens wurde sie nun nicht mehr auf Schritt und Tritt von feixenden Städtern angestarrt.

Der Schock kam aber schon sehr bald. Ysell war eine Weile mit fünf anderen Aufspürern vorausgegangen, als sich einer von ihnen umdrehte und wie erstarrt stehen blieb. »Bei allen Göttern!«, stöhnte er nur und zeigte dann stumm auf den Zug. Der Clan, der dem Tross folgte, zog sich jetzt schon auf über zweitausend Schrittmaß auseinander und immer noch kamen einzelne Gestalten zwischen den letzten Häusern der Stadt hervor.

Ysell rief die Hunde zu sich und blieb stehen. Vor Ärger und Ungeduld biss sie die Zähne fest aufeinander und wartete mit verkniffenem Mund darauf, dass es sich lohnte, wieder ein paar Schritte zu tun. Wenn das so weiterging, würden sie niemals irgendwo ankommen!

Es ging nicht so weiter, es wurde noch schlimmer! Ein bankrotter Kaufmann, der seine Fettleibigkeit in die Not hinübergerettet hatte, bekam schon am ersten Tag einen Herzschlag und musste bestattet werden. – Aufenthalt. – Eine Frau brach in der Hitze zusammen und musste nun auf einer Trage transportiert werden. – Aufenthalt. – Ein Tragtier sank mit dem Vorderlauf in einen Fuchsbau ein und brach sich das Bein. Es musste geschlachtet und zerteilt werden und die Packstücke waren neu zu ordnen. – Wiederum Aufenthalt.

Nichts als Aufenthalte und dazwischen ein paar halbherzige Schritte! Es ging nicht voran mit dem Clan, und als es dunkel wurde, hätte Ysell zum Schlafen noch bequem in ihre Kammer im Zwinger zurückgehen können. Einen halben Tag lang waren sie marschiert und die Türme der Stadt waren noch immer deutlich zu erkennen.

Am vierten Tag des Marsches gab Bogan den Befehl, eine Aufspürerkette zu bilden, denn es musste nun mit Jumpern gerechnet werden. Das würde die Lage der Aufspürer nun ein wenig entspannen, denn erstens gab es nun sinnvolle Arbeit für sie und zweitens mussten die Hunde dann nicht mehr aus den Beständen der Gemeinschaft ernährt werden. Im Clan gab es Leute, die den Hunden sogar die Innereien neideten.

Jetzt war auch bald die Grenze erreicht, hinter der eine Rückkehr in die Stadt für den Einzelnen nicht mehr möglich war. Bisher waren in jeder Nacht einige Clansleute verschwunden, um wieder in die Stadt zu gehen. Galib ließ sie ziehen. Problematisch war nur, dass diese Leute gern Nahrungsmittel für den Rückweg stahlen, also mussten Wachen aufgestellt werden, die ihnen die Sachen wieder abnahmen. Galibs Idee mit der Miliz machte sich also jetzt schon bezahlt.

Als der neue Mond sich von einer schmalen Sichel zur leuchtenden Scheibe gewandelt hatte, war der Clan schon tief in die Steppe vorgerückt. Ysell und die anderen Aufspürer gingen in breiter Front vor dem Clan her, damit die Leute ausschwärmen und Nahrung sammeln konnten. Im Schutz eines gleichschenkligen Dreiecks aus Aufspürern und Trosshunden zog der Clan langsam, aber beständig Richtung Norden.

Ysell und Galib sahen sich an jedem Abend, an dem Ysell nicht zur Wache eingeteilt war, am Kochfeuer der Trossmannschaft.

Galib erkannte das Wissen und die Erfahrung Bogans an und folgte gern seinem Rat, wenn es Probleme gab. Da er großen Respekt vor dem Alten hatte, bestellte er ihn aber niemals zu sich, wie es sein Recht gewesen wäre, sondern ging zu ihm, wenn er etwas von ihm wollte. So wurde das Kochfeuer der Trossmannschaft allabendlich zum Zentrum des Lagers, zu dem alle kamen, die irgendwelche Sorgen hatten. Bogan und Galib hörten sich die Kümmernisse, Forderungen und Beschwerden der

Ratsuchenden an und entschieden gemeinsam, was zu tun sei. Ysell saß wie selbstverständlich an Galibs Seite, aber sie hielt sich sehr zurück und hörte sich nur still an, was geredet wurde. Sie war ja nicht gewählt worden und ihr stand eine Mitsprache nicht zu. Zu jedem Fall bildete sie sich aber eine eigene Meinung, und immer wieder fand sie es erstaunlich, wie oft sich die Entscheidungen von Galib und Bogan mit ihren eigenen Ansichten deckten. Genauso stellte sich aber auch heraus, dass sie manchmal eine Angelegenheit nicht ausreichend bedacht und vorschnell geurteilt hatte, wenn sie anderer Meinung gewesen war als Bogan und Galib. Ihr Gerechtigkeitsempfinden rebellierte, wenn zum Beispiel ein Clanmitglied gezwungen wurde sein einziges Tragtier zu schlachten, weil es schon seit Tagen lahmte und nicht mehr Schritt halten konnte. Wenn dann aber die Traglast auf ein Ersatztier aus dem Tross geladen war und das Fleisch gerecht an alle verteilt wurde, nahm sie ihre Portion mit bestem Gewissen entgegen, denn essen musste man, und schließlich wurde aufgrund der Entscheidung ein kräftigeres Tier geschont. Ysell lernte also, indem sie einfach zuhörte und schwieg.

Bogan und Galib machten sich nicht nur Freunde in diesen Tagen, aber das war unwesentlich. Sie handelten im Interesse der gesamten Gruppe und die meisten der Clansleute standen hinter ihnen. Es ging voran, zum Wohle aller und nicht zum Schaden des Einzelnen. Niemand wurde zurückgelassen, weil er krank wurde, und niemand musste hungers sterben, so schlecht er auch vorgesorgt hatte. Die Reichen wurden vor Diebstahl geschützt und die Armen wurden mit dem Nötigsten versorgt, die Starken hatten den Schwachen zu helfen und die Obersten von Tross und Clan sorgten dafür, dass Faulheit und Verschwendung sich von selbst bestraften und nicht durch ungerechtfertigte Hilfe auch noch gefördert wurden.

Dummheit bestrafte die Steppe selbst. Wurden am Abend Personen als vermisst gemeldet, ritt Galib am nächsten Morgen bis zum Lager der vergangenen Nacht zurück. Fand er die Leute nicht, musste man sie verloren geben, denn wer seitlich von der Route des Clans abwich, hatte nicht die geringste Chance, den Jumpern zu entkommen.

Galib hatte als einziger Clansmann Pferde. Die drei Stuten und der Hengst waren ein Geschenk seiner Eltern und sollten in der neuen Heimat die Grundlage zu einer Zucht bilden. Bis dahin waren sie aber lediglich eine Belastung, denn sie vertrugen das harte Steppengras nicht und mussten täglich gefüttert und getränkt werden, was bei den Tragtieren nicht nötig war. Aber man konnte auf ihnen reiten, und so war Galib von früh bis spät unterwegs, um dafür zu sorgen, dass der Zug wenigstens einigermaßen zusammenblieb. In Begleitung zweier Milizionäre pendelte er ständig zwischen der Spitze und dem Ende der Kolonne hin und her, sorgte dafür, dass die Leute Grassamen und andere Nahrung sammelten, schlichtete Streitigkeiten, trieb Zurückbleibende zur Eile an und machte Nahrungsmitteldiebe ausfindig, um ihnen alles Essbare abzunehmen, und zwar auch das, was eigentlich ihnen gehörte. Sie konnten sich dann mit den Ärmsten zusammen um den Gemeinschaftskessel scharen, um ihr karges Mahl zu empfangen.

Es war nicht einfach für Galib, so hart mit den Leuten umspringen zu müssen, denn er war ein freundlicher und friedliebender Mann; aber hier ging es um das Wohl der Gemeinschaft, also setzte er sich mit aller Härte gegen die Stänkerer, Faulenzer, Streithähne und Diebe durch.

Der runde Mond wurde von neuem zur Sichel und verschwand schließlich ganz. Die Nächte waren wieder dunkel.

Bogan hatte es sich zur Gewohnheit gemacht, immer dort, wo das Gras der Steppe ein wenig üppiger wuchs, Halt machen zu lassen. Aus Tross- und Clansleuten wurde dann eine Gruppe zusammengestellt, die ein Wasserloch anzulegen hatte.

Oftmals lag der Wasserspiegel mehr als fünf Schrittmaß tief unter der Oberfläche und ein Aushubkommando bestand aus fünfzig bis sechzig Leuten, die gleichzeitig arbeiteten. War am Boden des Trichters dann das erste Wasser zu sehen, wurden alle Behälter gefüllt, anschließend tränkte man die Tiere und schon ging es weiter – nach mindestens einem halben Tag Aufenthalt. Auch dabei hatte Galib alle Hände voll zu tun.

Trotzdem nahm er sich noch immer ausreichend Zeit für Ysell. Besonders genossen die beiden es, wenn Ysell einen der Wachposten hielt, die jeden Abend rund um das Lager eingerichtet wurden, denn es kam nie jemand aus der Steppe und es wollte auch niemand das Lager verlassen. Hier waren sie vollkommen ungestört.

Läufer, Dax und Reißer mochten Galib. Sie waren nicht eifersüchtig und wunderten sich nur, dass die Menschen offenbar immer Lust aufeinander hatten. Bei ihnen selbst war das ganz anders. Galib war ihnen bereits so vertraut, dass sie Ysell sein Herannahen meldeten, noch bevor diese in der Dunkelheit seine Schritte hören konnte. Sie hatten sogar schon manchmal ansatzweise mit ihm gesprochen.

Die Nächte, die sie gemeinsam in der Steppe verbrachten, waren das Schönste, was Ysell und Galib bislang miteinander erlebt hatten. Viele hundert Schrittmaß vom nächsten Zelt entfernt, geschützt von den Hunden, waren sie zum ersten Mal ganz mit sich allein. Ysells Zelt wurde der Ort, wo beide eine Zeit lang ihre täglichen Pflichten vergessen konnten.

Die Sandfelder wurden größer und Galibs Pferde bekamen zunehmend Schwierigkeiten. Damit war zu rechnen gewesen, denn ihre Hufe waren schmaler als die Fußballen der Tragtiere und sie sanken bei jedem Schritt tief ein. Nach kurzer Zeit schon waren sie erschöpft und brauchten eine Rast. Die Pferde hielten den Clan nicht auf, aber auf ihnen zu reiten, daran war im Moment nicht zu denken. Was aber das Schlimmste war: Die Pferde brauchten Wasser! Für die Clansleute war es entsetzlich, mit ansehen zu müssen, wie die Tiere ganze Eimer voll in sich hineinsoffen, während sie selbst mit jedem Schluck geizen mussten und das staubige Gefühl im Rachen schon seit einem vollen Mond kaum noch losgeworden waren. Sie übersahen dabei vollständig, dass die Tiere ihren Wasservorrat selbst trugen und daher der Gemeinschaft in keiner Weise zur Last fielen. Doch der Neid war auf dem Vormarsch und mit Logik nicht aufzuhalten.

Galib ging um des Friedens willen dazu über, seine Tiere abseits des Clans zu tränken und zu füttern, aber das Gerede über ihn und seine Pferde verstummte nicht.

Um Turé hatte sich eine Gruppe von etwa fünfzig Leuten geschart, die mit Galibs Art, den Clan zu leiten, nicht zurechtkamen. Sie alle hatten sich reichlich mit Vorräten versehen und keiner von ihnen dachte auch nur im Traum daran, sich nach Essbarem zu bücken. Turés Gruppe stellte einen Clan im Clan dar, und es waren nicht die edelsten Gemüter, die man hier traf. Größtenteils waren es Leute, denen die Stadtoberen geraten hatten zu verschwinden, solange es noch ging. Die Ofana war dabei und natürlich Farkas, der Hehler. Betrügerische Kaufleute waren unter ihnen und etliche Leute, von denen niemand wusste, wovon sie in der Stadt eigentlich gelebt hatten. Sie alle hatten lediglich eins gemeinsam: Sie kümmerten sich nur um ihr eigenes Fortkommen und hassten Galib und seine Miliz bis aufs Blut. Aufgrund ihrer guten Ausrüstung kamen sie problemlos voran und verachteten daher die Schwächeren. Sogar eigene Waffen hatten sie anfangs gehabt, die die Miliz ihnen aber bald abgenommen hatte.

Eisor gehörte auch zu Turés Gruppe, denn Dienstboten und Laufburschen werden von den Reichen immer gebraucht. Er bewunderte Turé und wäre gern so gewesen wie er. Mit ihm umschwärmten etliche andere die Gruppe des Ledermachers und versuchten sich bei den Reichen durch kleine Gefälligkeiten anzubiedern. All diese Leute hatten für Galib und den Rest des Clans nur Verachtung übrig.

Aber es waren nicht seine Feinde, die Galib die größten Sorgen machten, das Schlimmste waren die Verzagten, die langsam alle Hoffnung auf gutes Land verloren. Es herrschte Mangel. Wasser war knapp und das Essen wurde immer kärglicher. Ab und zu stieß man auf die Spuren anderer Clans, die vor langer Zeit die gleiche Strecke gegangen waren. Tragtierknochen, Hundegerippe, die Schalen erlegter Jumper und Grabhügel trugen aber nicht gerade dazu bei, die Mutlosen unter den Clansleuten in eine bessere Stimmung zu versetzen. Das Geraune vom Todesmarsch, auf dem alle umkommen würden, hatte den Zug vom ersten Tag an begleitet; nun wurde es immer lauter und der ganze Clan wurde von dem Geschwätz angesteckt. Manche, die das Fieber bekamen, brachten sich selbst um, manche litten ein paar Tage und wurden wieder gesund, und nur ganz wenige starben daran wie Diré. Verzweiflung kam auf, und immer häufiger bedurfte es nur geringer Anstöße, um sie vollends durchbrechen zu lassen.

Immer deutlicher zerfiel der Clan in drei Gruppen: Der Großteil der Leute war verzagt, aber noch nicht gebrochen. Unwillig rafften sie sich jeden Morgen auf, schleppten sich hungrig und durstig den ganzen Tag lang hinter dem Tross her, sammelten alles auf, was ihnen essbar erschien, und rollten sich abends, nach einem kargen Mahl, in ihre Decken.

Dann gab es eine kleine Gruppe von Leuten, die die Strapazen nicht aushalten zu können glaubte: Sie jammerten den ganzen Tag, dass der Marsch doch sinnlos sei, da er nirgendwo hinführe, klagten über Blasen an den Füßen und wund geschwitzte Haut und wünschten sich bei jedem Schritt lauthals einen schnellen Tod herbei, der sie von ihrem Leiden erlöse. Sie sammelten nichts, weil ja doch alles sinnlos war, und schleppten sich nur stöhnend, schimpfend oder weinend zum nächsten Lagerplatz. Am Abend dann, wenn es ans Essen ging, erwachten die Lebensgeister dieser Leute aber jedes Mal wieder. Sie wurden dann sehr zornig, wenn sie aus dem Gemeinschaftskessel nichts erhielten, denn auf Bogans und Galibs Weisung wurden nur die Kinder und die sehr alten und gebrechlichen Clansleute gespeist, wenn sie nichts brachten. Der nächste Tag konnte dann wieder einige eifrige Sammler mehr sehen, die sich hungrig, durstig und zähneknirschend in das Unvermeidliche fügten.

Und dann waren da noch die Leute um Turé, die abseits der Hauptgruppe in einem eigenen Verband dahinzogen und sich an nichts beteiligten, was den Clan betraf. Sie gaben nichts und sie forderten nichts. Sie stahlen nichts und sie bewachten ihr Eigentum. Jeden Abend entfachten sie ihr eigenes Kochfeuer und am Tag begleiteten sie den Clan schweigend in einiger Entfernung wie eine drohende Wolke. Galib ließ sie in Ruhe, denn sie machten keine Arbeit. Solange sie sich nicht direkt gegen ihn erhoben, war es gut, und sollte dieser Fall doch einmal eintreten, dann hatte er ja seine Miliz. Die zwanzig besonnenen, gut bewaffneten Frauen und

Männer würden wohl in der Lage sein eine Rebellion abzuwehren.

Dass sein ärgster Feind ganz woanders zu suchen war, konnte Galib zu diesem Zeitpunkt noch nicht wissen.

Der Siegelstein

Eine der Trossfrauen war es, die den Siegelstein als Erste bemerkte. Es gab eine Stockung auf dem rechten Flügel der Aufspürerkette, und die Frau, deren Hunde die Gefahr in der Steppe gemeldet hatten, wusste sich keinen Rat. Den ganzen Tag schon ging der Clan auf festem Steppenboden, also konnte es sich nicht um einen Jumper handeln. Die Frau hatte ihren Tieren die Schutzausrüstung angelegt, aber die Hunde weigerten sich gegen die Gefahr vorzugehen. Verlegen liefen sie wie an einer unsichtbaren Linie hin und her, welche sie sich aber nicht zu überschreiten getrauten. Noch nie hatte die Frau von Trosshunden gehört, die Angst gezeigt hätten, und sie kannte ihre Tiere als vorzügliche Jäger, die vor keiner Bedrohung zurückschreckten. Sie rief die nächststehenden Aufspürer herbei.

Auch die anderen Trosshunde wichen vor der Gefahr zurück und ihren Gedanken war zu entnehmen, dass tatsächlich kein Jumper und auch keine Schlange in der Steppe lauerten. Etwas Unbenennbares war es, etwas, das sie nicht kannten – etwas, das sich in der Steppe verbarg und ihnen eine so machtvolle Flut bösartiger Impulse entgegensandte, dass sie sich ihm nicht zu nähern vermochten.

Bogan bemerkte die Verwirrung, die in die Linie seiner Aufspürer geraten war, und verließ die Tragtiergruppe, um seine Leute zur Ordnung zu rufen. Nachdem man ihm alles erklärt hatte, ließ er sich von einem Milizionär den Speer reichen und überschritt vorsichtig die magische Linie, vor der die Hunde zurückschreckten.

Schritt für Schritt ging Bogan langsam vorwärts. Das Steppengras wurde flacher und fast rechnete Bogan damit, doch noch auf ein kleines Sandfeld zu stoßen. Als der Bewuchs aber vollständig aufhörte, sah er, dass sich um eine flache Steinplatte ein Ring kahlen Steppenbodens gebildet hatte, auf dem nichts gedieh.

Vorsichtig ging Bogan auf das Zentrum des Kreises zu, aber als er es erreichte, bemächtigte sich auch seiner ein unbehagliches Gefühl, so, als werde er von einem bösartigen Unbekannten belauert. Der Stein war auf allen vier Seiten und in der Mitte mit den Zeichen des Todes, der Unreinheit und des Siegels versehen – hastig in den Fels geschlagen, aber doch gut genug erkennbar, um den Wanderer zu warnen.

Bogan drehte sich zu seinen Leuten um. »Ein Grab!«, rief er ihnen zu. »Umgeht die Stelle!«

Die Aufspürer nahmen ihre Hunde und schlugen

einen großen Bogen um die Grabstätte. Als die Kette sich wieder geschlossen hatte, gab Bogan den Speer zurück. »Bleib hier und halte Wache, bis alle vorbei sind!«, trug er dem Milizionär im Vorbeigehen auf und ging wieder zu den Tragtieren. Ihn fröstelte. Selten hatte er sich so unbehaglich gefühlt wie in der Nähe dieses einsamen Grabes in der Steppe. Er drehte sich noch einmal um. Der Milizionär hatte seinen Speer schräg auf die Erde gestemmt und verlagerte nach Art der Stadtsoldaten einen Teil seines Gewichts auf dieses »dritte Bein«, indem er den Schaft mit beiden Händen fest umklammerte und sich dagegen lehnte. Der Mann schien von einer Bedrohung nichts zu spüren. »Vielleicht werde ich alt!«, brummte Bogan leise vor sich hin und ging weiter. Wenn er jetzt anfing an alten Gräbern Geister zu spüren, dann blieb nur zu hoffen, dass ihn der Steppenkoller nicht erwischte. Dass die Gelassenheit des Wächters nur darauf basierte, dass er die Zeichen nicht deuten konnte, das ahnte Bogan nicht.

Turés Gruppe wäre nie auf den flachen Stein aufmerksam geworden, wenn der einsame Milizionär nicht daneben gestanden hätte. So aber gab der Ledermacher seinen Leuten ein Zeichen und die Gruppe hielt direkt auf den einsamen Posten zu.

»Was bewachst'n da?« Eisor war als eifrigster Diener Turés vorausgeeilt und rief den Wächter schon von weitem an.

»'n Grab oder so«, meinte der und ließ sich nicht weiter stören.

»Was'n da drin?«

»'n Toter, du Blödmann!«

»Was'n für'n Toter?«

»Weiß nich!«

Damit war die Unterhaltung der beiden beendet, und während sie in schöner Eintracht zusammen schwiegen, kam Turé mit der ganzen Gruppe heran. »Also, was ist los?«, wollte er von Eisor wissen.

»Das is'n Grab!«, erklärte der schnell, denn er hatte sich schon überlegt, wie er die Sache in einen Erfolg für sich ummünzen konnte. »Da liegt bestimmt 'n Toter vom letzten Clan drin! – Wenn's 'n reicher Clansmann war, dann hamse ihm vielleicht was mit reingetan! Sachen und so! Wenne willst, dann hol ich se raus!«

Turé war kein Mann vieler Worte. »Aufmachen!«, entschied er.

»He, Moment! Das geht nicht!« Der Milizionär hob die Hand. »Das Grab bleibt zu!«

»Wer sagt das?« Turé ging auf den Mann zu.

»Bogan!«, stieß der Wächter hervor, aber Turé ließ sich nicht im Geringsten von dem Namen des Trossmeisters beeindrucken. »Kenn ich nich!«, behauptete er. Langsam und bedrohlich, seine fünfzig finster blickenden Gefolgsleute hinter sich, ging er auf den Bewaffneten zu, dem in seiner Not dann doch noch die Rettung einfiel. »Na ja, so direkt verboten hat er es eigentlich nicht«, lenkte er schnell ein und seine Stimme überschlug sich vor Angst.

»So! Wollt ich auch meinen!« Turé blieb stehen. »Wenn du Blödsinn machst, nehmen wir dir deinen Speer weg, und du darfst jetzt schon mal raten, wo wir ihn dir hinstecken.«

Die Schar hinter Turé brach in Gelächter aus. Der Milizionär sah sich unsicher um. Die nächsten Clansleute zogen weit entfernt vorbei und Galib war nirgends zu entdecken, an Verstärkung war im Moment also überhaupt nicht zu denken. Als Zeichen seiner Kapitulation stellte er die Spitze des Speeres auf den Boden und wandte sich demonstrativ ab.

»Wusst ich doch, dass du vernünftig wirst!«, tönte Turé hinter ihm. »Kriegst auch was ab, wenn meine Jungs was Schönes finden. – Aufmachen!«, wiederholte er dann seinen Befehl.

Eifrig stürzten Turés »Jungs«, darunter auch Eisor, zu den Tragtieren, um Werkzeuge zu holen. Wenig später schon war der harte Boden um den Stein herum aufgehackt und trotz Farkas' wütender Proteste wurden zwei Balken seines Bauholzes geholt, um die Grabplatte emporzuhebeln. Einige der Umstehenden verzogen das Gesicht und wichen zurück, aber der erwartete Schwall schlechter Luft blieb aus. Die Platte stand bald senkrecht am Rand des Grabes und die Leute kamen wieder näher.

Scheu schauten sie in die Grube hinab. Enttäuschung breitete sich aus, denn statt der erwarteten Schätze lag doch nur die Leiche eines Mannes darin.

»Das ist ja ein Riese!« Ein Kind hatte seinen Kopf zwischen den Erwachsenen hindurchgesteckt und scheu auf die große Gestalt hinabgeblickt, die, mit einer dicken Schicht grünlichen Schimmels bedeckt, in der flachen Mulde lag. »Ist der tot? Warum ist der denn gefesselt?«

Das fragten sich einige der Umstehenden ebenfalls. Hand- und Fußgelenke des wirklich sehr großen Toten waren mit einer schweren Metallkette fest umwunden, und als habe das noch nicht ausgereicht, hatte man den Körper des Mannes mit einer solchen Unzahl von Ketten und Stricken straff umwickelt, dass von der Leiche fast nur noch der Kopf zu sehen war.

Kopfschüttelnd standen die Leute ein paar Augenblicke lang schweigend um die Grube herum, dann drehten sich die Ersten weg und wollten ihrer Wege gehen.

»Halt!«, sagte Turé mit lauter Stimme. »Ich will die Ketten! Wer holt sie mir?«

Ein paar seiner Jungs wandten sich ab und schüttelten angeekelt die Köpfe. Nur Eisor witterte eine Chance, sich hervorzutun und sein Versprechen von vorhin wahr zu machen. Turé war für ihn der wichtigste Mann auf dem Marsch. Er gab ihm zu essen, und das sollte auch so bleiben. Rasch sprang Eisor in das Grab hinab und begann an den Ketten herumzuzerren.

»Der – der bewegt sich ja!«, stammelte einer der Zuschauer und wich zurück.

Eisor achtete nicht darauf. *Natürlich* bewegte der Leichnam sich, wenn er an den Ketten riss.

Erst ein vielstimmiger Aufschrei ließ ihn argwöhnisch aufschauen. Ganz allein stand er in der Grube, von der alle anderen erschrocken zurückgewichen waren. Eisor schaute nach unten und starrte entsetzt den Riesen an, der seinen Kopf angehoben hatte und ihn aus seinen halb geöffneten, toten Augen ansah.

Eisor gerann das Blut in den Adern, aber jetzt zeigte es sich, dass er der richtige Mann für diesen Auftrag war. Blitzschnell warf er sich zur Seite und robbte auf dem flachen Untergrund eilig von der Grube fort. In sicherer Entfernung richtete er sich auf und schaute schaudernd zurück. Kein Zweifel! Der Kopf der Leiche hatte sich gehoben und der unheimliche Riese starrte nach wie vor mit toten Augen in den wolkenlos blauen Himmel.

»Was tut ihr da?« Die Menschen, die um das Grab herumstanden, waren so von dem Geschehen gefesselt gewesen, dass sie nicht bemerkt hatten, wie Galib und zwei Milizionäre inzwischen auf ihren Pferden herangekommen waren.

»Ich, wir – wir wollten nur mal nachsehen, was

unter dem Stein ist!«, brachte Eisor mühsam hervor. Der Schreck saß ihm noch in den Gliedern.

Turé stand breitbeinig abseits und sagte nichts. Er hatte die Arme verschränkt und wartete die weitere Entwicklung erst einmal ab. – Aber was immer auch geschah, er wollte die Ketten! Sollte der tote Riese sich doch in seinem Grab bewegen, so viel er wollte. Das war doch sowieso alles nur Einbildung und Turé war nicht bereit, das kostbare Metall hier in der Erde verrotten zu lassen.

»Verdammt, macht das Grab wieder zu!« Galib sprang vom Pferd und kam mit schnellen Schritten zu der Gruppe. »Könnt ihr nicht lesen?«

Aber genau das traf auf die Gruppe um Turé und auch auf den Ledermacher selbst zu. Rechnen konnten sie alle ganz vorzüglich, vor allem, wenn es um den eigenen Vorteil ging – aber lesen konnten sie nicht. Wozu denn auch?

»Das ist ein Siegelstein, ihr Hohlköpfe!«, klärte Galib sie auf. »Wisst ihr wenigstens, was das zu bedeuten hat?«

Eisor stieß einen Angstlaut aus und schlug die Hände vor das Gesicht. Die Menge wich vom Grab zurück und selbst Turé wurde blass.

»Habt ihr's endlich begriffen?« Galib war außer sich vor Zorn über so viel Dummheit. »Habt ihr's endlich kapiert – dass ihr ein *Seuchengrab* geöffnet habt?«

Lange Augenblicke war es totenstill, dann zeigte

einer der Umstehenden mit zitternder Hand in das Grab. »… bewegt sich ja immer noch!«, konnte Galib mit Mühe verstehen, dann drehte der Mann sich auch schon um und rannte davon.

Galib schaute nun selbst in die Mulde und zuckte im selben Moment zurück. Das mit Schimmelflechten überzogene Gesicht des Toten bewegte sich wirklich. Schon hatte der Mund sich einen Spalt weit geöffnet, und es sah aus, als ob der Tote höhnisch grinse. Da war es auch um die Fassung Turés geschehen. Mit einem Aufschrei warf er sich herum und rannte, zusammen mit seinen Leuten, so schnell er konnte in die Steppe hinein.

Auch Galib war zunächst zurückgewichen, aber als er sah, dass der Leichnam sich aufrichten und aus dem Grab wälzen wollte, nahm er all seinen Mut zusammen und sprang vorwärts, um den Siegelstein wieder auf den sich aufbäumenden Körper zu stürzen. Kaum war er heran, riss der Leichnam den Kopf in den Nacken und grinste Galib höhnisch an. »Gut so!«, kam es zischend aus seinem Rachen. »Der Tapferste ist mir gerade recht!«

Galib stemmte sich mit aller Kraft gegen den Stein, der sich tatsächlich auch um ein paar Fingerbreit bewegte, da sah er plötzlich, dass ein kleines, pelziges Tier sich bemühte die steile Wand des Grabes hinaufzuklettern. Es musste unbemerkt dort hineingerutscht sein und schien große Angst zu haben. Die kleinen Pfötchen scharrten verzweifelt, aber es kam einfach nicht aus dem Grab heraus.

Galib hielt inne. Noch nie hatte er ein so hübsches, niedliches Tierchen gesehen. Es war kaum eine Handspanne lang und das helle Fell schimmerte in der Sonne wie reines Gold. Es schien Galib, als sähe es ihn aus seinen großen Augen flehend an, während es ein angstvolles Fiepen von sich gab.

Galib sah misstrauisch auf den unheimlichen Toten, aber der lag nun wieder ganz ruhig. Es war also vielleicht gar nicht nötig, das Tierchen mit der Steinplatte zu erschlagen. Vorsichtig bückte er sich ein wenig und streckte seine Hand aus. Sofort kam das Tier vertrauensvoll herangekrabbelt und da begriff Galib: Es war *wichtig*, dieses Wesen zu retten! Es gab *nichts Wichtigeres*! Es durfte nicht getötet werden! Es *gehörte nicht* in dieses Grab! Es *musste* leben! Alles andere war für Galib belanglos geworden. Er sah nur noch das schutzbedürftige, kleine Lebewesen, das sich an der Wand des Grabes verzweifelt abmühte, *endlich* herauszukommen. Wie betäubt beugte er sich ganz hinab, nahm das Tier auf und drückte es sacht an seinen Körper. Ysell würde sich sicher freuen, wenn sie das putzige Tierchen sah. – Ysell? Wer war Ysell? – Der Name war von Bedeutung! – Ach ja, seine Geliebte!

Galib stand wie erstarrt an dem offenen Grab und sah auf seine leeren Hände, die er noch vor dem

Leib hielt. Das Tierchen war fort. Er sah, wie der Tote in sich zusammensank und innerhalb weniger Augenblicke zu einer ekligen Masse zerfiel. Nur der Schädel war heil geblieben und es schien, als wolle er Galib mit seinem Grinsen verspotten.

Galib atmete tief ein. Die frische Luft war köstlich. Der Leichnam kümmerte ihn nicht mehr. Er war bedeutungslos! Wichtig war jetzt etwas anderes! Er drehte sich langsam zu seinen Milizionären um, die misstrauisch etwa zehn Schrittmaß entfernt standen und immer noch ihre Speere auf das Grab gerichtet hielten. »Es ist vorbei!«, sagte er mit kalter Stimme. »Holt die anderen zurück!«

Turé hatte seine Fassung wiedererlangt. Soeben hatte er von Galib den Befehl erhalten, das Grab wieder zu schließen, aber er dachte im Traum nicht daran, der Anordnung auch Folge zu leisten. Dass Galib hier bei der Grube ausgehalten hatte, während er mit den Seinen in wilder Panik geflohen war, das konnte er seinem Erzfeind nicht verzeihen. Schon zum zweiten Mal hatte Galib ihn lächerlich gemacht und Turé hielt die Zeit für gekommen, ihn in seine Schranken zu verweisen. »Ich will die Ketten!«, erklärte er und mit einem raschen Seitenblick auf seine Jungs befahl er: »Eisor …!«

Zögernd setzte Eisor sich in Bewegung.

»Das Grab wird geschlossen!«, brüllte Galib plötzlich und legte die Hand an den Griff seines Dolches.

Eisor blieb stehen.

»Du willst es nicht anders!«, stellte Turé mit einem Grinsen fest und zog sein Messer aus dem Gürtel. Er hatte es gerade hervorgebracht, als ihn der Anprall von Galibs Körper schon erschütterte. Galibs Bewegungen waren so schnell gewesen, dass Turé zuerst nur verwundert an sich herabsah und überhaupt noch nicht begriff, dass seine Zeit auf dieser Welt abgelaufen war. »Du – hast mich verletzt!«, stellte er mit fast kindlichem Erstaunen fest, seine Hand öffnete sich und das Messer fiel mit einem matten Laut auf den Boden. Erst als Galib sich von ihm abstieß und dabei den Dolch, den er dem Ledermacher bis an das Heft in die Brust getrieben hatte, wieder mit sich riss, kam Bewegung in den massigen Mann. »Du verdammter …«, keuchte er mühsam und blutiger Schaum quoll zwischen seinen Lippen hervor, dann sank er in die Knie, senkte den Kopf und legte die Hände auf die Wunde, so, als könne er das entfliehende Leben halten.

Galib trat auf den Sterbenden zu, wischte mit einer hochmütigen Geste seinen Dolch an dessen Kleidung ab und steckte ihn wieder ein. Dann beugte er sich zu dem Ledermacher herab, der mit schmerzverzerrtem Gesicht vor ihm kauerte.

»Du willst die Ketten?«, fragte er ihn, gerade laut genug, dass es alle verstehen konnten. »Du willst die Ketten?«, wiederholte er die Frage, nun schon lauter. »Dann nimm sie dir!«, brüllte er plötzlich los und fasste sein Opfer mit beiden Händen fest an den Schultern. »Nimm sie dir! Sie sind dein! – Für immer!«

Mit übermenschlicher Kraft warf er den sterbenden Turé in die Grube und versetzte der Steinplatte einen so gewaltigen Stoß, dass sie auf den Ledermacher niederkrachte und ihn erschlug. »Ich habe gesagt, das Grab wird geschlossen, und das war ein Befehl!«, brüllte er die wie erstarrt dastehenden Leute aus Turés Gruppe an, und selbst seine Milizionäre wichen vor ihm zurück. Soeben hatte ihr Befehlshaber, den sie als besonnen und freundlich kannten, einen Widersacher im Jähzorn getötet. Wie konnte das sein? Was war in ihn gefahren, dass er sich so vergaß?

Ein Arm Turés war nicht in die Grube gerutscht und ragte nun neben dem Siegelstein senkrecht in die Höhe. In einem letzten Krampf schlossen die Finger sich zur Faust. »Er lebt noch!«, schrie die Ofana schrill auf. »Holt ihn da raus, bei allen Göttern!« Aber die anderen machten keine Anstalten ihrem Anführer zu helfen. Endlich öffnete die Faust sich wieder und nun hing Turés Hand schlaff herab.

»Es wird sich einiges ändern!«, sprach Galib nun mit herrischer Stimme die Gruppe an, die ihn immer noch ungläubig und entsetzt ansah. »Wir werden hier rasten und ich komme nachher zu euch. Macht euch auf einige Überraschungen gefasst!«

»Mörder!«, schrie die Ofana ihn an, wagte es aber nicht, auch nur einen Schritt in seine Richtung zu tun. »Verdammter Mörder! Was denn noch? Willst du uns dann alle umbringen?«

»Nein!«, erwiderte Galib ruhig. »Nicht, wenn ihr mir gehorcht! Ich habe große Pläne mit euch! Ihr werdet schon sehen!« Damit wandte er sich um, ging an seinen verdutzten Milizionären vorbei und schwang sich auf sein Pferd.

»Schlachtet ein Tragtier!«, rief er den Leuten zu, als er das Pferd herumriss. »Ich will gut essen, wenn ich zu euch komme!« Dann sprengte er in vollem Galopp davon.

Bogan hielt überhaupt nichts davon, an dieser Stelle Rast zu machen, aber Galib machte zum ersten Mal seinen Rang als Erster Clansmann geltend und Bogan beugte sich widerwillig dem Befehl. Wütend ging er nach vorne und gab den Tragtierführern die nötigen Anweisungen. Wenige Fingermaß später stand der Tross und die Leute machten sich daran, ein Lager auf freiem Feld aufzuschlagen.

Einen schlechteren Zeitpunkt und schlechteres Gelände hätte man kaum finden können, um ein Lager zu errichten. Es war Hochsonne und in wenigen Augenblicken staute sich die Hitze unter der Kleidung, wenn man stehen blieb. Das Land war flach, nichts bot Schutz vor den Staubmassen, die der Wind über die Ebene trieb, und selbst die anspruchslosen Steppengräser sahen so kümmerlich aus, als würden sie sich aus Wassermangel vor der brennenden Sonne in den Boden zurückziehen wollen.

Galib raste auf seinem Pferd hinter der Kette der Aufspürer entlang und brachte sie mit seinen Rufen zum Stehen. Dann kam er zu Ysell zurück und wies sie an, ihr Zelt abseits des Lagers aufzubauen. Das hatte er so deutlich noch nie getan, schon gar nicht am helllichten Tag und in Gesellschaft. Ysell war es ein wenig peinlich, denn einige der Trossleute lachten und machten anzügliche Bemerkungen.

Galib konnte es nicht erwarten. Noch bevor das Zelt eingeräumt war, kam er ungeduldig angeritten. Erstaunt sah Ysell, dass die Hunde ihm mit gesträubtem Nackenfell entgegensahen und ein wenig vor ihm zurückwichen. Kein »Galib kommt!« war ihren Gedanken zu entnehmen, noch nicht einmal ein »Jemand kommt!«. »Etwas kommt!«, das war es, was Läufer, Dax und Reißer Ysell mitteilten, und dieses Etwas gefiel ihnen überhaupt nicht. Sie standen mit fest eingestemmten Pfoten und zurückgelegten Ohren da und begegneten Galib plötzlich, als sei er für sie kaum mehr als eine Schlange oder ein Jumper.

Isahid-Ishad

»Ich habe eine gute Nachricht für dich!« Galib hielt sich nicht lange mit der Vorrede auf. Sofort, nachdem er Ysells Zelt betreten hatte, kam er zur Sache: »Du wirst von jetzt an nur noch für mich da sein.«

»Wie – wie meinst du das?« Ysell war völlig verwirrt. »Nur noch für dich da sein? Was meinst du damit?«

»Ich meine, dass du keinen Trossdienst mehr machen wirst!«, erklärte Galib mit einer herrischen Handbewegung. »Du bist meine Frau und ab sofort nur noch für mich da!«

»Ich soll den Trossdienst aufgeben?« Ysell glaubte sich verhört zu haben.

»Genau!«, bestätigte Galib. »Du hast genug damit zu tun, dich um meine Sachen zu kümmern. Ich brauch dich halt dringender!« Dabei musterte er Ysell mit einem Blick, der keinen Zweifel daran ließ, woran er dabei dachte.

Ysell hatte plötzlich den Geschmack von Galle im Mund. »Bist du verrückt?«, fragte sie fassungslos. »Ich bin Aufspürerin! Das ist meine Arbeit – die gebe ich nicht auf! Wie stellst du dir das vor?«

Galib streckte die Hand nach ihr aus und umfasste Ysells Unterarm. Überrascht und entsetzt wollte sie sich losreißen, als seine Finger sich in ihre Haut krallten, aber es war hoffnungslos. Galib war zu stark!

Dann beugte er sich vor. »Nenn mich nie wieder verrückt!«, zischte er und packte sie noch fester.

»Verdammt, lass das! Du tust mir weh!« Jetzt reichte es! Ysell schlug auf die Hand, die sie festhielt, aber Galib lachte nur und zog sie an sich. – Das war nicht mehr der Galib, den sie kannte. Das war ein Wahnsinniger, der ihr wehtun wollte – der ihren Schmerz genoss!

Ohne zu überlegen, schlug Ysell nach Galibs Gesicht, aber er fing den Schlag mit Leichtigkeit ab. »Du bist meine Frau und du tust, was ich dir sage! Je schneller du das kapierst, umso besser für dich!«

Unerbittlich zog er sie immer näher an sich heran. Ysell sah ihm ins Gesicht und erkannte, dass es ihm Spaß machte. Er weidete sich an ihrer Verwirrung, ihrer Angst, ihrem Zorn. Er wollte sie gefügig machen!

Plötzlich wurde der Eingang des Zeltes aufgerissen und das grelle Licht der Hochsonne traf Ysells Gesicht wie eine Ohrfeige.

»Was ist hier los?«, donnerte eine zornbebende

Stimme, an der Ysell mit Erleichterung Bogan erkannte. »Warum wollen die Hunde angreifen?«

Galib sah sich um und ließ Ysell los. Läufer, Dax und Reißer standen mit zurückgelegten Ohren und hochgezogenen Lefzen vor dem Zelt und ließen ein dumpfes Grollen hören. Bogan hatte sie zwar unter Kontrolle, aber es schien Galib dann doch sicherer zu sein, schnell von hier zu verschwinden. »Dich erwisch ich noch richtig!«, raunte er Ysell zu und zog sich dann in Richtung Eingang zurück. Als er hinausging, sah Ysell, dass er einen großen Bogen um die Hunde machte. Es sah lächerlich aus, wie er sich ängstlich an ihnen vorbeidrückte, und trotz ihres Entsetzens konnte Ysell ein plötzliches Auflachen nicht unterdrücken.

Galib sah sich hasserfüllt um und ging dann mit schnellen Schritten zu seinem Pferd. Die Hunde beobachteten jede seiner Bewegungen, und erst als er in einer Staubwolke davonsprengte, entspannten sie sich ein wenig.

»Sie wären fast in das Zelt gestürmt!«, sagte Bogan und zeigte auf die Hunde, die dem davonjagenden Galib immer noch misstrauisch nachsahen.

Ysell massierte ihren schmerzenden Arm. »So war er noch nie!«, gab sie Bogan zur Antwort. »Er muss verrückt geworden sein!«

»Nun – möglicherweise!«, meinte Bogan.

»Danke, übrigens!« Ysell sah mit zusammengekniffenen Augen zum Eingang, wo Bogans Gestalt wie ein Schattenriss zu erkennen war. »Ich weiß nicht, was los war! – Er hätte mich glatt …«

»Was ein Mann und eine Frau in ihrem Zelt tun, das geht mich nichts an!«, unterbrach Bogan sie kühl. »Aber ich werde nicht dulden, dass meine Trosshunde jemals einen Menschen anfallen! Halte deine Tiere besser im Zaum, Ysell!«

Das waren nicht die Worte, die Ysell erwartet hatte, aber sie kannte Bogan lange genug, um zu wissen, dass er den wahren Grund seines Eingreifens nie zugeben würde. Dankbar sah sie dem Alten nach. Gute Lügner hatte sie schon immer bewundert.

Der Schock kam erst später, und als es dann Abend wurde, ohne dass Galib wie gewöhnlich zu ihr gekommen war, begriff Ysell, dass es vorbei war. Es war ja nicht irgendjemand gewesen, den Bogan und die Hunde verjagt hatten. Kein Fremder war in ihr Zelt eingedrungen, um sie für seine selbstsüchtigen Pläne gefügig zu machen, sondern Galib war es gewesen. *Er*, dem sie alles gegeben hatte, was eine Frau einem Mann zu geben vermag. Galib, der in all ihren Zukunftsplänen vorkam, mit dem sie seit Monden zusammenlebte, von dem sie nie etwas Schlechtes erfahren oder erwartet hatte. – *Er* war es gewesen!

Ysell ging zu Sabé. Sabé war ein Mann. Vielleicht wusste er ja, was mit Galib geschehen sein könnte.

Sabé wusste auch keinen Rat. Er hatte Galib immer als freundlich und rücksichtsvoll eingeschätzt, und was Ysell ihm da jetzt erzählte, das passte so überhaupt nicht zu ihm.

»Es könnte ein blöder Spaß gewesen sein!«, meinte er nach einer Weile des Überlegens.

»Nein! Das war kein Spaß! Er wollte mir Angst machen, mir wehtun, mich einschüchtern! – Ich habe es gemerkt und die Hunde haben es auch gemerkt. Er war – böse!«

»Und jetzt ist er bei der Ofana?« Sabé konnte es nicht glauben.

»Verdammt, ja!«, schrie Ysell plötzlich los und sprang auf. »Er ist direkt zu ihr geritten. Ihr Leib stinkt noch nach dem Schweiß dieses schmierigen Ledermachers und er – er ist mit dieser …«

»Schlampe?«, half Sabé aus.

»… mit dieser Schlampe allein im Zelt. – Die ganze Zeit schon!« Ysell setzte sich wieder, denn einige Leute schauten herüber.

»Eklig!«, meinte Sabé.

»Eklig?« Ysell sprang wieder auf. »Eklig ist gar kein Ausdruck! Es – es ist …« Auf einmal fehlten ihr die Worte. »Ich geh jetzt da rüber und hol ihn da raus!«, zischte sie, drehte sich um und marschierte auch schon los. »Das kann er mit mir nicht machen!«

Die Hunde, die bislang mit grimmigem Gesichtsausdruck neben dem Teppich gelegen hatten, sprangen auf wie ein einziges Tier und schlossen sich ihr an.

»He, warte doch mal!« Sabé kam hinterher, aber Ysell ließ sich nicht aufhalten; der Zorn war zu übermächtig. Flüche und Schimpfworte vor sich hin zischend ging sie mit schnellen Schritten durch das Lager. Ihr Herz pumpte machtvoll das Blut durch ihre Adern und die Hitze der Wut jagte durch ihren ganzen Körper. Wer sich ihr jetzt in den Weg stellte, der würde es bereuen, das wusste Sabé, also folgte er ihr dichtauf. Ihr Gang war kraftvoll und ihre Fäuste waren halb erhoben. Bei jedem Schritt rissen ihre Füße kleine Staubfahnen hoch. Sabé versuchte Kontakt zu den Hunden aufzunehmen und besänftigend auf sie einzuwirken, sonst würde es gleich ein Gemetzel geben. Allen Göttern sei Dank hörten die Tiere auf ihn und blieben, wenn auch unwillig, ein wenig hinter ihrer Anführerin zurück.

Galib und die Ofana waren schon gewarnt, als Ysell den Zelteingang aufriss und mit einem großen Schritt vor dem Deckenlager stand. Eisors Schmerzlaut hatte sie aufgeschreckt, und jetzt sah Galib undeutlich, wie ihr Wächter sich draußen auf dem Steppenboden krümmte. Eilig griff die Ofana nach einer Decke und zog sie über ihren Leib.

»Was ist hier eigentlich los?« Ysell stand breitbeinig vor dem Bett, das noch in der letzten Nacht Turé gehört hatte. »Wieso bist du hier bei dieser …«

»Was mit *dir* los ist, möchte ich wissen!« Galib lag nackt auf dem Rücken. Die Arme hatte er hinter dem Kopf verschränkt und er fand es nicht der Mühe wert, sich zu bewegen. Er sah Ysell mit zusammengekniffenen Augen an. »Wenn du jetzt noch mitmachen willst, dann kommst du zu spät! – Wir sind fürs Erste fertig!«

»Verdammt, warum machst du das?« Ysell war nicht gekommen, um sich beleidigen zu lassen, sie wollte Auskunft. »Warum bist du hier und nicht bei mir?«

»Ab und zu brauch ich 'ne Frau!«, erklärte Galib ungerührt. »Und wenn du so zickig wirst wie vorhin, dann muss ich mir ja wohl was anderes suchen! – Schau mal!« Mit einer schnellen Bewegung griff er zu der Ofana hinüber und riss ihr die Decke weg. »Da kannst du sowieso nicht mithalten!«

Ysells Blick streifte kurz die Ofana, die verlegen lächelnd ihre Blößen mit den Händen zu bedecken suchte. Was konnte so Besonderes an ihr sein? Da war nichts, war Galibs Kränkung gerechtfertigt hätte.

»Das ist es, was du willst?«

»Genau das!«, bestätigte Galib.

»Dann hast du's ja jetzt!« Ysell wandte sich ab und verließ das Zelt. Ein fester Griff an die Stützstange und ein starker Ruck im Vorbeigehen brachten das Zelt hinter ihr zum Einsturz. Die Ofana kreischte nur kurz auf, aber noch etliche Schrittmaß weiter hörte Ysell Galibs Lachen aus dem Gewirr der Planen und Häute. – Es hatte nichts gebracht. Er hatte ihren Auftritt ja förmlich *genossen*!

Eisor kauerte noch immer auf dem Boden und Sabé, der draußen die Hunde auf Abstand gehalten hatte, war mit wenigen Schritten neben Ysell.

»Noch mehr Verletzte?«, wollte er wissen.

»Tote!«, giftete Ysell. »Der Kerl ist für mich gestorben.«

»Gut!«, meinte Sabé.

»Gut?« Ysell wirbelte herum und blitzte ihn bitterböse an. »Was ist hier gut?« Da hielt Sabé lieber den Mund und folgte ihr schweigend durch das Lager. Er kannte das noch von früher. Ysell würde sich jetzt bald wieder beruhigen, und dann wollte er bei ihr sein.

»Äh, das wäre auch mein Vorschlag gewesen!«, meinte Sabé, als sie wieder bei seinem Zelt angekommen waren und sich auf den Teppich setzten, der davor lag.

»Was?«, schnappte Ysell. Sie hatte sich doch noch nicht ganz beruhigt.

»Dass ihr euch trennt! Du hast Recht, das kann er mit dir nicht machen. Niemand darf das!«, setzte er ernst hinzu und legte ihr tröstend eine Hand auf die Schulter.

»Doch!«, sagte Ysell tonlos und sah zu Boden. »Jeder kann das mit mir machen. Jeder, den ich liebe, kann mich verraten! Es gibt keinen Schutz davor!«

»Du kannst dich aber wehren!«

»Und was hilft das?« Ysell schaute traurig auf. Und da wusste auch Sabé keine Antwort mehr.

Bogans Vermutung, dass Galib sich bald beruhigen und wieder normal werden würde, erwies sich als falsch.

Er versuchte die Sache zu vergessen, denn er hatte auf den Ringmärschen bei seinen Leuten schon so viele Formen des Steppenkollers erlebt, dass er Galibs Anfall von Raserei nicht weiter tragisch nahm. Er wusste, unter welch enormem Druck der Erste Clansmann seit dem Aufbruch stand, und er hatte geradezu darauf gewartet, dass sich die Spannung früher oder später in einem gewaltigen Gewitter entlud. Leid tat ihm nur Ysell. Dass es gerade sie, und dann auch noch auf eine so schäbige Art, hatte treffen müssen, das machte ihm zu schaffen.

Galib kehrte nicht mehr zu Ysell zurück. Er und die Ofana waren jetzt ein Paar. Die Getreidehändlerin hatte nach Turés Tod sofort ihre Chance wahrgenommen, die erste Frau des Clans zu werden. Sie hatte zwar auf dem Marsch einiges an Gewicht verloren und sah jetzt ganz passabel aus; trotzdem konnte keiner verstehen, warum sich der junge, ehemals so kultivierte und gebildete Galib mit dieser Frau eingelassen hatte, mit der er nichts, aber auch gar nichts gemeinsam hatte.

Galib wurde herrschsüchtig und benahm sich geradezu barbarisch. Wenn er sich nicht mit der Ofana in seinem Zelt auf dem Lager wälzte, jagte er wie ein Dämon über die Steppe und trieb die Leute an. Seine Sprache bestand fast nur noch aus Flüchen und wirkte so primitiv und fremdartig, dass sie kaum noch verständlich war. Er jagte seine Pferde rücksichtslos in der größten Hitze durch die Reihen der Clansleute und mäßigte sich erst, nachdem eine der Stuten unter ihm zusammengebrochen war.

Die Toten des Clans durften nicht mehr bestattet werden, denn Galib war jeder Aufenthalt verhasst, und die Schwachen und Kranken konnten kaum noch mithalten. Tag für Tag mussten sie sich bis spät in die Nacht hinter dem Clan herschleppen, um die weit vorgerückte Hauptgruppe noch zu erreichen.

Galib hatte Turés Gruppe, die jetzt seine Gruppe war, ihre Waffen zurückgegeben, und noch am gleichen Tag waren die Milizionäre einzeln abgefangen und entwaffnet worden, sodass jetzt alle Gewalt von dem übelsten Abschaum des Clans ausging. Und Galib war der Herrscher.

Es war ein Fehler gewesen, nicht sofort gegen Galib vorzugehen, das musste Bogan nun einsehen. Die

Ereignisse waren über den alten Trossmeister hinweggerollt und über Nacht war er zu einem fast rechtlosen Erfüllungsgehilfen Galibs geworden.

Galib kam nicht mehr zu Bogan, sondern er ließ den Trossmeister schon am ersten Tag durch Eisor in sein Zelt bestellen, denn er verlangte eine sofortige Richtungsänderung. Nicht weiter Richtung Norden sollte der Clan ziehen, sondern nach Nordosten.

Bogan hatte sich strikt geweigert, irgendwelche Angelegenheiten zu verhandeln, solange die Ofana halb nackt im Zelt herumlungerte und zu allem ihre vorlauten Kommentare abgab. Sein Rat war aber nicht mehr gefragt und schnell hatte Bogan erkannt, dass Galib ihn nur hatte zu sich kommen lassen, um ihm zu zeigen, dass er mit voller Absicht gegen seine Empfehlungen verstieß.

Bogan beschloss, dass sein erster Besuch bei Galib auch sein letzter gewesen war, und der Zug ging weiter nach Norden.

Galib tobte vor Wut, dass Bogan seinen Befehlen nicht gehorchte, und er hätte den lästigen Trossmeister wohl am liebsten ebenso wie Turé aus dem Weg geräumt.

Aber Bogan war auf der Hut und im Trosslager war er ohnehin so sicher wie in einer Festung, denn das Einzige, wovor Galib Respekt hatte, waren die Trosshunde. Auch die Bewaffneten getrauten sich nicht mit den Trossleuten zu streiten, weil sie befürchteten sofort zerrissen zu werden. Und so blieb Bogan doch der eigentliche Anführer des Zuges. Es war ein Gleichgewicht des Schreckens entstanden. Fünfzig Bewaffnete standen gegen Bogans Leute mit über vierzig Trosshunden, und niemand wagte es, sich dem Gegner im offenen Kampf entgegenzustellen. Bogan bestimmte ab jetzt allein die Richtung und das Tempo.

Trotzdem wurde das Leben für die einfachen Clansleute immer schwieriger, denn niemand kümmerte sich mehr um sie. Sie mussten sogar froh sein, wenn sie von ihrem Ersten Clansmann und seinem Gefolge nicht auch noch beraubt wurden.

Bogan hatte das Grab in der Steppe zwar entdeckt, aber als Turé es hatte öffnen lassen, war er schon lange wieder bei den Tragtieren gewesen. Er hatte den Leichnam also nicht mit eigenen Augen gesehen, es war ihm von den entmachteten Milizionären jedoch einiges darüber berichtet worden. Besonders die enorme Größe des Toten war ihnen aufgefallen. In Ketten hatte er im Grab gelegen und kaum verwest war er gewesen – und bewegt hatte er sich – und dann hatte Galib vielleicht etwas aus dem Grab genommen, so etwas wie eine große, schwarze Spinne, aber das hatte man nicht so genau erkennen können …

Bogan war schon alt und in seiner Jugend hatte er so manche Geschichte gehört, die heute nicht mehr erzählt wurde. Die besondere Betonung der Körpergröße des Toten in den wirren Berichten der Männer hatte eine Erinnerung in ihm wachgerufen: Vor etwa zweihundert Jahren war plötzlich ein Mann in die Stadt gekommen, den noch nie jemand zuvor gesehen hatte. Nun war die Stadt aber kein Ort, an dem ein Fremder einfach so erscheinen konnte, ohne Aufsehen zu erregen, denn es gab ja keinen Ort auf der Welt, von wo dieser Mann hätte kommen können. Es gab keine Dörfer in der Steppe und keine Wege führten ins Land; von anderen Städten hatte noch nie jemand gehört und die bekannte Welt endete am schnurgeraden Horizont, wo die ewige Steppe und der ewige Himmel sich zu berühren schienen. Die Stadt war die Welt und die Welt war die Stadt – und wer nicht aus der Stadt kam, der gehörte auch nicht zu dieser Welt!

Der Fremde war sehr groß, der größte Mann, den die Leute je gesehen hatten. Er redete in einer seltsamen, nur schwer verständlichen Sprache; er offenbarte den Städtern nicht, woher er kam, und die Menschen in der Stadt nannten ihn Isahid, was »Der Sandgeborene« bedeutet. Er selbst nannte sich einen Zauberer und er sagte, sein Name sei Ishad.

Wenn Isahid wirklich einst ein Zauberer gewesen war, dann hatte er seine Macht verloren. Er musste als Helfer auf den Feldern arbeiten, um sich zu ernähren, aber er gewann keine Freunde. Er war den Städtern unheimlich, und neben seiner Größe fiel vor allem sein übellauniges Wesen auf. Er fluchte viel, meinte, alles besser zu wissen, und wurde schnell zornig, wenn man seinem Rat nicht folgte. Als er eines Tages seinen Vorarbeiter im Streit niederschlug, nahm man ihn in Haft; und da bald darauf ein Clan losziehen sollte, schob man ihn einfach in die Steppe ab.

Bogan überdachte die ganze Angelegenheit und kam zu dem Schluss, dass er Ysell vorläufig noch nicht von seinen Vermutungen in Kenntnis setzen müsse. Möglich, dass man das Grab Isahid-Ishads gefunden hatte, den die Clansleute selbst im Grab noch in Ketten gelegt hatten. Möglich, dass ihm ein letzter Zauber gelungen war, als man seinen gefesselten Leib unter dem Siegelstein begrub, möglich, dass Galib von ihm besessen war!

Bogan wollte sich aber nicht die Blöße geben, mit derlei Mutmaßungen bei seinen Leuten hausieren zu gehen. Bogan wollte Beweise und er wollte versuchen durch seine eigenen Überlegungen eine Lösung für das Problem zu finden.

So kam es, dass Ysell noch lange nicht erfuhr, gegen welchen Gegner sie wirklich zu kämpfen hatte.

Das Clandorf

Sabé stand Ysell in ihrem Kummer bei. Sie konnte nicht begreifen, warum sie verlassen worden war. Wut und Trauer wechselten sich ab und sie verfluchte sowohl Galib wegen seiner Untreue, als auch sich selbst wegen ihrer vermeintlichen Unzulänglichkeit. Sabé hörte sich alles ruhig an, und wenn er etwas sagte, dann war es etwas Beruhigendes, das Ysells leidenschaftlichen Ausbrüchen die Spitze nahm.

Seit Galibs Veränderung sahen die beiden sich jeden Abend, und es war sehr viel, was sie sich zu erzählen hatten. Jetzt war es wirklich, als seien sie Geschwister, und die schweren Verluste, die sie beide gehabt hatten, brachten sie einander näher denn je. Endlich kam Sabé dazu, fast unbefangen über sein Zusammenleben mit Diré zu erzählen, und Ysell konnte ihre Zukunftspläne mit Galib dank Sabé endgültig begraben.

Ysell und Sabé waren beim Tross und beim Clan gleichermaßen beliebt. Sie waren jung, sie waren stark und sie sahen beide sehr gut aus – es fehlte also nicht an Angeboten von ebenso jungen und starken Weggenossen, sich mit ihnen zusammenzutun oder auch nur ein wenig Spaß miteinander zu haben. Besonders Sabé konnte sich vor entsprechenden Anträgen kaum retten. Die Mädchen, und auch manche reifere Frau, suchten seine Nähe, und hätte er es gewollt, hätte sein Alleinsein sehr schnell ein Ende gehabt. Diré war aber noch immer in all seinen Gedanken.

»Einsam ist man besser allein!«, sagte sich Sabé und Ysell dachte ebenso. Nach der ersten Wut waren ihre Enttäuschung und die Trauer um Galib jetzt so tief, dass sie an einen anderen Mann zurzeit noch nicht einmal denken mochte. Ysell war es, als sei Galib gestorben. Sein Anstand, seine Einstellung zu den Dingen, seine Freundlichkeit, alles, was sie an ihm geschätzt hatte, war fort, als hätte es nie existiert. Wie ein böser Geist jagte er zwischen den Clansleuten hin und her, und nichts an diesem übellaunig fluchenden Unterdrücker und Schinder konnte Ysell mehr an ihren Freund und Geliebten erinnern. Galib war für sie ein lebender Leichnam – und sie ahnte nicht, wie Recht sie damit hatte.

Ysell und Sabé waren sich einig: Sie waren nicht bereit sich jemandem an den Hals zu werfen, nur um die innere Leere zu vergessen.

Am sechsundneunzigsten Tag des Marsches stellte Ysell fest, dass ihr Saatgut verschwunden war.

Am Beginn des Marsches war der Platz auf den Tragtieren knapp gewesen und Ysell hatte auf Galibs Angebot hin ihre Getreidesäcke auf eines seiner privaten Lasttiere geladen. Sie hatte kaum noch an das Saatgut gedacht, denn sie hatte es bislang in sicheren Händen gewusst. Nur durch Zufall lag an diesem Morgen das Lager von Galibs Trupp sehr nah am Trosslager und Ysell hatte die Gelegenheit nutzen wollen, um ihr Eigentum mal wieder zu berühren. Suchend war sie, unter den misstrauischen Blicken von Eisor, zwischen den Packstücken umhergegangen, aber sie hatte die Säcke nicht finden können. Als es ihr schließlich zu dumm wurde, war sie zu Galibs Zelt gegangen und hatte ihn gefragt, wo er die Säcke verwahrt habe.

»Das Korn? Das haben wir leider verbraucht«, gab Galib mit breitem Grinsen zur Auskunft.

»Verbraucht?« Ysell meinte nicht richtig gehört zu haben.

»Klar. Brot backen! Verstehste?«

»Brot für deine Leute?« Ysell war fassungslos. »Für diese Narren, die dir folgen? Die zu faul sind, sich ihr Essen aus der Steppe zu holen? Brot für diese Leute? Brot aus *meinem* Getreide? – *Das* hast du zugelassen?«

»Die Leute tragen Waffen!«, erklärte Galib mit größter Selbstverständlichkeit. »Da kann man ja wohl kaum erwarten, dass sie sich wegen jedem Hälmchen bücken!«

»Du Wahnsinniger!«, stöhnte Ysell in hilflosem Zorn. »Jedes der Körner hätte sich nach wenigen Ernten vertausendfacht – und ihr fresst sie in zwei Tagen auf!«

»In drei Tagen«, verbesserte Galib. »Willste 'n Stück Brot? Ist bestimmt noch was da!«

»Was immer auch geschieht«, sagte Ysell mühsam beherrscht, »vergiss nie, dass du mir zwei Sack Saatgut schuldest!«

Sie drehte sich um und ging davon.

»Ich schulde dir überhaupt nix, du Flittchen!«, hörte sie Galib noch hinter ihr hergeifern, aber sie blieb nicht stehen. Eine alles verschlingende Bitterkeit war über sie gekommen. Sie wollte nur noch zu ihrem Zelt.

Am einhundertundvierten Tag fand einer der Aufspürer eine Wegmarke. Auf dem flachen Stein, der auf der Spitze der Pyramide lag, waren das Zeichen für »Haus« und das Namenszeichen »Bonagh« zu erkennen. Daneben war eine Reihe gleich großer Steine ausgelegt, die in nordwestliche Richtung wies.

Binnen kürzester Frist hatte sich die Neuigkeit im ganzen Clan herumgesprochen und die Menschen kamen herbeigelaufen, als würden Blitze hinter ihnen einschlagen. Sie wollten das Wunder mit eigenen Augen sehen. Selbst die Alten, Kranken und Fiebergeplagten nahmen noch einmal all ihre Kräfte zusammen und eilten herbei, denn das Wegzeichen wies auf Menschen hin, auf eine Siedlung, auf Nahrung und Wasser; es versprach grünende Felder, einen Fluss, einen See, vielleicht sogar eine ganze Stadt.

Immer wilder wurden die Mutmaßungen, die die Clansleute anstellten. Was für eine wundervolle Stadt mochte dort hinter dem Horizont liegen! Man sprach von blühenden Wiesen, gewaltigen Tragtierherden und Quellen, die nie versiegten. Manche kletterten auf die Lasten der Tragtiere, stellten sich dort oben auf die Zehenspitzen und reckten die Hälse, um die Dächer der Häuser vielleicht schon zu entdecken, und manche weinten vor Glück.

Wenige Handmaß nach der Entdeckung war der ganze Clan vollständig außer Kontrolle geraten und nur der allerletzte Rest von Vernunft hielt die Menschen davon ab, ohne den Schutz der Hunde in die Steppe hineinzustürmen, dem Märchenland entgegen, das ihre Phantasie ihnen vorgaukelte und das jetzt so real für sie war wie der Staub unter ihren Füßen. Der Clan wollte in die Richtung gehen, in die das Wegzeichen wies, am liebsten im Eilmarsch, und wer dem nicht zustimmte, wurde von der Masse niedergeschrien.

Dies war das erste Mal, dass Galib sich selbst seinen eigenen Leuten gegenüber nicht durchsetzen konnte. Er war überhaupt nicht dafür, dem Wegzeichen zu folgen, in dessen Richtung ja doch nur ein Totendorf liegen könne, wie er sagte. Seine Leute aber bettelten und forderten, redeten sich die Köpfe heiß und drohten, und selbst Eisor, für den Galibs Wünsche sonst Befehle waren, schloss sich den Aufständischen an. Keiner hörte mehr auf Galib, so wütend er auch wurde. Um die Macht nicht vollends zu verlieren, musste er nachgeben, und da der Tross sowieso schon die Richtung geändert hatte, fiel ihm das auch nicht allzu schwer. Trotzdem ärgerte er sich über den sinnlosen Weg, denn es war mehr als nur eine Ahnung. Er *wusste*, dass der Weg zum Dorf des Bonagh-Clans umsonst sein würde.

Bogan führte den Clan nach Nordwesten, von Wegzeichen zu Wegzeichen. Auch er war, wie alle anderen, gespannt, was man am Ende der abgesteckten Route finden würde, aber er machte sich keine allzu großen Hoffnungen. Er hatte in den Abschriften der Zwingerbücher nachgesehen, die er mit sich führte. Der Clan, dessen Erster Clansmann Bonagh gewesen war, hatte die Stadt vor über einhundertundachtzig Jahren verlassen. Und es war möglicherweise sogar der Clan, mit dem auch Isahid-Ishad in die Verbannung gezogen war. Sie gingen vielleicht nach wie vor auf den Spuren des Clans, der es für nötig gehalten hatte, den toten Zauberer gefesselt in sein Grab zu legen.

Man fand Zeichen von menschlichem Leben, die jüngeren Datums waren: ein zerfetztes, aber noch nicht ganz zerfallenes Stückchen Leder, Reste eines angespitzten Stocks und den ausgedörrten Schenkelknochen eines Tragtieres, der so etwas wie Messerspuren aufwies. – Vielleicht die Reste der Wegzehrung einer Kundschaftertruppe?

Die anfängliche Begeisterung der Clansleute war bald wieder erlahmt. Der Weg ins Traumland war doch weiter, als man es sich vorgestellt hatte; aber jeder neue Fund, so winzig und fragwürdig er auch sein mochte, brachte wieder Leben in die wandermüden Glieder. Mochte das Leder auch nur ein Stück getrockneter Tierhaut sein, mochte das Stöckchen eine Elster im Flug verloren haben, mochten auch die »Messerspuren« von den Zähnen der Wüstenfüchse herrühren; die Menschen wollten es nicht wahrhaben. »Bald sind wir da!«, versicherten sie einander. »Es dauert nicht mehr lange! – Es ist nicht mehr weit! – Bald? – Ja, bald!«

Als dann das Dorf des Bonagh-Clans nach fünf Tagen endlich am Horizont erschien, achtete niemand darauf. Zu flach und zu unscheinbar waren die lehmfarbenen Erhebungen in der Steppe, sodass man sie zunächst für Sandhügel hielt. Keine bebauten Felder, keine Tragtiere und kein Wasserlauf deuteten darauf hin, dass hier eine Siedlung sein könnte. Erst als sie fast schon auf Rufweite heran waren, erkannten die Aufspürer, dass es sich bei den Gebilden vor ihnen um die lehmbeworfenen Dächer der Unterkünfte handelte, die sich die Menschen hier vor langer Zeit erbaut hatten.

Ysell ging in der Mitte der Aufspürerkette an der Spitze des Dreiecks genau auf die Hütten zu. Läufer, der sich mittlerweile zum Leithund des Trosses gemacht hatte, trabte mit Dax und Reißer in der üblichen Formation voran. Den menschlichen Behausungen brachten sie nicht mehr und nicht weniger Beachtung entgegen als den Sandhügeln rundum. Ysell konnte, als sie auf hundert Schrittmaß heran waren, mit Sicherheit sagen, dass kein Mensch in dieser Siedlung lebte.

Unheimlich sah es aus, wie die flach in die Steppe geduckten, kuppelförmigen Bauten so verlassen dalagen; gerade als habe ein Riese gigantische, lehmfarbene Eier mit der Spitze so weit in den Boden gedrückt, dass nur noch das obere Viertel herausragte. Das Einzige, was sich zwischen den Kuppeln bewegte, waren ein paar tanzende Staubwirbel, die der Wind an ihnen emporriss.

Eine der Hütten trug so etwas wie einen Fahnenmast, aber nicht der kleinste Rest einer Fahne war daran zu sehen. Nur ein Stück zerfaserter Schnur wies auf den ehemaligen Verwendungszweck hin.

Ysell schauderte. Das Bild halbdunkler Hütten drängte sich ihr auf, in denen ausgetrocknete Leichname zusammengekauert in den finstersten Ecken ihrer Entdeckung harrten. Ysell ging ein wenig langsamer. Das Bild ließ sie nicht mehr los und in ihrer Phantasie wurde die Siedlung zu einem Totendorf, wo stumme, halb zerfallene Gestalten an jedem Tisch saßen und in jedem Bett lagen. Ysell schaute sich um. Die anderen waren nicht weit; etwa hundert Schrittmaß hinter ihr gingen rechts und links die nächsten Aufspürer. Sehr nah, und doch zu weit! Wenige Schrittmaß vor der ersten Behausung hielt Ysell die Hunde an und blieb stehen.

Das Dorf war leer und schon vor langer Zeit verlassen worden. Als die anderen herangekommen waren, hatte sich auch Ysell getraut zwischen die Hütten zu gehen. Vorsichtig hatte sie in einige der halb verfallenen Behausungen hineingespäht, aber ihre Befürchtungen hatten sich nicht bestätigt.

Die Aufspürer und der Tross waren durch das ganze Dorf hindurchgezogen. Erst am Rand der Siedlung ließ Bogan seine Leute halten, um dem nachrückenden Clan Gelegenheit zu geben, auf dem Dorfplatz zu lagern.

Zögernd rückten die Clansleute ein, enttäuscht schauten sie sich um. Keine fünfzig Rundhütten, die meisten davon ganz morsch, manche schon halb verfallen und alle menschenleer. Dies sollte nun das Traumland sein, dem sie fünf Tage lang zugeeilt waren? Die Felder hatte sich die Steppe allesamt zurückgeholt und nur da und dort kündeten kleine Inseln von trockenen Getreidehalmen von dem Bemühen der ehemaligen Bewohner, hier Landwirtschaft zu betreiben; sämtliche Wasserstellen waren verschüttet. Das ganze Dorf war eine einzige Enttäuschung.

Entmutigt begannen die Clansleute ihr Lager aufzuschlagen, murrend machte ein Trupp sich daran, die Wasserstellen freizugraben, und schlecht gelaunt befreite man die Tragtiere von ihren Lasten; da kam bei der Hütte mit der Fahnenstange Unruhe auf.

Galib hatte das größte der Rundhäuser wohl als Sitz der Dorfobrigkeit erkannt, und da es recht gut erhalten war, gedachte er jetzt dort Unterkunft zu nehmen. Also hatte er Eisor und einige der anderen Jungs beauftragt die Hütte für diesen Zweck herzurichten. Nun kam einer von ihnen aus der Tür getaumelt, machte noch ein paar Schritte zur Seite und übergab sich dann. Eisor kam heraus und trug dümmlich grinsend einen Totenschädel und eine skelettierte Hand vor sich her.

Der andere hatte seine Übelkeit inzwischen bezwungen. Als er Eisor sah, rannte er, ohne zu überlegen, auf ihn zu. Schädel und Hand flogen auf den Boden, als seine Faust Eisor traf, und einen Augenblick später wälzten die beiden sich verbissen miteinander ringend im Staub.

»Aufhören! Was is' hier los?« Plötzlich war Galib

da, und als Eisor, der gerade die Oberhand hatte, nicht sofort gehorchte, griff er blitzschnell in dessen Haare und riss ihn zu sich hoch. »Was ihr hier treibt, will ich wissen!«, brüllte er Eisor an, der vor Schmerz leise wimmerte, es aber nicht wagte, die Hand gegen seinen Herrn zu erheben.

»Hab – ihn – nur – erschreckt!«, brachte er stammelnd hervor. »Lass doch los! – Bitte.«

»Sind da noch mehr Gebeine drin?« Galib stieß Eisor achtlos in den Staub.

»Vier oder fünf Schädel!« Eisor rieb sich unter den schadenfrohen Blicken der anderen die Kopfhaut. »Die liegen alle im hintersten Winkel auf den Schlafstellen.«

Galib überlegte kurz. »Vergesst die Hütte«, befahl er dann, »und baut mein Zelt auf!«

Eisor und sein Widersacher sahen sich kurz an, als Galib sich abgewandt hatte. Es war ja wohl kaum möglich und sie wussten es natürlich besser – aber es hatte trotzdem fast den Anschein gehabt, als ob ihr Anführer sich vor den Toten fürchtete.

Ysell hatte die Szene nur von weitem mitverfolgt und mit leisem Schauder festgestellt, dass sich ihre Vision vom Totendorf nun doch noch bewahrheitet hatte. Als sie sah, dass Bogan auf die Hütte mit der Fahnenstange zuging, ahnte sie, was kommen würde. Eilig ging sie zum Wasserloch und nahm einer erstaunten Clansfrau mit einem freundlichen Lächeln die Schaufel aus der Hand. Jetzt hatte sie wenigstens etwas zu tun und Bogan konnte sie nicht dazu abkommandieren, die Hütte auszuräumen.

Galib hatte nach der Entdeckung der Gebeine jedes Interesse an der Hütte verloren. Schädel und Hand lagen immer noch so, wie sie gefallen waren, vor dem Eingang und niemand kümmerte sich darum. Also inspizierte Bogan das Gebäude und kam nach ein paar Augenblicken wieder heraus. Schnurstracks steuerte er auf die Stelle zu, an der im Moment alle Grabwerkzeuge im Einsatz waren – das Wasserloch, wohin sich Ysell verdrückt hatte.

»Ich brauche vier Leute mit Schaufeln!«, gab er bekannt. »Die Toten sollten vor Einbruch der Dunkelheit unter der Erde sein!«

Ysell war es, als sei der Schaufelstiel in ihren Händen plötzlich glühend geworden; sie sah nicht auf und schaufelte so verbissen vor sich hin, dass den Nächststehenden der Sand nur so um die Füße spritzte.

»Ysell!«

Ysell erstarrte, als sie ihren Namen hörte, und sie merkte, wie ihr heiß wurde. Sie konnte Bogan aber unmöglich bitten sie von der zugedachten Arbeit zu befreien – nicht vor all den anderen hier! Seufzend kletterte sie an der Wand des Trichters nach oben, während Bogan die anderen Totengräber auswählte. Als sie neben ihm stand, wandte er sich ihr wieder zu.

»Ysell, gib du mir deine Schaufel«, sagte Bogan. »Du kannst Pekan und den anderen beim Melken der Tragtiere helfen!«

Ysell bemühte sich, sich ihre Erleichterung nicht anmerken zu lassen, während sie sich mit den anderen an den Tragtieren zu schaffen machte. Aus den Augenwinkeln heraus beobachtete sie aber genau, was bei der Hütte vor sich ging.

Auf einer Trage aus Zeltstangen und Planen trug man die sterblichen Überreste der Bewohner einzeln vor das Dorf und bestattete sie.

Bogan beteiligte sich selbst an der Arbeit, und da er nichts von seinen Leuten verlangte, was zu tun er selbst nicht bereit war, blieb er in der Hütte und legte die Gebeine auf die Trage, die zwei seiner Leute hielten. Als alles erledigt war, wusch er sich ordentlich, nahm einen Feuertopf aus seinem Gepäck und kehrte dann in die Hütte zurück. Er hatte bei seiner Arbeit etwas gefunden, was ihn sehr interessierte: In einer kleinen Kiste verwahrt lag die Chronik des Clans Bonagh, und die wollte er sich ansehen.

Bogan entzündete den Feuertopf und verbrachte die halbe Nacht über den stichwortartigen Aufzeichnungen. Wenn die Schreiber sich nicht geirrt hatten, waren die letzten Eintragungen nur sechs Jahre alt.

Die Aufzeichnungen der ersten Seiten berichteten vom Aufbruch des Clans. Bogan hatte richtig vermutet; es war derselbe Clan, mit dem Isahid-Ishad in die Verbannung gezogen war. Von ihm war auf den folgenden Seiten oft die Rede, denn es hatte Schwierigkeiten mit ihm gegeben.

Obwohl der Fremde allein gereist war, hatte er sich dem Ersten Clansmann von Anfang an widersetzt. Er hatte behauptet, im Nordosten gäbe es eine Bergkette, bei der ein großes Wasservorkommen liege, und er wollte, dass der Clan mit ihm dorthin gehe. Da Bonagh nicht auf ihn gehört hatte, war Isahid darangegangen, den Clan zu spalten, und tatsächlich war es ihm gelungen, etliche Leute auf seine Seite zu ziehen. Eines Nachts machte sich heimlich eine Gruppe unter seiner Leitung auf, um zu den Bergen zu gehen. Die Tragtiere und Vorräte hatten sie gestohlen, und als man sie nach kurzer Verfolgung eingeholt hatte, war Gericht gehalten worden. Alle hatte man hart bestraft, aber sie waren mit dem Leben davongekommen. Nur Isahid-Ishad hatte als Anführer sein Leben verwirkt. Bonagh hatte den Fremden bis aufs Blut gehasst, und da er ein Exempel hatte statuieren wollen, fesselte man den Verurteilten und begrub ihn lebendig unter dem Siegelstein.

Bogan schloss kurz die Augen. Um Bonaghs Rache willen hatte der Clan sich einer ungeheuren Grausamkeit schuldig gemacht. Mochte Isahid-Ishad auch ein Aufrührer und Dieb gewesen sein, eine solche Art zu sterben hatte er nicht verdient!

Die folgenden Seiten beschrieben den weiteren Zug des Clans, bis er sich hier, bei einem ergiebigen Wasserloch, niedergelassen hatte. Etwa ein Jahr später war der Geist aufgetaucht.

Wie den Zauberer nannten die Schreiber ihn Isahid, den Sandgeborenen. Es war ein großer Mann gewesen, der nachts aus der Steppe kam. Er bewegte sich leise und schnell in den Schatten der Nacht; keiner der Siedler hatte ihn jemals wirklich zu Gesicht bekommen und keine Hütte war vor ihm sicher gewesen. Der Isahid stahl und verdarb alles, was nicht vom Licht der Fackeln und Feuer erhellt wurde. Er konnte in Hütten eindringen, ohne die Tür zu benutzen, und alles, was er brauchte, um seine Rache zu verwirklichen, war ein Fleckchen Dunkelheit.

Im ersten Jahr hatte der Isahid die Trosshunde getötet. Niemand konnte voraussagen, wann er kam und wo er zuschlug. Man hatte Wachen aufgestellt, aber es war vergebens gewesen, und nur Hundekadaver mit gebrochenem Genick hatten den Siedlern am Morgen angezeigt, dass ihr Erzfeind sie wieder heimgesucht hatte.

Die Menschen begannen um ihr Leben zu fürchten, aber der Isahid hatte andere Pläne. Er nahm ihnen alles, was sie brauchten, um bestehen zu können. Er tötete nach und nach alle Hunde, und nun waren die Siedler an diesen Ort gefesselt.

Als schließlich die ersten Tragtiere in die Steppe entführt wurden, verzweifelten die Menschen endgültig. Tragtiere waren Nahrung, und die Herde war die allerletzte Rettung, falls es einmal eine sehr schlechte Ernte geben sollte. Ohne sie war man verloren.

Der Isahid ließ sich Zeit, manchmal lagen mehr als zehn Jahre zwischen seinen Besuchen. Er wartete, bis die Menschen ihn fast schon vergessen hatten, und schlug dann plötzlich wieder mit voller Härte aus dem Dunkel heraus zu. Vor dreißig Jahren waren die letzten achtzehn Tragtiere in einer einzigen Nacht verschwunden und der Isahid hatte begonnen die Felder zu verwüsten. Da war die Schar der Siedler aber schon auf unter hundert gefallen, denn die Quelle versiegte langsam und alles Graben half nichts mehr.

Das Buch in Bogans Händen wusste von abscheulichen Gebräuchen zu berichten, zu denen der Hunger die Menschen trieb. Für kleinste Vergehen wurde die Todesstrafe verhängt und von den Gehenkten und den anderen Toten waren nur noch die Gebeine bestattet worden.

Den Isahid ließ das alles ungerührt. Was die Menschen am Tag erschufen, das vernichtete er in der Nacht, und als schließlich nur noch eine Familie im

Dorf lebte, da vergiftete er die Quelle, indem er totes Getier in das Wasser warf.

Hier brachen die Eintragungen in dem Buch ab. Bogan stand auf und löschte den glühheißen Feuertopf, indem er einen flachen Stein auf die Öffnung legte. Vorsichtig tastete er sich zum Ausgang der Hütte und schaute auf den Dorfplatz. Die meisten Clansleute hatten es vorgezogen, auch heute Nacht unter freiem Himmel zu kampieren, und die Trossleute mussten sowieso bei den Tieren bleiben. Was einst der Hauptplatz des Dorfes gewesen war, verschwand in dieser Nacht fast unter der Menge an Zelten und mehr oder weniger provisorischen Schlafplätzen.

Bogan versuchte sich die Zeit vorzustellen, in der die Leute des Bonagh-Clans zu Siedlern geworden waren: Sie wussten, was sie getan hatten, und sie wussten, wer sie verfolgte, als das Unglück über sie hereinbrach, sonst hätten sie dem Gespenst, das sie plagte, nicht den Namen ihres Opfers gegeben. War Isahid schon zu Lebzeiten ein unleidlicher Mensch gewesen, so war er unter dem Siegelstein wahnsinnig geworden, und irgendwie hatte sein Geist es geschafft, sich von seinem Körper zu lösen. Er hatte seine Mörder bedrängt und gepeinigt, das fand Bogan nicht ungewöhnlich, aber dann hatte er seine Rache auch auf die unschuldigen Kinder der Täter ausgeweitet, und das war unverzeihlich.

Bogan kniff die Augen ein wenig zusammen, um in der Dunkelheit möglichst weit sehen zu können. Er suchte Galibs Zelt, denn er wollte den Ersten Clansmann sofort sprechen – oder vielmehr das, was seine Stelle eingenommen hatte.

Galib schien zu ahnen, dass der alte Trossmeister etwas wirklich Wichtiges mit ihm zu bereden hatte. Ohne zu zögern, hatte er die Ofana aus dem Zelt gescheucht und sich angekleidet, als der verschlafene Eisor ihn geweckt hatte. Nun saßen Bogan und er in der Mitte des Zelts und durch den geöffneten Eingang drang die Helligkeit eines frisch angefachten Feuers. Die beiden sprachen sehr leise miteinander, denn was sie sich zu sagen hatten, ging niemand sonst etwas an – noch nicht!

»Wieso hast du von diesem Körper Besitz ergriffen?«, fragte Bogan rundheraus.

»Was ist los?« Galib tat, als verstünde er nicht.

»Es war *die* Gelegenheit, stimmt's?« Bogan ließ sich nicht irritieren und sprach einfach weiter. »Du wolltest mal wieder fühlen wie ein Mensch!«, sagte er. »Es hat dir nicht mehr gereicht, nachts in der Steppe Unheil zu stiften! – Außerdem war da ja auch niemand mehr, den du hättest quälen können. Das war ziemlich langweilig, nicht?«

»*Du* bist langweilig!« Galib beugte sich vor. »Was willst du eigentlich von mir?«

»Nun, ich will die letzte Gewissheit. Die Gewissheit, dass ich den erkannt habe, der einen ganzen Clan ermordet hat!«

»So, die letzte Gewissheit willst du«, lachte Galib leise auf. »Die wirst du bekommen, wenn der Tod dich holt! Aber ich will dir was sagen, Alter!«, zischte er und beugte sich vor. »Die haben mich umgebracht und ich habe die umgebracht – und du passt besser auf, dass es dir nicht genauso geht! – Jetzt hast du deine Gewissheit!«

Bogan hielt Galibs Blick stand. »Ich glaube nicht, dass du noch Geister aus der Steppe kommen lassen kannst!«, stellte er nach kurzem Überlegen fest. »Sonst hättest du es längst getan!«

»Wart's nur ab!« Galibs Augen waren voller Hass, doch seine Stimme zeigte einen Anflug von Unsicherheit.

Bogan wusste, dass er auf der richtigen Spur war. »Du kannst da nicht raus, stimmt's?« Dabei zeigte er auf Galibs Körper. »Seit du aus dem Grab gekommen bist, steckst du fest!«

»Vollkommener Blödsinn! Was redest du eigentlich?« Galib hatte sich wieder gefangen.

»Ich sage, dass es keinen Isahid mehr geben wird, solange du in diesem Körper gefangen bist. Du bist jetzt bloß noch ein Mensch und du kannst deinen Geist nicht mehr aussenden, um andere zu quälen!«

»Geh jetzt!«, sagte Galib in herablassendem Ton. »Du redest mir zu viel Schwachsinn!«

Bogan erhob sich. »Müsste ich nicht den Menschen schonen, aus dessen Mund du sprichst, würdest du dich noch in dieser Nacht in Ketten unter einem Siegelstein wieder finden!« Dann wandte er sich dem Eingang zu und ging hinaus. Der Wutschrei aus Galibs Zelt ließ die Ofana und Eisor herumfahren, aber Bogan lächelte, als er davonging. Endlich hatte er Gewissheit – und eine Möglichkeit, Galib von dem Dämon zu befreien, würde er sicher auch noch finden.

Bogan hoffte, dass es wirklich gutes Land war, was den Dämon nach Nordosten zog. Bislang war man pfeilgerade nach Norden gegangen, während Isahid jetzt, und auch mit dem anderen Clan, unbedingt nach Nordosten hatte gehen wollen. Im Nordosten gab es etwas Besonderes, von dem der Dämon wusste, da war Bogan sich jetzt sicher. Und ihm war nun auch klar, was er zu tun hatte. Er würde Galib zu Willen sein und den Kurs ändern. Außerdem musste Vorsorge getroffen werden, denn schon bald konnte die Lage sich zuspitzen.

Richtung Nordost

Der Brunnen des Clandorfes war nicht sehr ergiebig, aber er hatte sich im Lauf der Jahre wieder gereinigt. Mit gefüllten Schläuchen und Flaschen versehen zog der Clan weiter, von nun an Richtung Nordosten.

Wie Recht Bogan mit seiner Vermutung gehabt hatte, zeigte sich alsbald. Nahezu erfreut drängte Galib sein Pferd zwischen die Tragtiere und beglückwünschte den Trossmeister in herablassendem Ton dazu, endlich vernünftig geworden zu sein. Bogan blieb gelassen und gab ihm lediglich zur Antwort, dass die eine Richtung so gut wie die andere sei. Nach einem langen, misstrauischen Blick war Galib dann zu seinen Leuten zurückgeritten. Bogan wusste, dass er sich in höchster Gefahr befand. Erkannt worden zu sein, behagte dem Dämon in Galib überhaupt nicht.

Sie hatten das Clandorf noch nicht lange hinter sich gelassen, da geriet der Clan in ausgedehnte Sandfelder. Jetzt waren die Trosshunde wieder in ihrem Element. Weit aufgefächert liefen die Rudel den Tragtieren voraus und durchforschten die Gegend nach Jumpern. Wie die Aufspürer die Gedanken der Hunde verstanden, so waren die Hunde empfindlich für die Gedanken der Jumper und auf diese Weise in der Lage, die völlig überraschenden Angriffe der Bestien vorauszuahnen und abzuwehren.

Trotzdem wäre Ysell an diesem Tag fast umgekommen, als die Gruppe eine endlos scheinende Sandfläche überquerte. Nichts ahnend ging sie zwischen den Spuren der Hunde. Dax und Reißer waren etwa hundert Schrittmaß voraus und suchten das Gelände ab. Läufer dagegen hielt sich als Kopf des Rudels etliche Schrittmaß hinter seinen Untergebenen, um ihnen im Falle der Gefahr sofort zu Hilfe eilen zu können.

Nichts deutete darauf hin, dass die Arbeit heute gefährlicher sein würde als an anderen Tagen. Ysell folgte den Tieren wie üblich in einigem Abstand. Zwei Jumper hatten die Hunde heute schon gefunden und Ysell dachte mit einem Anflug von Neid daran, dass die Tiere zurzeit bestimmt kein Hungergefühl mehr verspürten. Schade, dass Jumperfleisch für Menschen ungenießbar war! Die Legende berichtete, dass die Bedauernswerten, die sich einst nicht hatten beherrschen können und etwas davon aßen, in entsetzliche Krämpfe verfallen waren und sehr lange hatten gepflegt werden müssen. Ihr

Augenlicht jedoch war für immer verloren gewesen. Jumper waren giftig, das wusste ein jeder im Clan und niemand würde es wagen, den Hunden ihre Nahrung streitig zu machen. Dennoch nagte der Hunger in Ysells Magen und die Impulse von Sattheit und Zufriedenheit, die sie von den Tieren empfing, machten es nicht gerade besser.

Ein wenig missmutig blieb Ysell hinter den Hunden zurück, sodass wenigstens die Stimmen der Tiere etwas leiser wurden. Ab und zu kreuzte sie die Fährte von Läufer, der zwischen den Spuren von Dax und Reißer hin- und herpendelte. Die Hunde hatten schon lange nichts Besonderes mehr gefunden und mit der Zeit hatte Ysells Aufmerksamkeit nachgelassen. Während ihr Körper unbeirrbar und stetig der Bahn der Trosshunde folgte, kehrte ihr Geist zurück zu ihren ersten Tagen im Zwinger, in die Zeit, als Läufer noch ein Welpe gewesen war. Ysell lächelte, als sie daran dachte, wie klein der mächtige Trosshund einst gewesen war. Winzig und schutzbedürftig hatte er sich an seine Mutter geschmiegt und mit seinen kleinen, tapsigen Pfoten ihr Gesäuge bearbeitet, wenn er daran trank …

Plötzlich stob vor Ysell eine Sandfontäne auf und ein großer Jumper schoss mit hoch aufgerichteten Scheren aus seiner Mulde auf sie zu. Ysell wollte zurückspringen, doch ein zangenartiger Griff um die Beinschiene brachte sie zu Fall, und noch bevor sie überrascht aufschreien konnte, war die zweite

Schere des Jumpers über ihr. Ohne nachzudenken riss Ysell den schweren Knüppel mit beiden Händen in die Bahn des herabsausenden Mordwerkzeugs, das daran abprallte. Sie wollte sich zur Seite rollen, aber die Schere, die ihren Unterschenkel umklammerte, hielt unerbittlich fest. Immer stärker wurde der Druck, lange würde die Beinschiene das nicht mehr aushalten können. Der Jumper versuchte inzwischen mit der anderen Schere an Ysells Körper heranzukommen. Immer wieder stieß das scharfkantige Instrument mit Macht auf die ungeschützten Körperpartien herab, doch noch gelang es Ysell, die Schere mithilfe des Knüppels von sich fern zu halten.

Der Jumper durchschaute Ysells Abwehrtechnik schnell. Plötzlich griff er den Knüppel direkt an und begann ruckartig daran zu reißen. Ysell spürte, wie ihr das Holz durch die Finger glitt. Der Jumper war unglaublich stark. Mit einem mächtigen Ruck riss er ihr das Holz aus den Händen und in hohem Bogen flog es davon. Ysell wusste, dass dies ihr Tod war, denn schon sauste die Schere auf ihren Unterleib hinab. Mit bloßen Händen griff sie in die Bahn des mörderischen Werkzeugs und brachte es tatsächlich einige Fingerbreit vom Ziel ab, sodass es sich knapp neben ihr in den Sand bohrte. Die Schere begann sich zu öffnen und drängte nun von der Seite auf Ysell zu. All ihre Kraft aufbietend, drückte sie das Mordinstrument von sich fort, aber der Jumper war viel stärker als sie. Es war hoffnungslos; die Hunde waren weit voraus und auch Bogan war mit dem Tross zu weit entfernt. Sie war allein! In wenigen Augenblicken schon würde sie nachgeben müssen und dann …

Urplötzlich raste seitlich in Ysells Blickfeld ein undeutlicher Schatten heran und Sekundenbruchteile später erbebte der Jumper unter dem Anprall eines schweren Körpers. Schon hatte der Trosshund sich in das empfindliche Gelenk der Schere verbissen und riss sie, sich im Sand mehrfach überschlagend, mit sich. Die Schere verschwand aus Ysells Blickfeld und schon war Läufer wieder da. Blitzschnell zerbrach er die andere Armröhre des Jumpers und der Druck auf Ysells Bein ließ nach. Schnell schüttelte sie die Schere ab, die ein Stück weit über den Sand rutschte und dort, sich noch ein paar Mal krampfhaft schließend, liegen blieb.

Ysell richtete sich auf und betastete mit zitternden Fingern ihr Bein. Läufer hatte den Jumper inzwischen getötet und auch Dax und Reißer waren herangekommen. Verständnislos schauten die beiden auf die Szene, die sich ihnen bot. Wie hatte es nur geschehen können, dass dieser riesige Jumper ihrer Aufmerksamkeit entgangen war?

Läufer drängte sich ungestüm an Ysell heran und warf sie fast wieder zu Boden, als er ihren Körper mit wild stupsenden Bewegungen seines Kopfes nach Verletzungen absuchte. Ysell hielt ihn mit einer Hand ein wenig von sich fort, während sie aufstand. Ein kleiner Schmerzenslaut kam über ihre Lippen, als sie das gequetschte Bein belastete. Vorsichtig versuchte sie ein paar Schritte zu gehen und stellte fest, dass nichts gebrochen war. Die Schiene hatte wohl das Schlimmste verhindert, aber es würde sicherlich einige blaue Flecken geben. Erleichtert wandte sie sich nun den Hunden zu und formulierte in ihrem Geist eine einfache Frage.

»Keine Stimme!«, kam die Antwort. Wie immer hatte Läufer das Wort ergriffen. Ysell merkte, dass er vor Schuldbewusstsein ganz außer sich war. »Keine Stimme!« Offenbar wollte er ihr zu verstehen geben, dass der Jumper vor seinem Angriff nichts ausgesandt hatte, was er hätte empfangen können.

»Schon gut, Läufer!«, versuchte Ysell das aufgeregte Tier zu beruhigen. »Es ist ja niemandem was passiert!«

»Keine Stimme!«, wiederholte Läufer fassungslos und schaute sich verstört um. Auch die anderen Trosshunde waren sichtlich nervös geworden.

Ysell verstand die Tiere. Sie schaute sich besorgt um. Wenn es hier Jumper gab, die sich sogar vor den Trosshunden verbergen konnten, dann würde der Marsch jetzt sehr gefährlich werden!

Spät am Tag erreichte die Gruppe das Gebiet der lebenden Büsche.

Seit dem Auftauchen der stummen Jumper ging der Tross in neuer Ordnung. Ysell und die Aufspürer von den Flanken des Trosses hatten sich mit Bogan beraten, und gemeinsam hatte man beschlossen ab sofort sehr eng beieinander zu bleiben. Nur so war es gewährleistet, dass die Tragtiere von den Hunden geschützt werden konnten. Die Spur des Clans war sehr schmal geworden und erste Gerüchte kamen auf – Gerüchte über noch viel schrecklichere Ungeheuer, die in den Weiten der Steppe hausten und schon bald über den Clan herfallen würden. In langer Reihe zogen die Menschen über den schmalen Streifen sicheren Landes dem Horizont entgegen, und mit ihnen zog die Angst.

Hochnervös gingen die Trosshunde wenige Schrittmaß voraus und jede Unebenheit im Sand wurde von ihnen misstrauisch beäugt. Ysell hatte es sich zur Angewohnheit gemacht, in solchen Fällen ihren schweren Knüppel über die Hunde hinweg auf die verdächtige Stelle zu werfen. Zweimal hatte sie mit diesem Vorgehen auch Erfolg und der durch die Erschütterung gereizte Jumper schnellte aus seinem Versteck empor. Eine der Bestien schaffte es aber doch, verborgen zu bleiben, bis der Tross über ihr war, und nur dem schnellen Eingreifen von Pekan war es zu verdanken, dass das angegriffene Tragtier nicht schwer verletzt wurde. Trotz seines scheinbar einfältigen Wesens hatte er den Schlagstock entschlossen und kraftvoll geführt und die Trosshunde hatten Augenblicke nach dem Angriff nur noch den zuckenden Kadaver des Jumpers bestaunen können.

Auf den weiten Sandfeldern kam der Tross nur noch sehr langsam voran und einige Clansleute begannen zu murren. Schließlich war Galib mal wieder nach vorne gekommen, um zur Eile anzutreiben. Bogan beachtete ihn nicht. Er hoffe nur, dass das, was Galib im Nordosten zu finden hoffte, auch den Interessen der Menschen im Clan entsprach.

Galib preschte in seiner Ungeduld sogar bis zwischen die Trosshunde und verschwand erst wieder, als keine fünf Schrittmaß vor ihm plötzlich ein Jumper aus dem Boden geschossen kam, der fast sein Pferd erwischt hätte.

Ein Handmaß vor Sonnenuntergang fand sich ein scheinbar idealer Lagerplatz. Es sollte jedoch das letzte gemeinsame Lager des Clans werden.

Stachelwalzen

Der Platz war mit Bedacht gewählt. Der Boden war fest und das nächste Sandfeld war weit entfernt. Es gab zwar kein Wasser an dieser Stelle, aber die verdorrten Büsche ringsum wiesen darauf hin, dass eine Grabung erfolgreich sein könnte. Außerdem würden sie reichlich Holz liefern, sodass man das mitgeführte Brennmaterial aufsparen und sogar noch ergänzen konnte. Ysell holte ihr Bündel mit dem winzigen Zelt von einem der Tragtiere und fing an es aufzubauen. Alles ringsum war friedlich und die Clansleute gingen ihren gewohnten abendlichen Beschäftigungen nach. Trotzdem kam Ysell nicht zur Ruhe, denn nachdem sie die Trosshunde von ihrer Lederpanzerung befreit hatte, entfachte eine kurze Auseinandersetzung mit Läufer.

»Gefahr!« Der mächtige Leithund stand wenige Schritte vor Ysell und schaute sich unsicher nach allen Seiten um.

Ysell runzelte die Stirn. Es konnte einfach nicht sein, was Läufer ihr da erklärte. Das Lager war sicher, der Boden war fest – Läufer war einfach noch zu aufgeregt von den Ereignissen des Tages. »Keine Gefahr!«, signalisierte sie ihm. »Ausruhen! Schlafen!«

»Nicht schlafen! Gefahr!«, beharrte Läufer und sah ihr direkt ins Gesicht.

Ein Hund, der einem ins Gesicht starrt, sucht Streit, das wusste Ysell nur zu gut. – Na dann, wenn Läufer es so wollte! Grimmig starrte sie zurück und fletschte kurz die Zähne. Läufer wich einen Schritt zurück und legte die Ohren an. »Keine Gefahr!«, signalisierte Ysell nochmals mit Nachdruck. »Ausruhen!«

»Gefahr!« Beleidigt drehte Läufer sich von ihr weg, legte sich nieder und zeigte ihr sein Hinterteil. Ysell unterdrückte ihren aufwallenden Ärger, um sich vor dem Tier keine Blöße zu geben. Schnell rief sie sich ins Gedächtnis, dass Läufer ein sehr guter Trosshund war, ja, der beste, der Leithund. Kein anderer Hund übertraf ihn, wenn es darum ging, verborgene Gefahren aufzuspüren und kein anderer Hund war tapferer! Bestimmt verhielt er sich jetzt so, weil diese stummen Jumper aufgetaucht waren, die er nicht aufzuspüren vermochte. Es machte ihn unruhig, dass er sich nicht mehr auf seine Fähigkeiten verlassen konnte. Es war für ihn, als sei er blind geworden.

Dax und Reißer hatten den Zwist natürlich verfolgt und lagen jetzt angespannt neben dem Zelt. Unsicher gingen ihre Blicke zwischen Ysell und

Läufer hin und her, aber immer wieder starrten auch sie konzentriert zu Boden. Ysell kannte dieses Verhalten. Die Hunde lauschten, sie nahmen irgendeine unbestimmte Bedrohung wahr, aber bislang hatten sie die Quelle ihres Unbehagens noch nicht ausmachen können.

Ysell betrachtete ihre Schützlinge einen Moment lang und schüttelte dann ratlos den Kopf. So durfte es nicht weitergehen! Wann hätte man jemals gehört, dass Trosshunde Unsicherheit, ja sogar Angst zeigten?

Ysell schaute besorgt auf das Häufchen nervöser Tiere, die bei dem geringsten Geräusch zusammenzuckten.

Sie beschloss sich eingehend mit Bogan zu beraten, aber zuerst musste sie den Lagerplatz selbst gründlich untersuchen. Bogan würde sie mit Sicherheit fortschicken, wenn sie ihn um Rat fragte, ohne selbst versucht zu haben die Lösung des Rätsels zu finden.

Ysell ging systematisch vor. In einem großen Bogen umrundete sie das Lager und achtete dabei besonders auf Schlupflöcher von möglicherweise im Boden verborgenen Tieren. Nichts war zu entdecken, aber dennoch blieb sie alle paar Schritte stehen, stampfte mit der Ferse auf den Boden und lauschte auf den Klang. Es gab auch keine verdeckten Hohlräume! Ab und zu schauten Clansleute zu ihr herüber und lächelten über ihr sonderbares

Benehmen, aber das war ihr egal. Es ging hier um die Sicherheit des Clans und sie würde sich nicht zur Nachlässigkeit verleiten lassen, nur weil die anderen nicht begreifen konnten, was sie hier tat. Besonders gründlich sah Ysell sich den Sockel der Felsplatte an, die sich in der Mitte des Platzes knapp zwei Schrittmaß hoch erhob, aber auch diese Untersuchung brachte kein Ergebnis. Auf dem ganzen Lagerplatz gab es nichts, was die Aufregung der Hunde gerechtfertigt hätte. Einer plötzlichen Eingebung folgend spähte Ysell nun in verschiedene Büsche hinein, in der vagen Erwartung, einige Raubvogelnester vorzufinden, aber auch dort war nicht die geringste Spur von Leben zu entdecken.

Zum Schluss besuchte Ysell die anderen Aufspürer, die mit ihren Hunden ringförmig um das Lager verteilt kampierten. Deren Hunde verhielten sich jedoch vollständig normal und auch sie selbst hatten nichts Ungewöhnliches bemerkt. Das konnte Ysell aber nicht beruhigen, denn sie wusste ja, dass ihre Hunde die sensibelsten von allen waren und vieles spürten, was den anderen verschlossen bleiben musste. Nicht umsonst ging Ysell gerade mit diesen Tieren an der Spitze des Zuges!

Noch einmal schaute sie sich auf dem Lagerplatz um, dann stand es für sie fest: Wenn es hier eine Bedrohung gab, dann war sie nicht in der Lage sie aus eigener Kraft zu erkennen! Mit diesem Wissen ging sie zu Bogan.

Der alte Bogan war gerade dabei, abseits von den anderen sein Zelt aufzubauen. Als Trossmeister würde er die Nacht über bei den Tragtieren bleiben, die nun, von ihrer Last befreit, müde durch das Lager streiften und versuchten ein wenig Nahrung zu finden. Bogan hatte sein Leben lang mit Trosshunden gearbeitet und Ysell durfte nur deshalb an der Spitze des Zuges gehen, weil die Kraft der Jugend dort mehr zählte als alles Wissen des Alters. Sicherlich hatte auch Bogan schon die Unruhe der Tiere gespürt, und vielleicht hatte er ja eine Idee, was mit ihnen los sein könnte, was es war, das sie so beunruhigte.

»Geleit, Bogan!« Ysell war an Bogans Lagerplatz getreten. Da der Alte gerade ein großes Stück Plane über die Zeltstangen warf, griff sie schnell zu und half ihm, es nach beiden Seiten hin glatt abzuspannen.

»Geleit, Ysell!«, grüßte Bogan zurück und sah sie freundlich an. »Du hast Sorgen mit deinen Hunden«, stellte er fest. »Komm und setz dich zu mir!« Mit diesen Worten ließ er sich auf dem Teppich nieder, der vor dem Zelt bereits auf der Erde lag.

In einiger Entfernung war Sabé mit einem der Tragtiere beschäftigt. Gut gelaunt hob er grüßend die Hand, als er Ysell erblickte, aber der Respekt vor Bogan hielt ihn davon ab, sich den beiden zu nähern.

Ysell kannte Bogan gut genug, um zu wissen,

dass er keine langen Vorreden schätzte. »Die Hunde sind unruhig!«, kam sie also sofort zur Sache. »Seit diese stummen Jumper aufgetaucht sind, wittern sie in jedem Grasbüschel Gefahr.«

Bogan lehnte sich schweigend an eine Zeltstange und schloss die Augen. Es schien fast, als wolle er einschlafen, aber Ysell wusste, dass er ihr sehr genau zuhörte.

»Das ist es aber nicht allein«, fuhr sie fort. »Seit wir diesen Lagerplatz gefunden haben, ist es eher noch schlimmer mit ihnen geworden. Sie sind unruhig! Sie haben sogar Angst! Und ich kann nicht herausbekommen, wovor sie sich eigentlich fürchten, denn sie wissen es offenbar selbst nicht.«

Bogan saß noch immer stumm und mit geschlossenen Augen da. Er wartete auf Ysells weitere Worte. Bislang hatte sie nur das Problem umrissen, und jetzt wollte er wissen, was sie unternommen hatte. Also fuhr Ysell fort: »Jumper können es nicht sein. Die Erde ist fest und das nächste Sandfeld ist fast tausend Schrittmaß entfernt.« Demonstrativ schlug sie mehrfach mit der flachen Hand auf den steinharten Boden. »Ich verstehe das einfach nicht!«

Bogan lächelte, und beschämt wegen ihres kleinen Gefühlsausbruches kam Ysell sofort wieder zur Sache. »Es gibt hier nichts, was ich als Bedrohung erkennen könnte. In weitem Umkreis gibt es nicht ein einziges Tier! Noch nicht einmal Elstern nisten in den Büschen! Was also ist es, das die Hunde nicht zur Ruhe kommen lässt?« Ysell war fertig mit ihrem Vortrag und nun war die Reihe an Bogan. Sie durfte mit Recht einiges von ihrem alten Lehrer erwarten, denn er hatte einen großen Schatz an Erfahrungen. Außerdem war er als Erster Trossmann verantwortlich für die Sicherheit des ganzen Clans. Deshalb ließ sich Bogan auch viel Zeit mit der Antwort, denn es war nicht seine Art, übereilt seine Meinung kundzutun.

»Nun, du hast das halbe Rätsel schon gelöst, Ysell«, begann er schließlich. »Die stummen Jumper sind eine neue Bedrohung für den Clan.« Bogan schlug die Augen auf und wandte sich Ysell zu. »Aber es muss natürlich nicht bei dieser einen neuen Bedrohung bleiben. Es gibt keine Tiere hier, sagst du?«

»Nicht ein Kaninchen und nicht eine Maus!«, bestätigte Ysell.

»Selbst die Vögel meiden diesen Ort, sagst du«, fuhr Bogan fort, »obwohl sie von allen Tieren am schnellsten fliehen können!«

»Du meinst also …«, begann Ysell, hielt aber schnell inne, weil sie Bogan nicht unterbrechen wollte.

»Sprich nur!«, forderte der Alte sie freundlich auf. »Hab keine Angst vor dem, was die anderen meine Weisheit nennen! Vielleicht sind deine Klugheit und deine Findigkeit ja ebenso stark und wichtig. Vielleicht kennst du die Lösung des Rätsels ja schon – wenn es denn eine gibt!«

»Du meinst also, dies sei ein böser Ort, den alle Tiere meiden«, stellte Ysell fest.

»Nun, es gibt hier eine Bedrohung, von der wir Menschen und unsere Tragtiere nichts wissen!«, bestätigte Bogan. »Deine Hunde jedoch können sie spüren, aber nicht benennen. Du hast es gesehen, du hast es mir berichtet – und jetzt hast du es auch erkannt!«

»Aber was ist es, das diesen Ort so böse macht, dass alle Tiere ihn meiden?«

»Das«, Bogan beugte sich vor und sah Ysell mit ernstem Blick an, »werden wir hoffentlich nie erfahren!«

Sabé war nirgends mehr zu entdecken, also ging Ysell zurück zu den Hunden, die sich nahe bei ihrem Lagerplatz niedergelegt hatten. Die Tiere kamen einfach nicht zur Ruhe. Immer wieder richteten sie ihre Ohren auf und spähten misstrauisch in die Steppe hinaus. Auch Ysell sah sich um. Sie war froh, dass es nur ein »kleines Lager« für eine Nacht war, das man im Falle der Gefahr jederzeit räumen konnte. Die Clansleute hatten nur wenige Sachen ausgepackt und waren gerade dabei, eine Feuerstelle in der Mitte der kleinen Zelte zu errichten. Frauen und Männer suchten das Totholz unter den Büschen zusammen und trugen es zu der Erdmulde, die andere inzwischen nahe der Felsplatte ausgehoben hatten.

Die Hunde spürten Ysells Nähe, als sie zu ihrem Zelt zurückkam, und schauten ihr erwartungsvoll entgegen. Sie standen eindeutig immer noch unter dem Eindruck einer unbenennbaren Bedrohung. »Seid wachsam!«, trug Ysell ihnen auf und ging an ihnen vorbei, um auch ein wenig Holz zu sammeln.

Lustlos kniete Ysell vor dem nächsten Busch nieder und bückte sich tief unter die dünnen Äste, um die abgebrochenen Zweige mit den Fingern aus dem Sand zu harken. Die flirrende Hitze des Tages war nun einer dumpfen Wärme gewichen, die erst recht jede kleine Bewegung zur Anstrengung werden ließ. Der feine braune Staub setzte sich in einer klebrigen Schicht auf dem schweißfeuchten Körper fest und die empfindliche Haut zwischen den Fingern war gereizt und gerötet. Ysell sehnte sich nach Wasser, nach einem Bach – und sei es ein noch so armseliges Rinnsal. Wie gerne hätte sie sich und ihre Kleider, die schwer von Schweiß und Staub waren, gewaschen. Das würde aber, zumindest für heute, ein Traum bleiben, denn das wenige Wasser, das der Tross mit sich führte, war viel zu knapp bemessen, um sich solch einen Luxus erlauben zu können, und das neue Wasserloch war noch nicht fertig.

Plötzlich vergaß Ysell ihr Unbehagen und beugte sich interessiert noch weiter unter den Busch. Ja, sie hatte richtig gesehen! Halb vom Staub überdeckt lag dort, tief im Geäst verborgen, das Gerippe eines Kaninchens. Es gab also doch Tiere hier! Fast schon beruhigt raffte Ysell die Holzstückchen zusammen und wollte sich aufrichten, als sie sich noch einmal tief bückte und angestrengt in das Gebüsch spähte. Diesmal fiel es ihr sofort auf, was hier nicht stimmte. Der Stamm des Busches wuchs direkt aus den bleichen Knochen des Tieres hervor – und dabei sprach die Größe des Busches dafür, dass er schon wesentlich länger als fünfzehn Sommer hier stand! Es war Ysell, als höre sie Bogans Worte: »Du hast es gesehen – und nun hast du es auch erkannt!« Es war unmöglich, dass die weißen Knöchelchen unter dem Busch mehr als ein Jahrzehnt überdauert hatten. Es war also auch unmöglich, dass der Stamm des Busches daraus hervorwuchs – und nun musste sie eine Schlussfolgerung ziehen. Der einzige Gedanke, der ihr dabei kam, war aber so abwegig, dass sie ihn sofort wieder verwarf. Sie wollte sich schließlich nicht lächerlich machen! Sorgsam das Holz festhaltend, richtete sie sich wieder auf und wandte sich dem Lager zu.

Alles Totholz lag aufgestapelt um die Feuerstelle herum, und nun waren einige Clansleute gerade dabei, Zweige aus dem Gehölz zu brechen. Es war, als wehre das Gebüsch sich dagegen. Sobald einer der Menschen seine Hand nach einem Zweig ausstreckte, wich das Geäst so weit wie möglich zurück und die dornigen Ranken peitschten die Luft, als würden sie von einem starken Wind getrieben. Einige Clansleute wurden getroffen und etliche Flüche klangen auf, als die Dornen ihnen die Haut zerkratzten. Schließlich gaben die Menschen es auf und sahen sich ratlos an.

Ysell sah das alles, doch noch immer konnte sie sich nicht entschließen die Menschen zu warnen. Sie wollte zuerst mit Bogan sprechen. Da sah sie aus den Augenwinkeln, wie der Busch sich mit einer ruckhaften Bewegung von seinen Wurzeln losriss. »Achtung!«, schrie sie zu der Gruppe hinüber, die immer noch dastand und beratschlagte, wie man dieses widerspenstigen Gehölzes Herr werden sollte, aber die Clansleute hatten selbst schon gemerkt, dass die dornige Kugel sich mit unbeholfenen Bewegungen ihrer Zweige auf sie zuschob. Verwundert wichen sie zurück und versuchten Abstand zu diesem merkwürdigen Busch zu halten, der ihnen nun mit stetig steigender Geschwindigkeit folgte.

Ysell wirbelte herum und rannte so schnell sie konnte zu der Hauptgruppe des Clans hinüber, der sich gerade im Windschutz des flachen Felsens niederzulassen begann. »Fort hier!«, rief sie schon von weitem. »Der Platz ist unsicher! Die Büsche – sie bewegen sich! Sie jagen Tiere, sie wurzeln im Fleisch ihrer Opfer!« Plötzlich fand Ysell die richtigen Worte und auf einmal hörten sie sich gar nicht mehr lächerlich an.

Die Clansleute schauten Ysell verständnislos entgegen. Was schrie das Mädchen da von »sich bewegenden Büschen«? – Aber dann begannen die Gehölze in der Nähe auf einmal ihre dornigen Ranken nach den Menschen auszustrecken und unvermittelt riss sich mit einem mächtigen Ruck ein weiterer Busch nahe der Gruppe los. Auch hier wichen die Clansleute zunächst nur ungläubig staunend zurück und verschenkten dabei wertvolle Augenblicke.

Der Busch hatte sich während des Rollens so gedehnt, dass sein Aussehen dem einer dornigen Walze glich. Immer schneller rollte er auf die Gruppe zu. Hakan war der Erste, der bemerkte, wie groß die Gefahr wirklich war. »Schnell fort!«, brüllte er den anderen zu, riss seiner Frau eines der Kinder vom Schoß und brachte sich und das Kleine mit weiten Sätzen aus der Bahn der Stachelwalze. Jetzt stürzten auch die anderen Clansleute wild durcheinander und ein jeder versuchte sich in Sicherheit zu bringen. Ein paar Leute konnten es allerdings nicht lassen, sich schnell noch niederzuknien und ihre Habe zusammenzuraffen, während die Stachelwalze in rasender Geschwindigkeit auf sie zurollte. »Lauft doch! Lauft um euer Leben!«, schrie Ysell sie an, und selbst da bewegten sie sich noch so langsam, als seien sie gerade aus einem Traum erwacht.

Es war fast schon zu spät, sich zu retten, denn jetzt kamen die Stachelwalzen von allen Seiten herbeigerollt. Ysell rannte los, stolperte und fiel dicht neben der Erdmulde zu Boden, in der bereits ein kleines Feuer brannte. Voller Entsetzen sah sie zwei der großen Walzen direkt auf sich zukommen. Drohend ragten die Astspitzen aus dem wirbelnden Gewirr der Zweige hervor und die dünnen, dornenbesetzten Ranken peitschten mit sirrenden Geräuschen die Luft. Ysell lag am Rand der Mulde und sah ihr Ende gekommen, da änderten die Stachelwalzen plötzlich ohne ersichtlichen Grund ihre Richtung und rasten in einiger Entfernung an ihr vorbei, ohne sie zu berühren. Ysell schnellte auf die Füße und sah sich kampfbereit um, doch das ganze Lager war mittlerweile ein einziges Chaos durcheinander jagender Holzknäuel – unmöglich, irgendwo helfend einzugreifen!

Die Trosshunde hatten Ysells Angst gespürt und kamen herbeigelaufen, um sie zu verteidigen, aber die auf unberechenbaren Bahnen wild durcheinander rollenden Walzen ließen ihnen keine Angriffsmöglichkeit. »Fort! Gefahr!«, signalisierte Ysell den Tieren und folgsam zogen sich diese an den Rand des Schauplatzes zurück.

Langsam wich Ysell bis an den flachen Felsen zurück, der im Zentrum des Lagers stand. Schon streckten die Daraufstehenden die Hände aus, um sie emporzuziehen, da ließ ein vielstimmiger Aufschrei Ysell herumfahren. Da die Clansleute sich fast alle auf den Felsen hatten retten können, konzentrierte sich der Angriff nun auf das Trosslager. Etliche Walzen hatten die Tragtiere attackieren wollen, die nun in wilder Flucht davonstoben, da hatte Bogan sich den Angreifern entgegengestellt, um sie von seinen Schützlingen abzulenken. Drei Stachelwalzen hatten sich nun über seinem hingestreckten Leib zu einem einzigen Busch vereinigt und alle trieben sie ihre Äste, Zweige und Dornenranken in seinen Körper.

Ysell wehrte sich gegen die Hände, die sie nach oben auf den Felsen ziehen wollten und schrie ihre Helfer an. Die aber dachten nicht daran, sie loszulassen, und hielten sie eisern fest. Ysell erkannte Sabés Gesicht und schlug nach ihm. Sie musste Bogan doch zu Hilfe eilen! Aber Sabé ließ sie nicht frei. Zusammen mit den anderen Clansleuten zog er sie endgültig auf die Felsplatte. Drei Männer waren nötig, die rasende Ysell daran zu hindern, im Kampf mit den Stachelwalzen den sinnlosen Opfertod zu suchen.

Nach und nach begannen die Kräfte der Stachelwalzen zu erlahmen. Zögernd und ziellos taumelten sie nun durch das menschenleere Lager. Nur um das kleine, halb erloschene Feuer in der Erdmulde machten sie einen großen Bogen. Eine Walze nach der anderen blieb schließlich liegen, wo sie gerade war, und begann einen Teil ihres Astwerks wieder in den karstigen Boden zu treiben. Schon nach kurzer Zeit schien es, als seien die Büsche für alle Zeit an ihrem Platz verwurzelt. Vorsichtig kletterten die ersten Clansleute von der Felsplatte herunter und näherten sich behutsam diesen unheimlichen Kreaturen, die aber nur bewegungslos dastanden, als sei es nie anders gewesen.

»Danke!« Ysell wandte ihr Gesicht Sabé zu, der hinter ihr stand und sie noch immer umklammert hielt. »Du kannst mich jetzt loslassen! Ich bin wieder vernünftig!«

Sabé schaute sie skeptisch an, kam ihrer Bitte dann aber doch nach. »Entschuldige!«, begann er. »Ich konnte doch nicht zulassen …«

Aber das hörte Ysell schon nicht mehr. Kaum hatte Sabé seinen Griff gelockert, hatte sie sich blitzartig losgerissen, war von dem Felsen gesprungen und quer durch das Lager zu dem Busch gelaufen, unter dem Bogan lag.

Totenblass und zitternd vor Zorn stand Ysell hilflos da und konnte es nicht verhindern, dass die Tränen ihr über die Wangen liefen.

Der Busch, der den alten Bogan getötet hatte, trieb immer mehr Stacheln in das Fleisch seines Opfers. Gleichzeitig brachen aus dem Braunschwarz der Rinde mit knisternden Geräuschen kleine Kapseln hervor, die noch einen Moment lang wie an einem Spinnfaden zu Boden pendelten und dann niederfielen.

Schnelle Schritte erklangen hinter Ysell. Es war Sabé, bereit, sie abermals zurückzuhalten, falls sie sich in das Gehölz stürzen sollte.

»Das Miststück säuft sein Blut!«, zischte Ysell atemlos vor Zorn zwischen den Zähnen hervor und ihre Hände verkrampften sich zu Fäusten.

»Sie wurzeln in der Erde«, keuchte Sabé hinter ihr, »aber wenn ein Lebewesen vorbeikommt, reißen sie sich los und töten es mit ihren Stacheln. – Nur dann können sie sich vermehren!« Vorsichtig hob er eine der transparenten Kapseln auf und hielt sie gegen das Licht. Deutlich konnte er in der blassrosa Flüssigkeit das winzige Stück eines dornigen Zweiges erkennen. – Ein Samenkorn! – Nein, es sah eher aus wie ein Ei!

Ysell nahm das alles kaum wahr. Bogan war ihr Lehrmeister gewesen. Solange sie ihn kannte, hatte er sie ermutigt zu ihrer Meinung zu stehen – und jetzt war er tot, weil sie, aus Angst sich lächerlich zu machen, gezögert hatte den Clan zu warnen. Die wenigen Augenblicke, derer es bedurft hätte, Mensch und Tier in Sicherheit zu bringen, hatte sie aus Feigheit verschenkt – und er hatte dafür mit dem Leben bezahlen müssen.

»Verbrennt sie!« Galib war blass vor Wut und knirschte den Befehl förmlich zwischen den Zähnen hervor. »Verbrennt sie alle!«

Der Clan hatte in der einbrechenden Dunkelheit

das Lager geräumt. Alles, was einen Wert besaß, lag nun zu Bündeln verschnürt auf der großen Felsplatte. Neugierig saßen die Clansleute am Rand der Erhebung und beobachteten die Vorbereitungen zu Galibs Rachefeldzug.

Es waren auch Stimmen laut geworden, die vor einer übereilten Vergeltung gewarnt hatten. Einige besonders ängstliche Gemüter hatten schon gigantische, Mensch und Tier verbrennende Feuerwalzen durch das Lager stürmen sehen.

Galib wollte von solchem Gerede nichts hören. Bogan war tot und nun war er der alleinige Herrscher. Er wollte Rache – und er wollte sie sofort! Seiner Meinung nach hatten die Stachelwalzen sich bei ihrer Jagd vollständig verausgabt und waren nun für lange Zeit zu schwach, um sich noch einmal zu bewegen. Galib wäre nicht Galib gewesen, wenn er sich mit seiner Meinung nicht schnellstens durchgesetzt hätte. Immerhin ließ er aber zu, dass die Clansleute sich mit ihrer Habe auf der Felsplatte in Sicherheit brachten. Nur er selbst und fünf der schnellsten Läufer des Clans standen nun bereit, die Büsche mit brennenden Ästen aus dem Lagerfeuer in Brand zu setzen. Der ganze Clan wartete gespannt auf Galibs Zeichen.

Sabé stand nahe bei dem Busch, der den alten Bogan getötet hatte. Im rötlichen Schein der drei brennenden Aststücke, die er in der Linken trug, betrachtete er noch einmal die zertretenen Samenkapseln, die, jede inmitten eines feuchten Fleckens Erde, vor ihm auf dem Boden lagen. Niemand im Clan würde das verstehen können, aber er fand diese Büsche interessant. Unter anderen Voraussetzungen hätte er die Lebensweise dieser seltsamen Pflanzen gerne genauer untersucht. Weshalb er solche absonderlichen Gedanken hegte, wusste er selbst nicht so genau. Manchmal wünschte er sich, nicht anders als die anderen jungen Clansmänner zu sein, die außer Wettkampf, Jagd und Mädchen keine weiteren Interessen hatten. Sabé war froh, dass er beim Tross arbeiten durfte und so, allein zwischen den Tieren, viel Zeit für seine Gedanken hatte. Hätte er zwischen den anderen Clansleuten wandern müssen, wäre es ihm schwer gefallen, sich dauernd zu verstellen und anzupassen. Bald schon wäre er von den anderen als Außenseiter erkannt und behandelt worden, das war ihm klar. Da ging es ihm als Trossmann doch erheblich besser. Trossleuten sah man es eher nach, wenn sie sich ein wenig seltsam benahmen und in anderen als den gewohnten Bahnen dachten. »Wir Trossleute sind eben alle ein wenig absonderlich!«, hatte Bogan dem jungen Sabé einmal augenzwinkernd erklärt, und Sabé war sich sicher, dass der Alte das nicht als Makel, sondern als Auszeichnung verstanden wissen wollte.

Bogan war ein verständiger, strenger und gütiger Vorgesetzter gewesen und Sabé sein bester Schüler.

Deswegen stand Sabé jetzt hier, bereit, dieses Monstrum zu verbrennen, das seinen Lehrer getötet hatte.

Die Stachelwalze schien von dem Akt des Erblühens und dem Abstoßen der Samenbeutel sehr erschöpft zu sein. Sie ruckte nur ein paar Mal schwach an ihren jungen Wurzeln, als Sabé sich ihr auf Galibs Zeichen hin mit der Fackel näherte. Beim Anblick der schwachen, hilflosen Bewegungen überkam Sabé fast so etwas wie Mitleid mit diesem seltsamen Gewächs, das halb Busch und halb Tier sein musste und das er nun in Brand stecken wollte. Hatte nicht jedes Wesen ein Recht zu leben? Töteten denn nicht auch die Menschen, um Nahrung zu gewinnen und sich fortzupflanzen? Mit welchem Recht maßte man sich also an, diese Kreatur schuldig zu sprechen, die doch nur das Gleiche tat? Sabé zögerte.

Da riss sich die Stachelwalze plötzlich vom Boden los und rollte mühsam einige Schrittmaß von der herannahenden Fackel weg. Mit Schaudern sah Sabé, dass der Busch den alten Bogan auch jetzt noch nicht freigeben wollte oder konnte. Vielfach von Dornen und jungen Wurzeln durchbohrt hing der dürre, blutleere, mit Erde behaftete Leib des Alten nun auf halber Höhe des Gestrüpps. Das war die Entscheidung! Entschlossen trat Sabé vor und stieß die Fackel tief in das zurückweichende Astwerk. Schnell wandte er sich ab und rannte in vollem Lauf zu dem nächsten Busch, die zweite Fackel in der rechten Hand bereithaltend. Aus den Augenwinkeln heraus sah er an vielen Stellen des Platzes die Flammen auflodern – und die brennenden Büsche rissen sich von ihren Wurzeln los!

Ysell hatte sich nach Bogans Tod sofort mit den Hunden in das Trosslager zurückgezogen. Die Tiere waren heute zu nichts mehr zu gebrauchen. Zitternd lagen sie am Boden und immer wieder sprang einer von ihnen auf, um seiner Unruhe Erleichterung zu verschaffen. Ysell hatte die Tiere beruhigen wollen, aber sie waren keinem Gedanken und keiner Berührung zugänglich gewesen. Dax war sogar knurrend herumgefahren und hatte halbherzig nach ihr geschnappt, als sie ihn unvermutet angestoßen hatte. Natürlich hatte er sofort um Verzeihung gebeten und Ysell nahm es ihm nicht übel, denn einen ausgewachsenen Trosshund sollte man wirklich in Ruhe lassen, wenn er vor Angst halb wahnsinnig ist. Ysell brauchte nur daran zu denken, wie es ihr selber ging! – Nein, lieber nicht nachdenken, denn bei ihr kamen auch noch die Trauer und das schlechte Gewissen hinzu!

Da es also sonst nichts zu tun gab, baute sie das Zelt des alten Bogan ab und verschnürte seine Habe zu einer halben Traglast. Dabei fiel ihr ein Päckchen in die Hände, das ihr Namenszeichen trug. Kurz entschlossen nahm sie es an sich und steckte es ungeöffnet ein.

Als es nichts mehr zu tun gab, wurde Ysell von ihren Gedanken eingeholt. Still saß sie auf dem Teppich vor ihrem Zelt und starrte auf den Horizont, hinter dem die Sonne gerade verschwunden war. Leider blieb die beruhigende Wirkung, die das Farbenspiel des Sonnenuntergangs sonst immer auf sie gehabt hatte, vollständig aus. Heute war der schrecklichste Tag ihres jungen Lebens gewesen und das schlechte Gewissen trieb ihr heiße Wellen der Scham durch den Körper.

Hätte sie doch nur die Clansleute rechtzeitig gewarnt! Wäre sie doch nicht so feige gewesen!

Wenn sie bloß nicht so eine Angst gehabt hätte, sich lächerlich zu machen, dann würde Bogan bestimmt noch leben!

Hätte – wäre – wenn und würde! Was brachte das alles? Bogan war tot und Ysell würde keine zweite Chance erhalten, es besser zu machen. Sie konnte sich nur für die Zukunft vornehmen, nie wieder das, was sie als richtig erkannte, aus falscher Scham zu verschweigen!

Nach einiger Zeit war Pekan mit einigen anderen Trossmännern gekommen und gemeinsam hatten sie die Tragtiere und das Gepäck in eine sichere Entfernung vom Lager gebracht, denn Galib wollte die Büsche verbrennen lassen. Von weitem sah Ysell die ersten Feuerbrände aufleuchten und sie bedauerte es fast, nicht bei der Gruppe sein zu können, die die Mörderwalzen vernichtete. Dann aber drangen erste Schreie aus dem Lager und mit verkrampften Händen musste Ysell zusehen, wie die Rache des Clans in feuriger Lohe zu Asche verbrannte.

Es schien, als habe ein feindlicher Gott sich vorgenommen den Clan zu vernichten! Ob es ein letzter Angriff der Stachelwalzen auf ihre Peiniger war, oder ob sie in blinder Raserei zufällig zu der Felsplatte hinstürzten, wer vermochte das zu sagen? Im Ergebnis blieb es sich ohnehin gleich!

Interessiert hatten die Clansleute von der Felsplatte aus zugesehen, wie Galib und seine Leute das Gehölz in Brand setzten.

Ein Raunen ging durch die Zuschauer, als die ersten Büsche sich in der Glut der Flammen zu winden begannen, als würde ein feuriger Sturm an ihren Ästen zerren. Glühender Regen brach aus dem Gehölz und trieb mit dem Wind der Steppe über den Lagerplatz. Wie feurige Bäche umspielte der Funkenregen die Knöchel der Männer, die noch immer mit den Brandfackeln zwischen den Büschen umherliefen.

Als die ersten Büsche sich vom Boden loszureißen begannen, wurden einige der Clansleute unruhig. Die, die auf der Felskante saßen, zogen ihre

Füße nach oben und manch einer stand auf und trat einen Schritt von dem Rand zurück.

Die Büsche begannen zu rollen. Erst langsam, dann immer schneller werdend, taumelten sie über den Platz unterhalb des Felsens – und zum Entsetzen der Menschen schienen alle nur ein einziges Ziel zu haben: Sie wollten auf die Felsplatte!

Der erste Ansturm der Büsche verpuffte unter dem vielstimmigen Schrei der Clansleute am unteren Rand des Felsens. Krachend prallte die erste Feuerwalze auf den Stein und brach, zu hohen Flammen aufstiebend, am Fuß der Platte zusammen. Die Menschen wichen zurück, aber immer mehr Feuerwalzen kamen hinzu und innerhalb weniger Augenblicke war die ganze Felsplatte von einem feurigen Ring flammenden Holzes umgeben. Ein gewaltiger Funkenregen ergoss sich über das Plateau, da und dort begannen Gepäckstücke zu glimmen und die Menschen schrien vor Angst und Schmerz.

Neue Feuerwalzen kamen über den Platz gerast und versuchten den Felsen zu stürmen. Immer mehr brennendes Holz türmte sich am Fuß der Felsplatte und immer mehr brennende Aststücke flogen zwischen die Menschen, denn die nun ankommenden Feuerkugeln rollten über ihre sterbenden Artgenossen hinweg und zerschellten jetzt schon an der Oberkante der Platte.

Die meisten der verzweifelten Clansleute brachen

durch die wenigen Lücken in der Flammenwand nach außen durch. Die brennenden Stachelwalzen kümmerten sich nicht um sie. Mit unverminderter Geschwindigkeit rasten sie auf die Felsplatte zu und überfluteten die Oberfläche mit feuriger Lohe. Einige Nachzügler hatte der eigene Schwung bis ganz nach oben auf das Plateau getragen, wo sie nun, wie suchend, umherrollten und, einer nach dem anderen, in einem hoch aufstiebenden Funkenwirbel zusammenbrachen.

TEIL 3
OXYL

Spähtrupp

Die Zweifler hatten Recht behalten! Es war ein Fehler gewesen, die Stachelwalzen zu verbrennen, das stand nun fest. Fast die gesamte Habe des Clans war in der Gluthölle der umherrasenden Feuerkugeln verbrannt – und Galib war schuld daran. Er versuchte zwar die Schuld an der Katastrophe Bogan zuzuschreiben und behauptete, der Trossmeister habe darauf bestanden, gerade hier zu lagern, aber damit fand er nur bei seinen eigenen Leuten Gehör. Galib musste sich fragen lassen, warum er sich nicht gegen Bogan durchgesetzt habe, wenn er doch vorher schon die Gefahr hatte spüren können. Sechzehn Clansleute waren bei dem Angriff der Stachelwalzen und der anschließenden Feuersbrunst umgekommen und viele hatten schwere Brandwunden davongetragen.

Wenigstens schien das neu gegrabene Wasserloch recht ergiebig zu sein, und so richtete der Clan sich auf einen längeren Aufenthalt ein, um die Verletzten zu pflegen. In dieser Nacht kam kaum jemand zum Schlafen. Verletzte waren zu versorgen, Sterbende mussten getröstet werden und Tote wurden bestattet. Wer nicht selbst unter Brandwunden litt, den ließ das Klagen und Stöhnen der Schwerverletzten nicht schlafen, und es gab wohl keinen im Lager, der Galibs voreilige Entscheidung, die Büsche zu verbrennen, nicht hundert Mal verflucht hätte.

Nachdem am nächsten Morgen Galibs Schuld für die Leute feststand, versammelte man sich in der Lagermitte und erste öffentliche Mutmaßungen wurden laut, wie es zu der Katastrophe hatte kommen können; warum die brennenden Stachelwalzen auf das Plateau gerollt waren.

»Vielleicht haben sie unser Wasser gewittert!«

»Blödsinn! Sie wollten uns!«

»Aber sie haben die Flüchtenden nicht verfolgt!«

»Außerdem wären sie dann beim ersten Angriff auch auf die Platte gekommen!«, mischte ein Dritter sich ein.

»Da hätten sie aber doch nicht wurzeln können!«, meinte ein Vierter. Dann redete alles wild durcheinander und man hatte Galib fast schon vergessen.

Ein Kind drängte sich durch die Umstehenden zu einer Frau durch und zog an ihrer Kleidung. »Ich habe Hunger!«

Plötzlich wurde es ganz still in der Runde. »Ich habe Hunger!«, wiederholte das Kind. Mehr als alles andere brachten diese einfachen Worte den Clan gegen Galib auf. Plötzlich flammte der fast vergessene Zorn auf ihn wieder hoch, denn mehr als die Hälfte der Vorräte und Ausrüstungen war durch seine Schuld verloren.

Man sah sich suchend um. Galib stand mit seinen Bewaffneten ein wenig abseits und betrachtete die Versammlung mit unverhohlenem Misstrauen.

»Gib uns zu essen!«, forderten die Clansleute. »Du hast die meisten Vorräte!«

Das stimmte. Auf seinen privaten Tragtieren führte Galib über dreißig Sack Getreide mit. »Das ist Saatgut!«, erklärte er und gab seinen Leuten einen Wink sich bereitzuhalten. »Wer das anrührt, wird teuer dafür bezahlen!«

»Wenn es Saatgut ist, dann säe es ein!«, klang da eine helle Stimme aus der versammelten Menge auf. »Wir sitzen hier nämlich fest, falls du es noch nicht bemerkt hast!«

Erstaunt sahen die Menschen sich um. Ysell war auf die rußgeschwärzte Felsplatte gestiegen und schaute Galib nun über die Köpfe der Menge hinweg herausfordernd an.

»Haben wir einen neuen Trossmeister?« Galibs Stimme klang höhnisch. Er wollte Ysells Angriff auf ihn ins Lächerliche ziehen, aber keiner der Leute lachte.

»Die Trossleute sind damit einverstanden, dass ich für sie spreche«, gab Ysell bekannt. »Wenn wir sofort mit der Aussaat beginnen, reichen unsere Vorräte vielleicht noch bis zur Ernte. – Wir müssen das Wasserloch tief genug graben, dann wird es auch ergiebig genug sein, uns, die Tragtiere und die Pflanzen am Leben zu erhalten. Nach der Ernte sind dann die Wunden der Verletzten ausgeheilt und wir können mit frischen Vorräten wieder aufbrechen! So und nicht anders werden wir es machen, Erster Clansmann, und wenn du mir jetzt antwortest, dann denke daran, dass du ohne Tross verloren bist, denn der Tross bleibt hier.«

Ysell war fürs Erste fertig und beifälliges Gemurmel aus der Menge verriet ihr, dass viele hier so dachten.

»Ach, macht doch, was ihr wollt«, meinte Galib mit einer wegwerfenden Handbewegung. »Ihr werdet schon sehen, wie weit ihr kommt, ohne mein Saatgut!«

»Der Tross führt genug Getreide mit, um hier Felder anzulegen«, gab Ysell von ihrem erhöhten Stand aus zurück. »Bogan hat vorgesorgt, wir sind auf deine Hilfe nicht angewiesen! Der Tross ist bereit, sein Saatgut mit dem Clan zu teilen – allerdings nur mit denen, die auch zu teilen verstehen! Wenn du, Erster Clansmann, und deine Horde etwas essen wollt, dann werdet ihr euch schon selbst bemühen müssen!«

Diesmal brach regelrechter Beifall los und Ysell verneigte sich kurz vor der Menge. Sie war aber noch nicht fertig und gebot mit einer Geste, die sie

Bogan abgeschaut hatte, Schweigen. »Um später schnell von hier fortzukommen und nicht in die Irre zu gehen, ist es nötig, dass der Tross Spähtrupps aussendet. Fünf Trupps werden sich in nordöstlicher Richtung auffächern und nach ihrer Rückkehr wird entschieden, welche Richtung die erfolgversprechendste …«

»Nein!«, schrie Galib und seine Stimme überschlug sich vor Wut. »Ohne mich wird niemand nach Nordosten gehen! Entweder wir alle gehen oder niemand! Ich habe jetzt genug von den Trossleuten und ihren selbstherrlichen Entscheidungen! Ihr habt doch gesehen, wohin Bogan euch geführt hat! Noch nie ist es dem Clan so schlecht ergangen wie unter seiner Führung!«

»Bislang sind alle Clans mit gutem Grund nach Norden gegangen«, versuchte Ysell Galib klarzumachen. »Von dort kommen die Regenwolken! Von dort kommen und nach dort ziehen die Vogelschwärme! Nur dort gibt es Wasser! Jetzt sind wir aber weit genug im Norden und wir werden, wenn nötig, das ganze Gebiet erforschen.«

Galib zog die Brauen zusammen. Widerspruch konnte er nicht mehr ertragen. »Wir müssen *zusammen* nach Nordosten gehen!«, sagte er und seine Stimme vibrierte vor Erregung. »Der ganze Norden ist besetzt! Alle guten Plätze sind von anderen Clans in Besitz genommen worden! Man wird die Spähtrupps einfangen und töten, um sich vor uns zu schützen. Nur gemeinsam sind wir stark genug, um eine Siedlung zu erobern, glaubt mir!«

»Du willst eine Siedlung *erobern?*«, fragte Ysell ungläubig. »Wir sind doch nicht auf einem Raubzug!« Ysell wunderte sich, wie ruhig sie blieb. Galibs Ärger und seine anmaßende Art konnten sie nicht aufreizen, sich durch unbedachte Worte ins Unrecht zu setzen. Das gab ihr ein Gefühl der Kraft. »Ich habe Grund zu der Annahme«, fuhr sie fort, »dass es im Nordosten ein Wasservorkommen gibt. Die Bonagh-Siedler hatten Spähtrupps ausgesandt, nur konnten sie selbst nicht mehr weiterziehen.« Ysell griff in die Tasche und brachte ein schmales Heft hervor. »Hier steht alles geschrieben!«, behauptete sie und hoffte, dass die Götter ihr die Lüge verziehen. »Das Land ist leer und es ist gutes Land! Bogan hat die Aufzeichnungen gefunden und er wollte, dass ich der Sache nachgehe, wenn ihm etwas zustößt.«

»Lüge! Alles Lüge!«, wetterte Galib, aber niemand hörte mehr auf ihn.

»Entfacht jede Nacht zur Hochmond-Zeit ein Feuer hier auf der Platte, damit die Trupps auch zurückfinden!«, befahl Ysell den Leuten. »Ich werde selbst eine der Gruppen anführen und schon morgen früh brechen wir auf. Wir dürfen keine Zeit verlieren! – Gutes Geleit!«

Anhaltender Beifall sagte Ysell, dass der Clan mit der Entscheidung der Trossleute einverstanden war; dann begann sich die Menge zu zerstreuen.

»Das wirst du noch bereuen!« Galib schüttelte die erhobene Faust gegen Ysell. »Ihr alle werdet das noch bereuen!« Mit diesen Worten wandte er sich ab und ging, gefolgt von seinen Leuten, zu seinem Zelt. Es war auffällig, wie langsam und unwillig die Bewaffneten ihm folgten. Galib würde sich etwas einfallen lassen müssen, wenn er die Leute bei Laune halten wollte. Sie hatten nun zu oft erlebt, dass er sich irrte, und Uneinigkeit war in die Gruppe gesickert wie ein schleichendes Gift, denn unter Verlierern gibt es keine Freundschaft. Wenn es keine Vorteile mehr bot, zu Galib zu halten, würden ihn bald die ersten seiner Leute verlassen.

Kurz vor Sonnenuntergang stand Ysell allein am Rand des Lagers und schaute nachdenklich in die endlose Steppe hinaus. Mehr als vier Monde lang war der Clan nun schon unterwegs und beständig hatte sich die Geschwindigkeit der Kolonne verringert.

Morgen nun sollte es endlich so weit sein. Fünf kleine, schnelle Gruppen würden von hier aus aufbrechen, um einen Platz für eine Siedlung zu finden, und Ysell würde als Aufspürerin mit ihren Trosshunden zu einer dieser Gruppen gehören. Eile war geboten, denn sollten die Menschen gezwungen sein, noch lange hier zu verweilen, dann gab es auf dieser Welt vielleicht keinen Weg mehr, den der Clan noch gehen konnte!

Nichts war in der endlosen Ebene zu hören, als das ewig gleiche Singen des heißen Steppenwindes, das nun schon seit Ewigkeiten mit tödlicher Stetigkeit über dem ausgedörrten Land lag. Knisterndes Rascheln drang aus den vertrockneten Gräsern an Ysells Ohr, wenn die feinen Sandschleier darüber hinwegstrichen. Die dumpfe Wärme war fast unerträglich. Eine plötzliche Böe wirbelte den Sand zwischen den blattlosen, verkohlten Resten der Buschreihen auf. Nichts sonst bewegte sich in der abendlichen Steppe und kein Geräusch brachte Abwechslung in die Trostlosigkeit der Landschaft. Nur ein feines Singen lag in der Luft, als ziehe in weiter Ferne jemand eine Stahlklinge über Glas. Es war die Stimme des Windes, der den Sand durch die Gräser trieb, alles verdorren ließ und den mehlfeinen Staub wie eine pulvrige Decke über das Land legte.

Ysell beobachtete den Flug zweier Elstern und hoffte, dass Bogan mit seiner Vermutung, dass im Nordosten bewohnbares Land lag, wirklich Recht gehabt hatte. Sie hatte die Leute, auch die Trossleute, belogen. Es gab keine Aufzeichnungen der Bonagh-Siedler über Spähtrupps und Landfunde. Was sie den Leuten gezeigt hatte, war das Zuchtbuch des Zwingers, Bogans Vermächtnis an sie, das in dem Päckchen mit ihrem Namenszeichen gewesen war. Auf der letzten Seite hatte der Alte kurz den Stand seiner Ermittlungen notiert. Ysell wusste jetzt, dass Galib von einem Dämon besessen war, der Isahid oder auch Ishad hieß, die Menschen hasste und auf jeden Fall nach Nordosten gehen wollte. Daraus rückzuschließen, dass dort gutes Land liege, hielt Ysell für sehr gewagt. Da es aber der einzige Hinweis überhaupt war, blieb nichts anderes übrig, als ihm nachzugehen – da hatte Bogan ganz Recht gehabt.

»Hunger!«, erklang eine Stimme in Ysells Kopf. Sie sah sich um. Läufer hatte sich genähert und bettelte sie um Nahrung an.

»Kein Futter!«, formulierte Ysell in Gedanken und zeigte dem Tier ihre leeren Hände: Sie hatte selbst Hunger, sollte das heißen

Läufer wurde unruhig. Er wollte raus, in die Steppe, wo er Jumper finden könnte.

Aber Ysell gab ihm klar zu verstehen, dass sie dableiben müssten. »Kein Tross!« Es hätte keinen Sinn gehabt, dem Tier erklären zu wollen, dass es morgen schon losging. Begriffe wie »morgen« gingen über den Verstand der Hunde hinaus. Läufer hätte Ysells Gedanken einfach nicht folgen können.

Enttäuscht wandte der Trosshund sich ab. Ein wirres Knäuel von Halbgedanken streifte Ysells Geist, aus denen sie die große Unzufriedenheit des Tieres herauslesen konnte. Läufer tat ihr aufrichtig Leid, aber trotzdem konnte sie ihm nicht helfen. Zurzeit hätte es sich kein Mensch erlauben können, der Trosshunde wegen die knappen Vorräte anzutasten. Ysell war sehr erleichtert, dass es morgen früh losging! Sie wandte sich dem Lager zu.

Die Zelte waren errichtet worden und die Eigentümer hatten die Felle und Planen mit Erde und Steinen beschwert, damit ein jeder erkennen könne, dass es ein »großes Lager«, also ein längerer Aufenthalt werden würde. Da und dort waren schwarze Flecken in den Häuten und Planen zu sehen und über dem Lager schwebte immer noch der Brandgeruch des gestrigen Abends.

Schon zur Zeit der Hochsonne war das erste Saatgut ausgebracht worden. Jeder im Clan, der dazu fähig war, hatte geholfen, den harten Boden mit Grabstöcken und Schaufeln so herzurichten, dass man die Getreidekörner aussäen konnte. Auch die Asche der verbrannten Büsche hatte man verwendet, indem man sie als Dünger über die Felder streute. Jetzt hatten die Handwerker ihre Werkzeuge ausgepackt und vor jedem Zelt war eine feste Herdstelle errichtet worden. Ysell sah am Rande des Lagers Leute mit Ledereimern, die schon die frisch angelegten Felder bewässerten.

Trotzdem drohte den Clansleuten schon bald der Hunger, wenn man kein besseres Land finden konnte. Alle Hoffnung des Clans würde ab morgen auf den Kundschaftern liegen.

Ysell schaute weit in die Steppe hinaus. Diese Landschaft würde möglicherweise das Letzte sein, was sie auf dieser Welt sah. Die Gefahren, die die

Steppe bereithielt, waren zahlreich und Ysell und Sabé würden ganz auf sich allein gestellt sein.

Kleine Staubwolken umtanzten Ysells Knöchel und wehten schnell mit dem Wind davon, als sie wieder auf das Lager zuging. Fingerbreite Risse durchzogen das Erdreich und die Ränder der einzelnen Schollen hatten sich, wie in großem Verlangen um Wasser flehend, dem Himmel entgegengebogen. Kleine Stücke brachen davon ab und verschwanden als Staubgerinnsel in den Spalten, als sie darüber hinwegschritt.

Das Lager des Clans war kaum noch von der Umgebung zu unterscheiden. Hatten beim Aufbruch die mit Pflanzensäften gefärbten Bahnen der Zelte noch weithin durch die Steppe geleuchtet, so war die Kraft der Sonne doch stärker gewesen. All die bunten Farben, die Ysell einst am Lager so geliebt hatte, waren nun ausgeblichen und die Zelte mit einer Schicht mehligen Sandes überzogen. Mit jedem Schritt, den sie auf die Zelte zuging, verstärkte sich das Murren der Trosshunde in ihrem Kopf, aber als sie an Sabés Zelt vorübergehen wollte, wurde sie von dort angerufen. »Geleit, Ysell!«

»Geleit, Sabé!«, antwortete Ysell dem Gruß und trat ein. Als ihre Augen sich an das Dämmerlicht gewöhnt hatten, sah sie Sabé auf seinem Teppich sitzen. Mit einem Stück Holz hatte er einige Striche in den nackten Boden geritzt und schaute nun von seiner Zeichnung auf.

»Komm, setz dich!«, forderte er Ysell auf. »Ich muss dir was zeigen! Wir können nämlich unheimlich viel Wasser mitnehmen!«

Ysell gefiel Sabés Plan, den er ihr anhand der Striche auf dem Boden erklärte. Statt das ganze Wasser für den Marsch ununterbrochen zu schleppen, wollte er auf dem Hinweg kleine Lager anlegen, die sie auf dem Rückweg nutzen konnten. »Sobald wir einen Wasserschlauch ausgetrunken haben, legen wir ihn mit einem gefüllten zusammen ab!«, sagte er, stolz auf seine Idee. »So werden wir immer leichter und schneller, können viel weiter vordringen und haben einen sicheren Rückweg!«

»Werden die Mäuse die Schläuche nicht anfressen?«, wollte Ysell wissen.

»Tun sie nicht!«, meinte Sabé. »Jeden Abend liegen hunderte gefüllter Wasserschläuche im Lager herum, und noch nie ist so etwas passiert! Wir nehmen uns dünne Zeltstangen und Tücher mit, um die Stellen zu markieren, dann gibt es auch keine Probleme, das Wasser wieder zu finden.«

»Prima Idee!«, freute sich Ysell. »Nur die leeren Schläuche und Flaschen würde ich lieber doch mitnehmen, denn wenn wir unterwegs ein Wasserloch finden, kommen wir so *noch* viel weiter!«

Das überzeugte nun wieder Sabé und Ysell machte sich auf den Weg, um die neue Anweisung an die anderen Spähtrupps weiterzugeben. – Es war gut, einen Freund wie Sabé zu haben, der ihr in jeder Situation mit Rat und Tat zur Seite stand.

Am nächsten Morgen ging es in aller Frühe los. Schon am Tag zuvor hatten die Spähtrupps die Himmelsrichtung bestimmt und weit entfernte Landmarken gewählt, auf die sie zunächst zuhalten würden. Also gingen Ysell und Sabé mit Läufer, Dax und Reißer beim ersten Schimmer des neuen Tages auf die unscheinbare Erhebung am Horizont zu, die genau in ihrer Richtung, genau im Nordosten, lag. Rechts und links von ihnen strebten je zwei andere Spähtrupps ihren festgelegten Etappenzielen entgegen. Alle keuchten schwer unter ihrer Last, denn Sabés Plan getreu waren die Menschen über und über mit Wasserschläuchen und Flaschen behängt. Tragtiere mitzunehmen verbot sich leider von selbst, da es nicht sicher war, ob man Wasser finden würde. Irgendwann musste schließlich auch ein so genügsames Wesen trinken und der Clan konnte es sich nicht erlauben, auch nur eines von ihnen zu verlieren.

Sich in spitzem Winkel auffächernd, strebten die Gruppen voneinander fort, und als die Sonne knapp über dem Horizont stand, waren sie bereits so weit voneinander entfernt, dass sie hätten schreien müssen, um sich noch zu verständigen. Ysell sah, dass alle zügig vorankamen und freute sich, dass sie sich so gut gegen Galib hatte durchsetzen können, ohne in Wut zu geraten. Es war ihr schwer genug gefallen, aber sie hatte sich beherrscht. Mehr noch: Die anderen Trossleute hatten ihr Gehör geschenkt, als sie sich auf ihren Auftritt gegen Galib vorbereitete; es war ihr Plan, der jetzt verwirklicht wurde. Ysell konnte es selbst kaum glauben, aber offenbar hatte sie von Bogan und auch von Galib, als er noch er selbst gewesen war, so viel über Macht und Verhandlungsgeschick gelernt, dass die anderen sie jetzt als Anführerin akzeptierten. Galib hatte mit seinem spöttischen Zwischenruf vollständig Recht gehabt, und deshalb hatte auch niemand gelacht, als er es aussprach. Ysell war, wenn auch ohne offiziell gewählt worden zu sein, die neue Trossmeisterin. Sie war jung, stark und sie wusste, was zu tun war. – Sie war es, die jetzt den Tross, und damit den gesamten Clan, anführte!

Ganz ungetrübt war Ysells Freude jedoch nicht, denn schließlich war Bogan ums Leben gekommen. Es war ein Fehler gewesen, nicht sofort das zu tun, was sie als richtig erkannt hatte. Ysell schwor sich nochmals, dass das ihr letzter Fehler gewesen sein sollte. Dann versuchte sie die trüben Gedanken abzuschütteln und begann ein Gespräch mit Sabé. Läufer, Dax und Reißer trabten voraus und mit schnellen Schritten folgten die beiden den Hunden. Das Gewicht des vielen Wassers drückte auf ihre Schultern, aber sie hatten sich fest vorgenommen sparsam damit umzugehen und so weit wie irgend möglich vorzudringen. Vielleicht war an Bogans Vermutung ja doch etwas dran. Vielleicht gab es ja wirklich gutes Land, weit vor ihnen – weit hinter dem Horizont!

Oxyl

Der kleine, dicke Mann mit der Glatze kam direkt aus den Weiten der Steppe. Er war gekleidet, als ginge er durch eine Stadt und habe nur vorgehabt dort eine Kleinigkeit einzukaufen. Zu allem Überfluss schleppte er auch noch eine riesige Tasche mit sich herum und er schwitzte, dass es einen erbarmen konnte.

Ysell hatte den einsamen Wanderer schon entdeckt, als er nur ein Punkt am Horizont gewesen war. Scharf hatte sie die kleine Unregelmäßigkeit in der Landschaft im Auge behalten, denn die Steppe ist trügerisch und man kann seinen Augen nicht immer trauen.

Der Punkt in der Ferne war aber stabil geblieben. Er hatte sich nicht geteilt, sich nicht aufgebläht und sich auch nicht über den festen Boden erhoben. Ab und zu hatte er sich ein wenig verzerrt, aber das war normal, denn es war zwei Handmaß vor Hochsonne und die Luft flimmerte über den Sandfeldern.

Als Ysell sicher war, keinem Trugbild zu erliegen, hatte sie Sabé auf die Erscheinung aufmerksam gemacht und den Trosshunden die neue Marschrichtung angegeben. Dieser Mensch musste ja schließlich irgendwo hergekommen sein, und nichts suchte Ysell im Moment mehr als einen Ort, an dem Menschen leben konnten.

»Haltet die Hunde zurück!«, schrie der Fremde schon von weitem. Ysell konnte ihn kaum verstehen, so verzerrt kam die Stimme bei ihr an. Schnell sandte sie einen Gedankenimpuls an Läufer, Dax und Reißer, die neugierig vorausgelaufen waren, und die Hunde kamen mürrisch zurück.

»Danke!«, schrie der Fremde und winkte mit der freien Hand. »Halt sie bloß gut fest!« Wieder war diese seltsame Klangfarbe in den Worten und die Betonung der Silben stimmte nicht; es war kaum zu verstehen, was er meinte.

Der Mann war inzwischen näher gekommen, sodass Ysell ihn genauer betrachten konnte. Er gefiel ihr nicht sonderlich.

»Oxyl«, stellte der Fremde sich aus sicherer Entfernung vor, wobei er misstrauisch die Hunde musterte und sich leicht verbeugte. »Oxyl der Große von Bru – Zauberer der zweiten Schule von Hestron, Magischer Meister von Mittelwelt und Erzhexer des Zirkels von Melling! – Wie weit ist es wohl noch bis Isco?«

»Isco?« Ysell und Sabé schauten sich an. »Was ist Isco?«

»Isco, die Kaiserstadt! Wie weit noch?« Oxyl machte eine ungeduldige Geste.

»Kaiser? Was ist das?«

»Oh, verdammt!« Trotz der Hitze wurde Oxyl blass wie ein Leichentuch. »Ich habe es geahnt! Wo, beim schwarzen Meteor, bin ich?«

»In der Steppe natürlich!« Ysell sah Sabé bedeutungsvoll an. Offensichtlich stand hier ein Irrer vor ihnen, der noch nicht einmal sah, wo er sich gerade befand.

»In der Steppe! Oh, schwarzer Meteor! In der Steppe, sagt sie! – Als sähe ich das nicht!« Oxyls Stimme wurde schrill; er war kurz davor durchzudrehen. »Aber in *welcher* Steppe?«

Jetzt war auch Sabé überzeugt, dass mit dem Fremden etwas nicht stimmte. Wie konnte man mitten in der Steppe, mehr als hundert Tagesmärsche von der Stadt entfernt, nicht wissen, wo man sich befand? Trotzdem gab er bereitwillig die gewünschte Auskunft. »Im Großen Erf!«, sagte er, denn das war der Name, den die Menschen in der Stadt seit alters her für die Steppe benutzten.

»Im Großen Erf?« Oxyl sah aus, als habe er einen heftigen Schlag in die Magengrube erhalten. Jetzt lief auch noch die letzte Farbe aus seinem Gesicht; er brachte nur noch ein mühsam gestammeltes »Oh, schwarzer Meteor, hilf mir!« hervor und kippte dann, steif wie ein Stock, über seine Fersen nach hinten.

Sabé war bei ihm, noch bevor der vom Aufprall

hochgewirbelte Staub sich verzogen hatte. »Er braucht Wasser!«, stellte er fest, nachdem er dem Ohnmächtigen die Hand auf die Stirn gelegt hatte. »Wer weiß, wie lange er schon hier umherirrt.«

»Ich irre nicht umher!«, protestierte Oxyl und riss empört die Augen auf. »Aber das mit dem Wasser ist eine gute Idee!« Mühsam setzte er sich auf und ließ sich eine von Sabés Flaschen reichen.

Ysell und Sabé beschlossen den unfreiwilligen Aufenthalt dazu zu nutzen, eine Kleinigkeit zu essen, und Oxyl machte von ihrem Angebot, auch zuzugreifen, gern Gebrauch. Kurze Zeit später war er wieder voll auf dem Posten, und Ysell konnte ihn endlich fragen, wie er eigentlich hierher gekommen sei.

»Ich habe mich transferiert!«, erklärte Oxyl würdevoll. »Mit meinem Bringer. Zwei Jahre lang habe ich ihn aufgeladen – aber irgendetwas scheint schief gegangen zu sein!«

Ysell seufzte und bemerkte auch Sabés verzweifelten Blick. Dieser Oxyl faselte ja wirklich vollkommen konfus daher – aber wenigstens schien er nicht gefährlich zu sein.

»Ihr glaubt mir nicht, stimmt's?«, vermutete Oxyl ganz richtig. »Tut mir Leid, wenn ich euch mit meinen Fachausdrücken verwirre, aber das ist bei uns Zauberern nun mal so. Was wir sagen, ist nicht für jeden verständlich!«

»Wirklich bedauerlich, dass wir so blöd sind«, entschuldigte Ysell sich in höflichem Ton, aber ihr Gesicht hatte jenen starren Ausdruck angenommen, den Sabé nur allzu gut kannte.

»Na, na!«, versuchte Oxyl sie zu beruhigen. »Man kann ja nicht alles wissen. – Ich weiß zum Beispiel nicht, warum ihr mit diesen Riesenhunden hier herumlauft, die doch nur unnötig viel Wasser brauchen.«

»Das sind Trosshunde!«, erklärte Sabé schnell. »Die brauchen kein Wasser, weil das Jumperfleisch saftig genug ist!«

»Die Hunde jagen Jumper?« Oxyl schien beeindruckt.

»Sie machen uns den Weg frei. Sie finden Jumper und dann töten sie sie! – Wie bist du eigentlich durch die Sandfelder gekommen? Warum bist du nicht gefressen worden?«

»Ich bin ein Zauberer«, sagte Oxyl, als sei damit alles erklärt.

»Ein Zauberer?« Ysell musste an einen Streich denken, den sie vor langer Zeit einem Zauberer auf dem Marktplatz der Stadt gespielt hatte. Der Mann hatte in einem Holzkäfig eine dressierte magere Katze dabeigehabt, die er vor den Augen des Publikums verschwinden lassen wollte. Ysell hatte sich hinter den Stand geschlichen und eine Hand voll feiner Federn in den doppelten Boden des Käfigs geworfen, als der Zauberer gerade ein

Tuch davorhielt und das Tier sich in die flache Mulde legte. Der Mann war vor Wut fast wahnsinnig geworden, als bei jedem Atemzug der Katze kleine Federchen vom Boden des Käfigs aufwirbelten. Der Höhepunkt war aber gewesen, als das Tier niesend und über und über mit Federn bedeckt aus der Mulde sprang und aus dem Käfig zu entkommen versuchte. Das Publikum hatte vor Lachen gebrüllt und der Zauberer hatte kreidebleich vor Zorn daneben gestanden, bevor er auf die Idee gekommen war, das Tuch über den Käfig zu werfen und seine Schande zu verbergen. Und dann musste Ysell auch an das denken, was Bogan in dem Zuchtbuch für sie aufgeschrieben hatte. Der Dämon, der Galib beherrschte – war nicht auch er der Geist eines Mannes, der sich Zauberer genannt hatte?

Ysell hielt also nicht viel von Zauberern. »Bist du auch so einer, der Katzen verschwinden lässt?«

»Oh, ich kann so einiges verschwinden lassen, junge Dame!« Oxyl schaute bei diesen Worten wohlgefällig auf seinen Bauch hinab. »Aber Katzen sind eigentlich nicht dabei. Nein.«

»Was ist Isco und was ist ein Kaiser?« Das waren die Fragen, die Sabé jetzt schon eine ganze Weile beschäftigten.

»Ein Kaiser ist ein Herrscher und Isco ist die Stadt, in der er wohnt!«, gab Oxyl Auskunft.

»Es gibt eine andere Stadt?« Ysell richtete sich auf

und schaute den Fremden erwartungsvoll an. »Welcher Clan hat sie gegründet?«

»Es gibt viele Städte!«, erklärte Oxyl. »Aber wann und vom wem sie alle gegründet wurden, das weiß wohl kein Mensch.«

»Und diese Städte, sie tragen alle Namen, so wie – Isco?«, staunte Sabé.

»Natürlich, man muss sie doch auseinander halten können!«

»So viele sind es?«, fragte Ysell ungläubig.

»Hunderte!«, antwortete Oxyl. »Nein, eher wohl tausende!«

»Unglaublich!«, hauchte Ysell und sie glaubte es wirklich noch nicht ganz.

»Wie bist du eigentlich hierher gekommen?«, nutzte Sabé Ysells erschüttertes Schweigen.

»Mit meinem Bringer, das sagte ich doch schon!« Oxyl öffnete die große Tasche, griff hinein und hielt kurz ein längliches Stück Holz hoch. »Eigentlich hatte ich ja auf Isco gezielt«, erklärte er weiter, »und jetzt bin ich doppelt so weit davon entfernt wie vorher! Ich möchte mal wissen, wie das gekommen ist.«

»Ein Bringer? Was ist das?«

»Nun, der Bringer bringt mich dorthin, wo ich gerade hinwill – natürlich immer nur so weit, wie ich zuvor mit ihm gelaufen bin, dann ist er erschöpft. Ich erkläre dir gelegentlich mal genauer, wie das funktioniert!«

»Ah, ja!« Sabé machte ein Gesicht als habe er alles verstanden. »Ich heiße übrigens Sabé«, fügte er dann hinzu, weil ihm eingefallen war, dass sie sich noch nicht vorgestellt hatten, »und das ist Ysell! – Deinen Namen habe ich nicht richtig verstanden, er war so lang!«

»Oxyl der Große von Bru – Zauberer der zweiten Schule von Hestron, Magischer Meister von Mittelwelt und Erzhexer des Zirkels von Melling!«, wiederholte Oxyl und verbeugte sich leicht im Sitzen. »Meine zahlreichen Ehrentitel lasse ich für gewöhnlich beiseite, aber wenn ihr ein wenig Zeit habt …«

»Oh, wir müssen weiter!«, stellte Ysell hastig fest und schaute bedeutsam zum Himmel empor.

»Ja, stimmt ja!«, bestätigte Sabé. »Und wie sollen wir dich jetzt nennen?«, fragte er den Zauberer im Aufstehen.

»Mit meinem vollen Titel natürlich!«, erklärte der hoheitsvoll. »Aber wartet, ich habe es mir überlegt, ›Oxyl der Große‹ reicht.«

»Oxyl also.« Zauberer oder nicht: Für Ysell war er ein Klugschwätzer wie viele hundert andere auch, die ihr in ihrem Leben auf die Nerven gegangen waren.

»Auch gut!«, stimmte Oxyl zu, und so machten die drei sich zusammen auf den Weg.

Bald schon musste Ysell widerwillig zugeben, dass Oxyl sich auf mehr verstand als nur auf faule Taschenspielertricks, denn er hatte seine ganz eigene Art, sich vor den Jumpern zu schützen. Alle paar hundert Schrittmaß nahm er etwas Sand vom Boden auf, murmelte ein paar Worte in die geschlossene Hand, die den Sand hielt, und streute ihn dann mit einer weit ausholenden Handbewegung vor sich in die Wüste. Immer wieder brach dann irgendwo der Boden auf, wenn ein Jumper seine Deckung verließ und sich auf seinen spinnenartigen Beinen in Sicherheit zu bringen versuchte. Die Trosshunde hielten reiche Ernte und glichen am Ende des Tages haarigen Kugeln, die sich aus eigener Kraft kaum noch fortbewegen konnten.

Die Trosshunde liebten Oxyl, aber es war eine unglückliche Liebe, denn er wollte absolut nichts mit ihnen zu tun haben. Irgendwie ahnten die Tiere, dass sie es ihm zu verdanken hatten, dass sie sich heute nach Herzenslust hatten voll fressen können, ohne sich sonderlich anzustrengen, und immer wieder drängten sie in seine Nähe, als die Gruppe abends ihr Lager aufschlug.

»Fort, fort, fort!« Oxyl stützte sich fluchtbereit auf eine Hand, um nötigenfalls sofort aufspringen und fortlaufen zu können. Mit der freien Hand wedelte er in Richtung der Trosshunde, als wolle er einen Schwarm Fliegen verscheuchen.

»Was hast du eigentlich gegen meine Hunde?« Ysells Stimme ließ vermuten, dass sie schon seit längerer Zeit irgendeinen Ärger mit sich herumtrug und jetzt die Zeit für gekommen hielt, ihm Luft zu machen.

»Ich habe nichts *gegen* deine Hunde«, sagte Oxyl und setzte sich wieder gerade hin, aber ohne dabei die Tiere aus den Augen zu lassen. »Ich habe etwas *vor* ihnen – nämlich Angst!«

»Deshalb bleibst du immer abseits von mir? Nur wegen der Hunde?«

»Weshalb sonst?«

»Ich dachte, du bist lieber mit Sabé zusammen!«

»Das auch«, gab Oxyl freimütig zu.

»Du machst dir nicht viel aus Frauen, stimmt's?«, schnappte Ysell. Das war jetzt nur eine Vermutung, ein Schuss ins Blaue. Oxyl hatte nichts an sich, was ihn von anderen Männern seines Alters und seiner Statur unterschieden hätte – außer, dass er sich lieber mit Sabé unterhielt und Ysell, ihrer Meinung nach, nicht genügend Respekt entgegenbrachte. Er ließ sie regelrecht links liegen und Sabé machte das Spiel auch noch mit! Diese Missachtung ihrer Person ärgerte sie zutiefst.

»Stimmt!«, bestätigte Oxyl. »Frauen sind nicht gerade meine größte Leidenschaft! Muss ja auch nicht sein – oder?« Eine steile Falte erschien auf Oxyls glatter Stirn. Ysells unfreundliche Art missfiel ihm sowieso und er wusste im Moment nicht, wohin sich das Gespräch entwickeln würde.

»Deine Sache!«, lenkte Ysell ein, überrascht über

Oxyls Offenheit, aber wie sie das sagte, klang es fast wie eine Beleidigung.

Nicht ihr zuliebe, aber weil Sabé zuhörte, ging Oxyl dann doch noch weiter auf das Thema ein: »Meine ganze Liebe gehört der Magie!«, erklärte er. »Und ein wenig davon auch anderen Dingen! – Aber Frauen sind nicht unbedingt dabei, das ist richtig.«

»Hunde auch nicht!«, stellte Sabé fest.

»Ganz bestimmt nicht!«, bestätigte Oxyl. »Man kann schließlich nicht alles lieben – aber ich versuche wenigstens alles zu achten.« Bei diesen Worten sah er Ysell scharf an.

»Ich etwa nicht?«, fuhr Ysell auf und ihr Gesicht wurde zu einer Maske des Ärgers.

»Nein!«, antwortete Oxyl mit Nachdruck. »Irgendwann hast du deine Freundlichkeit verloren, und man muss schon sehr gutmütig und sehr stark sein, um mit dir auszukommen!« Bei diesen Worten nickte er fast unmerklich in Sabés Richtung.

»Und was geht dich das an?« Ysells Augen waren zu schmalen Schlitzen geworden. »Lass mich einfach in Ruhe, denn sei dir sicher – mit dir auszukommen ist auch nicht einfach!« Ysell merkte selbst, wie sie sich in ihrem Ärger immer mehr verhaspelte. Jetzt verlangte sie schon von Oxyl in Ruhe gelassen zu werden; genau das, was sie vorher als Missachtung gesehen hatte.

»Schon gut«, sagte Oxyl. »Ich kann dich zwar auch

nicht leiden, aber lass uns wenigstens vernünftig miteinander reden!«

Oxyls Gelassenheit verschlug Ysell für einen Moment die Sprache. Manch einer schon hatte ihr im Zorn gesagt, dass er sie abscheulich fand, aber im Plauderton hatte das noch niemand fertig gebracht. »Ach, Mist!«, sagte sie mit einem verlegenen Lächeln. »Ich weiß auch nicht, was los ist.«

»Sie hat Ärger mit ihrem Freund«, klärte Sabé Oxyl auf und fing sich dafür einen Giftblick von Ysell ein. Als sie aber merkte, was Sabé bezweckte, fiel ihr Widerstand wie nichts in sich zusammen.

»Du bist doch ein Zauberer«, fuhr Sabé fort. »Kennt man einander eigentlich in Zaubererkreisen?«

»Jeder kennt jeden!«, bestätigte Oxyl. »Genau wie die Goldschmiede einer Stadt einander kennen.«

»Hast du je von einem Zauberer namens Ishad gehört? Ein auffällig großer Kerl übrigens!«

Oxyl war bei der Nennung des Namens zusammengezuckt und sah Sabé nun aus zusammengekniffenen Augen an. »Ishad war kein Zauberer! Er war ein Verbrecher! Er hat das Blut unschuldiger Kinder benutzt, um einen Unsterblichkeitszauber zu zelebrieren. Die Weisen von Hestron haben ihn all seiner Kräfte beraubt und ihn in die Verbannung geschickt! Das ist aber sehr lange her; das war vor meiner Zeit. Er muss schon lange tot sein! – Was weißt du von diesem Mann?«

»Er lebt!«, sagte Sabé schlicht. »Er lebt in Galib, Ysells Freund!« Und dann erzählten die beiden Oxyl die ganze Geschichte.

»Die Weisen von Hestron haben versagt«, stellte Oxyl am Ende des Berichts mit betrübter Miene fest. »Sie haben es nicht vermocht, Ishad das Blut der Kinder wieder abzuringen, und jetzt trägt dein Freund es in sich!«

»Und was kann man dagegen tun?« Für einen Moment keimte in Ysell Hoffnung auf.

»Du kannst ihn vielleicht mit deiner Liebe heilen!«

»Liebe?« Ysell lachte schrill auf. »Er hat mich verletzt, verraten und bestohlen. Er hat mir wehgetan, wie kein Mensch zuvor, und da soll meine Liebe ihn heilen? Das ist lächerlich!«

»Darauf baut er«, erklärte Oxyl. »Denn er kann nur nehmen! Freiwillige Gaben verträgt er nicht. Schenke ihm alles, was du hast, und weihe ihm dein Leben, dann wird der Dämon den Körper deines Freundes verlassen. – Vielleicht!«, fügte er dann nachdenklich hinzu.

»Vergiss es!« Ysell starrte den Zauberer mit zusammengezogenen Augenbrauen an. »*Die* Möglichkeit scheidet aus. Ich schenke mich keinem Verräter!«

Oxyl sah Ysell traurig an. »Dann gibt es für deinen Freund keine Rettung«, sagte er – und Ysell warf mit einer hochmütigen Kopfbewegung ihre Haare aus der Stirn.

Ysell war selbst nicht ganz glücklich mit ihren Worten, und als sie unter ihrer Decke lag, ging sie mit sich selbst zurate.

Eigentlich hatte sie ja gar nichts gegen Oxyl, aber seine heitere, ruhige Art strahlte etwas aus, das sie ständig dazu reizte, gemein zu ihm zu sein. Dennoch musste sie immer wieder über seine Worte nachdenken. Er hatte ja Recht – sie hatte wirklich schon als Kind ihre Freundlichkeit verloren. Misstrauen und Streitlust waren ihre ständigen Begleiter gewesen und wäre Bogan nicht gewesen …

Bogan hätte es nicht gutgeheißen, wie sie sich seit seinem Tod wieder verhielt, das war sicher! Und jetzt hatte sie aus einer Laune heraus auch noch den Ratschlag des Zauberers verworfen, ohne ihn ausreichend zu überdenken. Ysell war sich vollständig im Klaren darüber, dass sie sich nur Bogan zuliebe eine Zeit lang so mustergültig benommen hatte. Dieser Oxyl hatte sie vom ersten Moment an rasend gemacht, denn hinter seiner Maske aus Unbeholfenheit hatte Ysell etwas gespürt, womit sie noch nie hatte umgehen können. Oxyl konnte mehr als sie! Er beherrschte mit seinem Sandwerf-Trick die Jumper und Ysell konnte es nicht ertragen, plötzlich nicht mehr die wichtigste Person in der Gruppe zu sein. Deshalb hatte sie Oxyl fast vom ersten Moment an nicht leiden können. Denn sie hatte seine Überlegenheit gespürt.

Ysell ging in ihrer Unzufriedenheit mit sich selbst

aber noch viel weiter, und wie immer, schoss sie weit über das Ziel hinaus.

Warum war sie Bogan gegenüber denn so folgsam und gefügig gewesen? Weil er Macht hatte, stellte Ysell verbittert fest. Zuerst hätte er sie wieder dem Richter ausliefern können, und später wäre es ihm ein Leichtes gewesen, sie davonzujagen, wenn sie versagte. War es denn wirklich so, dass sie nur freundlich sein konnte, um etwas zu erreichen? Da waren ja die Trosshunde noch intelligenter! Die waren gutmütig gegen jedermann und es bedurfte schon einer erheblichen Portion Frechheit, um sie zu reizen. Sie dagegen benahm sich plötzlich wieder wie ein Jumper, der bei der kleinsten Erschütterung des Bodens sofort zum Angriff überging! Oxyl wusste so viel über Ishad, da war es doch durchaus möglich, dass er die Lösung des Problems wirklich kannte, und sie hatte ihn nun ein für alle Mal verärgert.

Als Ysells Erbitterung sich legte und sie wieder klar denken konnte, nahm sie sich vor, in Zukunft wieder so zu handeln, als wäre Bogan noch am Leben. Das, was er ihr vermittelt hatte, sollte wieder zum Maßstab ihres Tuns werden! Vielleicht gelang es nicht immer – aber sie wollte es wenigstens versuchen.

Sucher und Bringer

Am Morgen des folgenden Tages war es offensichtlich: Wenn die Gruppe heute kein Trinkwasser fände, würde man in einem Eilmarsch zum Clanlager zurückkehren müssen. Der Vorrat war stark zusammengeschrumpft, denn Oxyl musste ja auch noch versorgt werden.

Ysells und Sabés Gespräch kreiste an diesem Morgen beim Frühstück nur um das eine Thema. Beide fanden es außerordentlich unangenehm, vielleicht ohne Erfolg zurückkehren zu müssen, zumal Ysell ja Galib gegenüber beim Abschied recht überheblich aufgetreten war. Eine Wasserstelle musste her, und zwar unbedingt!

Oxyl hatte sich das Gespräch der beiden schweigend angehört, die Trosshunde auf Abstand gehalten und nervös mit seinen Fingern gespielt. Oxyl wurde immer nervös, wenn er etwas zaubern wollte, aber das wussten Ysell und Sabé zu diesem Zeitpunkt noch nicht. Schließlich, als die Zeit des Aufbruchs gekommen war, stand er auf.

»Ich baue uns einen Sucher!«, verkündete Oxyl

gewichtig. »Der findet alles für uns! Was braucht ihr am dringendsten?«

»Trockenes Brot!«, sagte Ysell gallig.

»Salzigen Fisch!«, forderte Sabé und grinste frech. Auch ihm ging Oxyls umständliche Art ein wenig auf die Nerven.

Oxyl schaute die beiden einen Moment lang verblüfft an, dann begriff er. »Euer Spott tut mir weh!«, stellte er anklagend fest.

»Fein!«, sagte Ysell, aber sie lächelte versöhnlich dabei. »Jetzt finde Wasser für uns oder lass es. Wir verlieren Zeit!«

Man konnte über Oxyl denken, wie man wollte – nachtragend war er jedenfalls nicht! In Windeseile zog er sich die Schuhe aus und bohrte seine nackten Füße ein Schrittmaß weit voneinander entfernt in den Sand. Geschickt sprang er dann seitlich aus den Spuren hinaus, bückte sich und begann in seiner Tasche zu kramen. »Ah, da ist es ja!«, rief er endlich und hielt seinen Gefährten stolz eine kleine Ampulle entgegen. Mit allerlei Gebärden gab er dann einen Tropfen der Essenz in jeden Fußabdruck. »So, das war's!«, verkündete er schließlich, packte die Ampulle wieder ein und starrte gebannt auf die beiden Abdrücke.

»Das war alles?« Sabé schien enttäuscht. »Solltest du nicht wenigstens noch irgendetwas sagen? Einen Zauberspruch oder so?«

»Ach ja! Gut, dass du mich daran erinnerst!« Oxyl

ging nah an die mit der Essenz benetzten Spuren heran und beugte sich darüber. »Sucht Wasser!«, befahl er ihnen – und tatsächlich kam jetzt zu den zwei Abdrücken zögernd ein dritter hinzu, dann ein vierter …

»Es geht! Es geht!«, schrie Oxyl der Große entzückt und sprang um die Spuren herum, die sich unter seltsam schabenden Geräuschen im Sand abzeichneten. Plötzlich verharrten jedoch die Schritte des Unsichtbaren und man konnte an den Spuren ablesen, dass er sich im Kreis drehte. »Er sucht!«, raunte Oxyl seinen staunenden Begleitern zu, die abwartend stehen geblieben waren. »Gleich wird er wissen, wo eine Quelle ist, und dann führt er uns hin!«

Der Sucher dachte allerdings nicht daran, sich die Sache so schwer zu machen, denn von einer *Quelle* hatte sein Meister ja nichts gesagt. Nach kurzem Überlegen drehte er sich um und blieb nach ein paar raschen, schabenden Schritten genau vor Ysell stehen.

Sabé begann zu grinsen. »Gratuliere!« Er verbeugte sich spöttisch vor Oxyl. »Das ging ja schnell! Jetzt wissen wir also ganz genau, dass Ysell den größten Wasservorrat von uns hat!«

Ysell verzog das Gesicht, wich den Spuren seitlich aus und ging ein paar Schritte weit an dem Unsichtbaren vorbei. Die schabenden Geräusche folgten ihr nach und hörten schließlich direkt hinter ihr auf. »Ist er noch da?«, fragte Ysell, ohne sich umzusehen.

»Ja!«, murmelten Sabé und Oxyl gleichzeitig nach einem Blick auf die Spuren, die unmittelbar hinter Ysell endeten.

Ysell ging noch zwei Schritte und blieb dann wieder stehen – der Unsichtbare folgte!

Plötzlich ertönten zwei kurze harte Schläge von dorther, wo Ysells letzte gefüllte Trinkflasche hing.

Ysell wirbelte herum und legte schützend die Hand auf die Flasche. »Sag ihm, er soll das lassen!«, fuhr sie Oxyl an. »Wenn er seine unsichtbaren Pfoten nicht bei sich behalten kann, wird er sehr großen Ärger bekommen!«

»Tja, ich verstehe das auch nicht«, verteidigte sich Oxyl. »Das hat er noch nie gemacht! – Ich könnte mir höchstens denken …«

»Was?«, forderte Sabé den Zauberer auf weiterzureden.

»Na ja«, Oxyl wand sich unter seinem Umhang wie ein Wurm, »es ist sehr heiß hier …«

»Und?«

»Und er hat doch Wasser gefunden, nicht?«

»Und weiter?«

»Na ja – es könnte sein, dass er eine Belohnung möchte!«

»Er möchte was *trinken*?«, fuhr Ysell auf. »Von unserem Wasser?« Mit ein paar raschen Bewegungen ihres Fußes verwischte sie die Spuren des

Unsichtbaren, nahm ihr Bündel auf und schlug den alten Weg wieder ein. Wer wollte, konnte ihr ja folgen – wenn es bloß nicht so ein um Wasser bettelnder Sucher war.

»Jetzt hast du ihn kaputtgemacht!«, maulte Oxyl ihr hinterher, griff nach seiner Tasche und folgte dann schnell Sabé, der sich ebenfalls schon wieder auf den Weg gemacht hatte.

Oxyl nahm den beiden ihr Verhalten nicht wirklich übel. Er wusste wohl selbst, dass er manchmal ein wenig absonderlich wirkte. Schnell hatte er zu Sabé aufgeschlossen.

»Ist sie jetzt wieder verdrießlich?«, fragte er und deutete auf Ysell, die mit den Hunden etliche Schrittmaß vor ihnen ging.

»Das ist ein etwas zu schwaches Wort, vermute ich!« Sabé sah an Ysells Gang, dass sie ziemlich wütend war. »Sie reißt sich unheimlich zusammen!«

»Gut«, meinte Oxyl nur. Und er nahm sich vor, bei seinem nächsten Zauber sein Bestes zu geben. Denn diese jungen Leute brauchten Hilfe!

Ysell hatte am Horizont die verschwommenen Konturen von Bergen entdeckt und die beiden anderen hatten ihre Beobachtung bestätigt.

»Wo Berge sind, da ist auch Wasser!«, stellte Oxyl fest. »Meistens jedenfalls.«

»Wir könnten die Berge gerade noch erreichen«, überlegte Ysell laut, »aber wenn wir dort kein Wasser finden …«

»… dann sind wir tot!«, ergänzte Sabé. »Den Rückweg zum nächsten Depot schaffen wir ohne Wasser auf keinen Fall!«

»Lasst uns bis zum Abend weitergehen!«, schlug Ysell vor. »Wenn wir dann noch kein Wasser gefunden haben, kehren wir um.«

»Gut«, brummte Sabé, bemüht, sich seine Erleichterung nicht anmerken zu lassen. »Du wolltest mir doch noch diesen, äh – Bringer erklären!«, wandte er sich dann an Oxyl, weil Ysell schon wieder vorausgegangen war. Er unterhielt sich gerne mit dem Zauberer und fühlte sich fast schon als Lehrling magischer Künste, denn Oxyl hielt mit seinem Wissen nicht hinter dem Berg. »Du wirst immer wieder feststellen«, hatte er zu Sabé gesagt, »dass nur *die* Leute ein Geheimnis aus ihrem Handwerk machen, die ihre Unwissenheit zu verbergen suchen! Die wirklichen Könner beherrschen ihr Fach so gut, dass sie nicht befürchten müssen ihr ganzes Wissen an einem einzigen Tag auszuplaudern!«

Das leuchtete Sabé ein. Ein armer Mensch hat eben nicht viel zu geben, und das mochte für geistige Armut wohl genauso zutreffen.

Oxyl hatte im Gehen das Holzstück aus der Tasche gekramt und hielt es nun so, dass Sabé es betrachten konnte. »Das ist also der Bringer. Ich weiß jetzt übrigens auch, warum ich nicht in Isco herausgekommen bin!« Oxyl schwenkte das Holzstück in der Luft. »Ich habe ganz einfach mit dem falschen Ende gezielt. Der Bringer ist nämlich an beiden Enden angespitzt – ist ja klar, dass man das leicht verwechseln kann!«

Sabé warf einen Blick auf den Bringer. Er war eindeutig nur an *einer* Seite angespitzt, die andere zeigte allenfalls eine leichte Abrundung.

»Du hast dich also glatt zur falschen Seite hin geschossen?«

»Ja! Genau!«, jubelte Oxyl. »Genau wie ein Pfeil vom Bogen!« Sein Gesicht nahm einen nachdenklichen Ausdruck an. »Nur eben falsch rum.«

»Wie funktioniert das Ding eigentlich?«, wollte Sabé nun wissen.

»Ja, also, ich trage es bei mir, und wenn ich es brauche, dann benutze ich es! Dann bringt es mich so weit fort, wie seine Kraft gerade reicht!«

»Du könntest dich also von hier fort*bringen* lassen?«

»Natürlich! – Allerdings nicht sehr weit.«

»Wie weit genau?«

»Lass mich überlegen. Zweieinhalb Tage bin ich allein durch die Steppe gelaufen, und dann habe ich euch getroffen – das sind dann nochmals fast zwei Tage, kaum Pausen gemacht, das sind dann … Ja! Gut vier Tagesreisen!«

»Der Bringer merkt sich also die zurückgelegte Strecke?«

»Er lädt sich auf, sagen wir Zauberer«, stellte Oxyl richtig.

»Gut! Er lädt sich also auf und bringt dich dann höchstens genau so weit, wie du vorher mit ihm gegangen bist. Stimmt's?«

»Außerordentlich knapp und treffend dargestellt!«, bestätigte Oxyl.

»Dann könntest du doch eigentlich mit unseren Wasserflaschen zu dem Berg dort fliegen«, überlegte Sabé laut.

»Nicht fliegen! Transferieren sagen wir Zauberer! – Ja, das ginge.«

»Und dann könntest du uns ein Zeichen geben, damit wir wissen, ob wir dir folgen oder umkehren sollen«, fuhr Sabé fort.

»Ja, natürlich!« Oxyls Gesicht leuchtete auf. »Und wenn ich Wasser finde, komme ich euch mit gefüllten Flaschen entgegen! – He, Ysell«, rief er aufgeregt. »Warte mal! Ich hab da eine Idee!«

Es war Sabé zwar vollständig neu, dass *Oxyl* die Idee gehabt hatte, aber er sagte nichts.

Ysell hatte Bedenken. Oxyls Vorschlag brachte ihre Planung durcheinander und es schien, als sei sie nicht bereit umzudenken. Schon die Pause, die sie gerade machten, um den Plan zu besprechen, kam ihr wie verschwendete Zeit vor. Oxyl gefiel ihr nicht, seine Fliegerei, wie sie es nannte, kam ihr höchst zweifelhaft vor und sie befürchtete allen Ernstes, er werde bei seinen Mätzchen auch noch die Wasserflaschen beschädigen.

»Ist auch in Ordnung«, verkündete Oxyl schließlich. »Wenn ihr nicht wollt, dann fliege, äh, transferiere ich eben ohne eure Flaschen dorthin, trinke klares Quellwasser und laufe so lange um den Berg, bis der Bringer wieder aufgeladen ist – und dann nichts wie raus aus dieser Wüste voller Feiglinge!«

»Moment mal!« Ysell richtete sich kerzengerade auf. »Du nennst uns feige?«

»Ihr habt doch genug leere Flaschen und mit dem restlichen Wasser kommt ihr mit hoher Sicherheit noch zu eurem nächsten Depot zurück«, stellte Oxyl fest. »Das Risiko ist also denkbar gering!«

»Und was wird aus dir, wenn du kein Wasser findest?« Ysell schien wirklich besorgt zu sein.

»Keine Angst, ich will mich nicht opfern! Ich habe den Bringer; damit komme ich doppelt so schnell voran und bin bald wieder bei euch.«

»Ach so!« Ysells Besorgnis wich der Ernüchterung.

»Ich mache zur Zeit der Mondgleiche ein Feuer am Berghang, wenn ich Wasser finde! Dann kommt ihr mir entgegen. Wenn aber alles dunkel bleibt, dann geht auf dem schnellsten Weg in euer Lager. Ich komme dann nach!«

Das war logisch, fand Sabé. Oxyl hatte den Bringer und brauchte ja kaum Angst vor Jumpern zu haben! Für Sabé war die Sache entschieden. Er war für den Plan!

»Gut!« Auch Ysell stimmte zögernd zu. »Wann soll es losgehen?«

»Sofort natürlich«, antwortete Oxyl, während Sabé schon damit begann, die Flaschen für den Zauberer zurechtzulegen.

»Nanu, was ist das?« Oxyl schien verwundert, dass er noch immer an der gleichen Stelle stand. Dabei hatte er diesmal bestimmt alles richtig gemacht! Ungläubig schaute er sich um, machte einen Schritt nach rechts, einen nach links und wollte gerade die Wasserflaschen ablegen, als die Luft um ihn kurz zu flimmern begann und er urplötzlich verschwand. Mit einem satten »Plopp« füllte die Luft den Raum aus, den er eben noch eingenommen hatte, und kleine Sandfontänen spritzten vom Boden auf.

Ysell sah Sabé entgeistert an. »Er hat es getan!«, stammelte sie. »Er ist wirklich verschwunden!«

»Natürlich!« Sabé verstand Ysells Aufregung nicht. »Er ist schließlich ein Zauberer.«

Völlig unbeeindruckt zeigten sich auch die Trosshunde. Was die Menschen alles so trieben, das ging weit über ihren Hundeverstand. Ob einer von diesen Zweibeinern Purzelbäume schlug, drei

Schrittmaß über dem Boden kopfüber in der Luft hing oder einfach verschwand, das war ihnen absolut gleichgültig, solange nur Ysell bei ihnen blieb.

»Alle Götter, jetzt hat er seine Tasche vergessen!« Sabé zeigte verblüfft auf den Boden.

»Tja«, meinte Ysell »man kann ja schließlich nicht an alles denken! – Lass uns gehen. Bis zum Abend können wir noch einige tausend Schrittmaß schaffen!«

Seufzend nahm Sabé sein Bündel vom Boden auf, griff sich dazu noch die Tasche des Zauberers und folgte Ysell, die wie immer, wenn der Weg über festen Boden führte, die Schutzausrüstung der Hunde auf ihrem Rücken trug.

»Die Tasche ist wirklich schwer!« Sabé keuchte unter seiner Last. »Könnten wir nicht irgendetwas von unserem Gepäck auf die Hunde laden?« Er hatte noch nicht ausgesprochen, als ein tiefes Grollen aus drei Hundekehlen ihn schnell von seinem Einfall abbrachte. »Ist ja gut!«, beruhigte er die Tiere eilig. »War ja nur so eine Idee.«

Als es dunkel wurde, kamen Ysell und Sabé nicht zur Ruhe. Bald schon ließen sie das kleine Kochfeuer ausbrennen und schauten immer wieder in die Richtung, in der die Bergkette wie ein gezackter dunkler Streifen am Horizont stand. Der Wind hatte sich fast vollständig gelegt und nur da und dort verriet ein feines Knistern im trockenen Gras, dass doch noch ein paar Sandkörnchen über die Steppe getrieben wurden. Ein paar winzige Mäuse mit übergroßen Augen und Ohren huschten über den harten Boden und suchten nach Grassamen und Insekten. Manchmal, wenn zwei der Tierchen sich begegneten, führten sie einen kurzen Dreh- und Hüpftanz auf und rannten dann, jedes in seiner alten Richtung, weiter.

Die Hunde kümmerten sich nicht um die Mäuse. Sie lagen entspannt in der Nähe der Feuerstelle und genossen die letzte Wärme der Restglut.

»Meinst du, er hat es geschafft?«, fragte Ysell nach einer langen Zeit des Schweigens ihren Freund. Einige der Mäuse huschten beim scharfen Klang ihrer Stimme erschreckt davon. »Glaubst du, dass er wirklich bis zu dem Berg gekommen ist?«

»Denke schon«, antwortete Sabé leise. »Er kann schließlich wirklich zaubern, und diesmal hat er alles ganz gewissenhaft vorbereitet!«

»Er war sich doch selbst nicht ganz sicher! Du hast doch gesehen, dass er schon aufgeben wollte, bevor er verschwand!«

»Stimmt«, gab Sabé zu. »Aber er ist immer ziemlich nervös, wenn er was zaubert, hat er mir erzählt.«

»Er ist un-mög-lich!«, stellte Ysell fest. »Ein richtiger Trottel! Wie kann man nur so zerfahren sein? Wahrscheinlich liegt er jetzt mit gebrochenen Knochen in irgendeinem Sandfeld! Nimm ihn nur in Schutz, *ich* glaube jedenfalls nicht, dass er es geschafft hat!«

»Ich brauche es nicht zu glauben!«, sagte Sabé. »Ich weiß es! Und ich weiß sogar, dass er Wasser gefunden hat!«

»Deine Zuversicht möchte ich haben«, meinte Ysell niedergeschlagen.

»Von wegen Zuversicht!« Sabé streckte die Hand aus. »Schau doch mal!«

Und tatsächlich konnte Ysell am Hang der weit entfernten Berge einen winzigen Lichtpunkt, kaum größer als ein schwacher Stern, ausmachen. »Er hat es geschafft!«, hauchte sie ungläubig. »Der kleine, dicke Tollpatsch hat es tatsächlich geschafft!«

Sabé warf schnell etliche Büschel trockenen Grases auf die Restglut, sodass die Flammen bald wieder hoch aufloderten. Schließlich musste Oxyl wissen, welche Richtung er einzuschlagen hatte, um sie zu treffen.

Oxyl war unglaublich schnell, das musste sogar Ysell zugeben. Schon am Abend des folgenden Tages hörten sie plötzlich einen scharfen Knall in der Steppe vor sich, und bald darauf kam der Zauberer ihnen mit den gefüllten Wasserflaschen entgegen.

»Große Neuigkeiten!«, schrie er schon von weitem. »Ich habe Land gefunden – aber nicht einfach nur Land, es ist sogar wildes Land!« Oxyl war vor Freude ganz außer sich.

Ysell und Sabé nahmen ihm die Wasserflaschen ab und tranken erst einmal. Man kann in der Steppe zwar drei Tage lang ohne Wasser überleben, aber der Durst wird schon nach einem halben Tag sehr unangenehm. Das Wasser war köstlich!

»Wildes Land? Was heißt das? Ist es gefährlich dort?«, wollte Sabé endlich wissen, und auch Ysell hörte gespannt zu. Vielleicht war die Suche ja doch nicht umsonst gewesen.

»Gefährlich? Nein!« Oxyl schüttelte den Kopf. »Es ist die Sorte Land, die jeder Zauberer sucht! Kaum jemand hat jemals welches gefunden, denn es liegt immer in solchen Gegenden, die kaum ein Mensch erreichen kann!«

»Versteh ich nicht«, murmelte Ysell kopfschüttelnd. Konnte sich dieser Oxyl denn *niemals* verständlich ausdrücken?

»Wildes Land ist unfertig!«, erklärte Oxyl. »Genau genommen ist es noch gar kein Land. Alle Wesen und alle Formen stecken in einer Art Brei und der Kundige kann wählen, was er daraus macht. Wenn es noch jung ist, hat man noch alle Möglichkeiten – aber wenn sich niemand darum kümmert, festigt es sich nach und nach von selbst.«

»Blödsinn!«, meinte Ysell und wollte sich abwenden, aber Sabé hielt sie zurück.

»Wie alt ist das wilde Land, das vor uns liegt?«,

wollte er von Oxyl wissen. »Was kann man daraus noch machen?«

»Es ist noch jung! Keine tausend Jahre alt, schätze ich! Es ist beliebig formbar!«, antwortete Oxyl. »Man kann alles daraus machen, was man will. – Und genau das werde ich tun!« Oxyl sprach mit fester Stimme und es schien, als habe sein ganzer Körper sich gestreckt und gestrafft, und wieder spürte Ysell etwas von der Kraft, die in diesem kleinen dicken Zauberer steckte.

Später, als Ysell und Sabé sich endlich satt getrunken hatten, saßen die drei zusammen am Feuer.

»Die Jumper sind aus wildem Land erschaffen worden!«, erzählte Oxyl. »Das war Psidayron! Vor fünfzig Generationen, oder vielleicht ist es noch länger her, fand Psidayron einen Flecken wildes Land. Das Gebiet war wirklich nicht sehr groß und es war schon alt! Fast alles hatte bereits seine Ordnung gefunden und die Ordnung hieß: Sand und Steine. Es werden immer Sand und Steine, wenn niemand sich um das wilde Land kümmert – schaut euch nur um! Wie dem auch sei, Psidayron fand doch noch ein paar Fragmente vor, aus denen sich etwas machen ließ, und da sie zu nichts anderem taugten, schuf er die widerwärtigsten Lebewesen, die die Sonne je erblickt hat: die Jumper!«

»Warum?«, fragten Ysell und Sabé wie aus einem Munde.

»Weil er nicht nur ein großer Zauberer, sondern auch ein großer Spaßvogel war! Er fand es immer schon lustig, mit seinen Künsten die Menschen zu erschrecken, und da hat er sich doch wirklich ein schönes Denkmal gesetzt!«

»Allerdings!«, stellte Ysell gallig fest. »Was ist mit dir, Oxyl? Willst du dir auch ein Denkmal setzen? Was wirst du tun, wenn wir zum wilden Land kommen? Wirst du Soldaten daraus hervorbrechen lassen, die deine Welt der tausend Städte unterjochen, oder wirst du einen Lustgarten nur zu deinem Vergnügen erschaffen?«

Als Oxyl antwortete, klang seine Stimme müde und traurig. »Ich weiß nicht, warum du so mit mir sprichst, Ysell, denn das habe ich nicht verdient! Ebenso wenig weiß ich, ob du es verdienst, was ich für dich tun werde, aber das spielt keine Rolle. Da ich nicht nur dich sehe, sondern auch die vielen Menschen hinter dir, die in der Steppe auf Rettung warten, habe ich mich auf dem Rückweg hierher entschieden – und keine Beleidigung wird mich von meinem Plan abbringen können. Ich werde eine Stadt bauen, Ysell! Eine Stadt für dich und deinen Clan!«

Ysell war wie vor den Kopf geschlagen. Musste sie denn von allen Menschen immer nur das Schlechteste denken? Wieder einmal hatte sie einem Menschen zu viel Misstrauen entgegengebracht und ihm Unrecht getan.

»Entschuldige!«, bat sie Oxyl. »Tut mir Leid.«

»Schon gut!«, antwortete der, rollte sich in seine Decke ein und fing alsbald so laut zu schnarchen an, dass die Hunde sich winselnd auf die andere Seite des Feuers verzogen.

Wildes Land

Das wilde Land, zu dem Oxyl seine Gefährten führte, war ganz anders als alles, was Menschen jemals zuvor gesehen hatten.

Zwei Tagesmärsche durch die Steppe waren noch zu bewältigen, und jetzt war es Oxyl, der zur Eile antrieb. Sein Gang war kraftvoll und unermüdlich schritt er voran. Die schwere Tasche behinderte ihn bei jedem Schritt. Er trug sie abwechselnd in beiden Händen, auf dem Rücken und vor dem Bauch, dabei redete er fast ununterbrochen – und nie nahm er sich Zeit, anzuhalten und auszuruhen. Bei aller Eile verzichtete er aber doch auf den Gebrauch des Bringers, denn er wollte mit Ysell und Sabé zusammen ankommen.

Auf dem Weg sprachen die drei auch darüber, dass das wilde Land wohl gleichfalls das Ziel des Ishad-Dämons gewesen war. Irgendwie musste er davon erfahren haben, und wenn es wirklich stimmte, dass man Beliebiges daraus erschaffen konnte, dann wäre das Ende des Clans wohl besiegelt gewesen, wenn er es erreicht hätte. Da war

Oxyl doch wirklich das kleinere Übel, fand Ysell, und sofort schämte sie sich für ihren Gedanken. Denn Oxyl war mehr als das: Er war die Rettung vor dem sicheren Untergang.

Am Abend des zweiten Tages erreichte die Gruppe den Fuß der Bergkette und nahm sich für den nächsten Morgen den Aufstieg vor. Es wurde ein unruhiges Nachtlager, denn vor Ungeduld konnte keiner der drei richtig schlafen. Oxyl wollte sein Lebenswerk erschaffen, Ysell hoffte, dass wirklich ein Stück brauchbares Land dabei herauskam und Sabé war unendlich gespannt auf das wilde Land – denn Oxyl hatte ihm schon einiges darüber erzählt.

Am nächsten Morgen galt es zunächst, einen steilen Geröllhang zu erklimmen. Die Hunde wollten auch hier vorausgehen, so wie sie es immer taten, aber der Hagel kleiner Steine, der sich unter ihren Pfoten löste, ließ die Nachfolgenden eilig in Deckung gehen. Ysell rief die Tiere also zurück und der Aufstieg wurde von jetzt an Seite an Seite vorgenommen.

Obwohl das Klettern beschwerlich war und das lose Geröll die gesamte Aufmerksamkeit beanspruchte, wurde Oxyl von Schritt zu Schritt aufgeregter und vergnügter. Ununterbrochen schwärmte er, was für ein großes, wunderbares Stück wildes Land es sei, das er, gerade er, hier gefunden habe.

Unter Keuchen und Stöhnen erzählte er von Zauberern aller Zeiten; von großen Zauberern, die alle verzweifelt ein winziges Stück wildes Land gesucht hatten – und wäre es nur so groß wie ein Dorfteich gewesen! Fast alle waren darüber hinweggestorben und sie hatten bis zuletzt mit ihrem Schicksal gehadert, denn es ist – besonders für einen Zauberer – nur schwer zu ertragen, das Ziel seines Lebens verfehlt zu haben. Oxyl zählte die Namen der alten Magier auf, die dann irgendwann doch ein Stück wildes Land fanden, und berichtete, was sie daraus gemacht hatten. Wie Ysell schon ganz richtig vermutet hatte, waren es allesamt Werke, die den Neigungen der Erschaffer entsprungen waren und ihrer Eitelkeit gehuldigt hatten.

Oftmals war das wilde Land schon zu alt gewesen und fast alles befand sich schon in seiner natürlichen Ordnung. Dann hatten die Zauberer hastig nach den Resten gesucht und schnell das daraus gemacht, was sich noch erschaffen ließ. Die Jumper waren auf diese Weise entstanden und die lebenden Büsche mochten auch so ein Gebilde der Not sein, denn keiner der Zauberer hatte die Weisheit besessen nichts zu erschaffen. Lieber brachten sie Gefahr, Not, Elend, Seuchen, Tod und Verderben in die Welt, als auf den Ruhm zu verzichten – denn sie waren allesamt »große« Zauberer gewesen und sie hatten sich ein ewiges Denkmal setzen wollen!

Das alles erzählte Oxyl nicht etwa leise, sondern

er brüllte es nahezu über den Berghang, und als die Gruppe die Passhöhe erreichte, war er vom Klettern und vom Reden vollständig außer Atem, brauchte eine Verschnaufpause und stellte keuchend die Tasche ab.

Ysell war während des Aufstiegs immer nachdenklicher geworden, je näher die Gruppe der Passhöhe kam. Es war ihr, als höre sie von jenseits der Bergkette Geräusche, wie von einem gewaltigen Gewitter, und es kam ihr so vor, als sei die Luft hinter den Bergen seltsam verdunkelt.

»Schlechtes Wetter, oder?«, fragte sie Oxyl, als er wieder einigermaßen zu Atem gekommen war.

Kaum hatte der Zauberer das vernommen, begann er zu lachen, als habe er nie einen besseren Witz gehört. »Schlechtes Wetter!«, brüllte er ein ums andere Mal. »Schlechtes Wetter!« Und er schlug sich dabei vor Vergnügen auf die Schenkel.

Ysell wurde ärgerlich. Lachte Oxyl sie etwa aus?

Oxyl sah Ysells zusammengezogene Brauen und er kannte sie lange genug, um zu wissen, dass es in ihr brodelte. »Entschuldige!«, keuchte er zwischen zwei Lachanfällen. »Aber wenn du das ›schlechte Wetter‹ siehst, dann wirst du schon verstehen …« Darauf brüllte er wieder vor Lachen, dass es von den Felsen widerhallte.

Als Ysell und Sabé dann nach dem Marsch durch die Passhöhe über dem Talkessel standen, in dem das wilde Land lag, da verstanden sie wirklich.

»Schlechtes Wetter« war tatsächlich die Untertreibung aller Untertreibungen für das, was hier vorging. – Aber nach Lachen war ihnen dabei nicht zumute.

Als die Gruppe um einen Felsvorsprung bog, lag das wilde Land so dicht vor Ysell, dass sie beinah hineingestürzt wäre. Oxyl hatte ihr die Führung überlassen, denn ab und zu machte auch er sich einen Spaß daraus, Menschen zu erschrecken. Einen kleinen, harmlosen Rüffel hatte Ysell nämlich durchaus verdient, fand er.

»Bei allen Göttern!«, entfuhr es Ysell, als sie plötzlich in den Talkessel hineinschauen konnte. Hastig ging sie einen Schritt zurück, denn der Krater, der sich vor ihr auftat, war Schwindel erregend tief. Schnell griff sie nach Sabés Arm.

Dem armen Sabé erging es kaum besser. Auch er war vor dem Anblick dieses ungeheuren schwarzen Abgrunds zurückgeprallt und hatte nach Ysells Arm gegriffen.

So kam es vor den Augen des feixenden Oxyl zu einem kurzen Handgemenge zwischen den beiden, da jeder sich am anderen festhalten wollte.

Den Hunden schien der schwarze Trichter vor ihnen gleichgültig zu sein, aber da sie die Angst der Menschen spürten, drängten sie sich schützend an sie und machten das Durcheinander für einen Moment noch schlimmer.

Nach endlosen Augenblicken klärte sich Ysells Blick. Der Krater war zwar tief, aber bei weitem nicht so tief, wie sie zuerst gedacht hatte. Diesen Eindruck hatte nur die Schwärze im Inneren des Trichters hervorgerufen. Das ganze Tal war, so weit das Auge reichte, mit einer wabernden, rußartig schwarzen Masse angefüllt, die das wenige Licht, das durch die verfinsterte Luft drang, vollständig aufsog. Obgleich es helllichter Tag war, lag eine undurchdringliche Schwärze über dem Talkessel, dessen gegenüberliegender Rand in der Finsternis kaum auszumachen war. Es kam Ysell vor, als liege eine riesige, dunkle Glocke über allem, die das Licht der Sonne zu einem fahlen Schimmer herabmindere.

Der schwarze Morast zu Ysells Füßen brodelte und wogte und in der Luft lag ein Gemisch aus nie gehörten Tönen, Melodiefetzen und verweht klingenden Wortbruchstücken in unbekannten Sprachen. Ab und zu vereinigten sich misstönende Kadenzen zu krachenden Donnerschlägen, aber die Blitze, die grellweiße Furchen durch die zähe Masse im Tal rissen, standen damit in keinem Zusammenhang. Es war verwirrend und unheimlich, nicht hören zu können, was man sah, und nicht sehen zu können, was man hörte.

So hatte sich Ysell immer den Ort der Verdammten vorgestellt, von dem die Erwachsenen ihr als Kind erzählt hatten. Sie hatte nie daran geglaubt –

doch nun stand sie hier und der Albtraum war Wirklichkeit geworden.

»Da, schau!« Sabé zeigte auf eine bestimmte Stelle in dem kochenden Brei. Ein Boot begann sich aus der schwarzen Masse zu formen und Menschen waren darin zu sehen, die mit aller Kraft ruderten, aber so schnell alles erschienen war, so schnell verging es auch wieder. Der hoch aufgerichtete Bug des schwarzen Bootes begann plötzlich zu glimmen und die Glut fraß sich in Windeseile durch die ganze Erscheinung. Nichts blieb zurück – nichts als der tiefschwarze, brodelnde Morast, der unablässig neue Formen herauszubilden begann. Ein großer, seltsam missgestalteter Vogel stieg langsam aus der Oberfläche auf, erhob sich mit ein paar Schlägen seiner eckigen, glimmenden Flügel und verging im Flug zu Staub.

»Alles ist nur halb!«, erklärte Oxyl. »Alles, was hier werden möchte, hat keinen Bestand, solange kein Wille da ist, der es formt!«

Die Türme einer Burg erhoben sich aus dem Abgrund der Schwärze. Es war ein mächtiges Bauwerk und zwischen den Zinnen konnte Ysell die Gestalten der Wachen erkennen. Alles verging genau so schnell, wie es entstand, und als der Sockel der Burg auftauchte, waren Türme und Soldaten schon lange zu nichts zerfallen.

Ysell konnte den Blick nicht von diesem gewaltigen, kochenden Chaos wenden, sie spürte aber, dass Oxyl direkt hinter ihr stand. »Da warst du drin?« Sie hielt sich an Sabés Arm fest und schloss kurz die Augen, weil der Schwindel sie wieder ergriff. »Da hast du unser Wasser geholt?«

»Natürlich!«, bestätigte Oxyl quietschvergnügt. »Schau, da vorne ist wieder welches!«

Ysells Blick folgte Oxyls ausgestrecktem Finger. Gerade erschien aus dem pechschwarzen Untergrund eine Form, die entfernt an ein Bachufer erinnerte. Kaum an der Oberfläche, fing die kleine Erhebung zu glimmen an und war schon wieder verschwunden, bevor Ysell sie richtig gesehen hatte. Nicht wenn alle Jumper der Welt hinter ihr her gewesen wären, hätte Ysell es gewagt, einen Fuß in dieses grauenvolle Tal zu setzen – und Oxyl war schnurstracks dort hineinmarschiert und hatte mal eben ein paar Flaschen Wasser abgefüllt! Ysell musste sich eingestehen, dass sie den kleinen, dicken Zauberer mit der Glatze doch deutlich unterschätzt hatte.

Einige Zeit später lagerte die Gruppe am Ende des Passweges und genoss den Ausblick auf das wilde Land. Ysell und Sabé hatten festgestellt, dass das tobende Chaos in dem Talkessel wohl doch nicht so gefährlich war, wie es zuerst den Anschein gehabt hatte. Ysell schämte sich ein wenig, denn wenn es hier wirklich eine Bedrohung gegeben hätte, dann hätten die Hunde sie doch gewarnt!

Läufer, Dax und Reißer schienen sich aber überhaupt nicht um die brodelnden Halbformen in dem Tal zu kümmern. Dax und Reißer waren sogar ein Stück weit in das wilde Land hineingelaufen, bevor Ysell sie zurückgerufen hatte. Für die Hunde schien das alles ganz normal zu sein, und wenn Ysell Läufer fragte, was er denn vor sich sehe, da antwortete er nur: »Steine!« Er verstand überhaupt nicht, weshalb sie sich Sorgen machte. Es war, als existiere das Tal für die Hunde einfach nicht – jedenfalls nicht in der Form, in der die Menschen es sahen. Jetzt lagen die Tiere ruhig am Feuer und wärmten sich das Fell, denn es war Abend geworden und hatte sich empfindlich abgekühlt.

»Macht euch schon mal Gedanken darüber, was ihr in eurer Stadt alles so haben wollt«, schlug Oxyl vor. »Dann verlieren wir morgen nicht so viel Zeit. Je früher ich das wilde Land gestalte, umso besser, und wenn es irgendwie geht, dann möchte ich zur Zeit der Tagteilung beginnen!«

»Tagteilung?« Ysell verstand den Begriff nicht.

»Hochsonne!«, erklärte Sabé, der sich viel öfter mit Oxyl unterhalten hatte.

Die Vorräte waren bereits ziemlich spärlich geworden, aber vor lauter Aufregung verspürten die drei ohnehin keinen Hunger, also ließ man das Abendessen einfach ausfallen.

Nach einiger Zeit stand Oxyl auf und ging bis nah an den Rand des Kraters. Lange Zeit stand er still da;

das Glimmen und die Blitze aus dem Krater zeichneten seine Silhouette vor den nachtschwarzen Himmel. Erst jetzt begannen seine beiden Weggefährten zu ahnen, dass er ein wirklich großer Zauberer war.

»Viele Bäume!«, schlug Ysell am anderen Morgen vor.

»Einen See!«, meinte Sabé.

Die beiden waren dabei, Oxyl ihre Wünsche vorzutragen.

»Drei Bäche, die den See speisen!«

»Grasland und Kornfelder – und Häuser für die Bauern!«

»Ein Haus mit einem Saal – für Versammlungen!«, sagte Ysell.

»Keinen Palast?«, fragte Oxyl.

»Keinen Palast!«, bestätigte Ysell. »Aber ein großes, einfaches Haus für Zusammenkünfte. – Wird es dir nicht zu viel?«

»Nein, nein!«, wehrte Oxyl ab. »Macht nur!« Auch er musste nun seine Meinung über Ysell ändern. Bis eben hätte er noch darauf gewettet, dass sie einen Prachtbau, mit allem was dazugehört, für sich fordern würde.

So ging es fast den halben Tag lang weiter. Oxyl saß mit geschlossenen Augen da und hörte sich die Wünsche seiner Gefährten an. Ysell wollte eine Schule, eine Bäckerei und einen Weg zu jedem

Haus; Sabé wünschte sich eine Schmiede, eine Tischlerei und eine Mühle – und beiden zusammen fiel noch viel mehr ein, was zu einer richtigen Stadt gehörte. »Kannst du dir das alles denn merken?«, wollte Sabé schließlich von Oxyl wissen. »Willst du nicht lieber eine Liste anfertigen?«

»Nein, so funktioniert das nicht«, erklärte Oxyl ihm. »Wenn ich erst einmal anfange, dann muss ich alles zugleich bedenken. Ich muss es wollen, nicht ablesen! – Verstehst du?«

Ysell und Sabé verstanden es natürlich nicht wirklich. Oxyl wurde ihnen immer rätselhafter – aber sie mussten wohl akzeptieren, was er sagte, denn schließlich war er es, der aus dem Chaos eine Stadt erschaffen wollte.

Als Ysell und Sabé nichts mehr einfiel, was sie sich noch hätten wünschen können, war es tatsächlich schon kurz vor Hochsonne. Nun bereiteten die drei Weggefährten aus den Vorräten ein kleines Essen zu, von dem Ysell und Sabé nicht wussten, dass es das letzte gemeinsame Mahl sein würde.

Oxyl aß nur wenig, denn: »Mit vollem Bauch zaubert es sich nicht so gut!«, wie er sagte. Während des Essens wurde er immer schweigsamer und nervöser und Sabé begann sich Sorgen um den Zauberer zu machen. So aufgeregt und fahrig hatte er ihn noch nie gesehen. Auch machte er überhaupt keine Anstalten mit seinem Werk zu beginnen.

Als Ysell nach einiger Zeit mal kurz hinter den nächsten Felsen ging, sprach Sabé Oxyl direkt darauf an. »Was ist mit dir los?«, fragte er.

Oxyl sah unsicher zu ihm auf. »Ich habe Angst!«, gestand er. »Angst, dass ich es verpatze! – Ich bin nämlich nicht gerade ein großer Zauberer, weißt du? Manches misslingt mir auch, und wenn ich heute versage, dann habe ich keine zweite Chance.«

»Du schaffst das schon«, versuchte Sabé ihn aufzumuntern. »Und wenn es schief geht, dann hast du es wenigstens versucht! – Irgendetwas Besseres als Sand und Steine wird dabei schon herauskommen!«

»Das reicht nicht!« Oxyl senkte den Blick und sprach ganz leise: »Ich könnte mit so einem Misserfolg nicht leben – und ich würde sehr lange damit leben müssen!«

Oxyl machte einen so niedergeschlagenen Eindruck, dass Sabé nicht weiter in ihn dringen wollte, deshalb fragte er jetzt nicht, was der Zauberer damit meinte. »Du bist ein guter Mensch, Oxyl«, sagte er nur, »und ich denke, das macht dich zu einem großen Zauberer! Wie könnte etwas misslingen, was einer wie du formt?«

»Danke! Kann sein, dass du Recht hast«, sagte Oxyl, aber seine Stimme klang sehr unsicher.

Dann stand er auf und wandte sich dem wilden Land zu.

»Oh, hat er schon angefangen?«, fragte Ysell, als sie zurückkam – aber es war ja ein offenes Geheimnis, dass ihr Verhältnis zu Oxyl nicht das beste war. Warum hätte er also auf sie warten sollen?

Sabé antwortete nicht. Gebannt schaute er auf den Rücken von Oxyl, der schon ein Stück weit in das wilde Land hineingegangen war. Die Gestalt des kleinen Zauberers wurde bereits von den ersten, halb geformten Figuren umwogt, die aus der schwarzen Masse emporstiegen. Die unfertigen, tiefschwarzen Gestalten drängten zu Oxyl hin, sie spürten seine Macht, ihnen Leben zu verleihen, und sie wollten erwählt werden.

Absonderliche Tiere erhoben sich aus dem breiigen Untergrund und ihre Körper waren ebenso schwarz wie die Masse, aus der sie sich formten. Es waren Wesen dabei, welche die beiden Menschen am Rande des Kraters zurückweichen ließen, doch Oxyl beachtete sie kaum; er suchte etwas anderes. Ein gewaltiges Schiff ohne Segel und Ruder erhob sich aus dem Untergrund und jagte mit hoher Bugwelle auf den Zauberer zu; es verging so schnell, wie es entstanden war, in glimmender Glut. Bäume kamen zum Vorschein, die sich, in tiefschwarzer Blüte stehend, in einem Funkenregen auflösten, und ein gewaltiger Vogel mit starren Flügeln zerschellte vor Oxyl, doch die glimmenden Trümmer konnten ihm nichts anhaben. Es schien, als flögen sie einfach durch ihn hindurch.

Lange währte das Ringen der anstürmenden Halbformen um Oxyls Gunst, denn nur weniges von dem, was er sah, konnte er verwenden. Die Luft erdröhnte. Geräuschfetzen aller Art stürmten, alle zugleich, auf den Zauberer ein. Grellweiße Blitze fuhren über den finsteren Urgrund zu seinen Füßen, aber er wich keinen Fingerbreit zurück. Riesige schwarze Echsen mit armlangen Reißzähnen bedrohten Oxyl und seltsam menschenähnliche, winzige Wesen flehten mit erhobenen Armen. – Er ließ sie alle zu Staub zerfallen. Die Halbgestalten um Oxyl tobten wie in erbittertem Zorn gegen ihn an. Ysell kam es vor, als forderten sie Oxyl auf ihnen Bestand zu verleihen, als kämpften sie um den Funken des Lebens, den nur er ihnen geben konnte. Es machte sie rasend, dass er ihnen das Recht auf Dasein verweigerte! Der dunkle Himmel über dem Zauberer verfinsterte sich noch mehr und ballte sich zu einer wabernden Masse zusammen, aus der sich Sturzbäche schwarzen Regens ergossen.

Endlich, Ysell und Sabé hatten jegliches Zeitgefühl verloren, bildete sich zu Füßen des Zauberers ein hellerer Fleck aus, der nach und nach immer mehr an Leuchtkraft gewann. Manchmal schien es Ysell, als stehe Oxyl auf einer Stelle grünen Graslandes, die Bestand zeigte und dem wirbelnden, schwarzen Chaos trotzte. Langsam weitete der Fleck sich aus und nun gab es keinen Zweifel mehr – Oxyl hatte einen winzigen Teil der Schattenwelt geordnet! Immer schneller wuchs die Fläche. Schwarze Gestalten drängten sich an den Rändern, bereit, die Grenze zum Leben zu überschreiten. – Sie alle wurden zurückgedrängt und zerfielen zu nichts.

Ein Weg erschien zu Oxyls Füßen, ein Feldrand, ein Brunnen, ein Baum – immer schneller brach sich die Ordnung der Dinge Bahn, immer größer wurde das Gebiet, das Oxyl seinem Willen unterwarf. Schon tauchten die ersten Häuser einer Stadt auf – doch etwas ging mit Oxyl vor. Seine Gestalt wurde immer kleiner, je weiter sich die Landschaft erstreckte, und Sabé meinte fast, durch ihn hindurchsehen zu können.

»Oxyl, pass auf!«, schrie Sabé dem Zauberer zu. »Du bist in Gefahr!«

Da drehte der kleine, dicke Mann sich um und in seinem fast schon transparenten Gesicht lagen alle Würde und alle Güte dieser Welt. »Habt keine Angst!«, rief er den beiden Menschen zu. »Ich sterbe nicht. – Im Gegenteil! – Ich lebe in den Dingen fort! – Jemand muss sie doch zusammenhalten! – Hatte ich euch das nicht gesagt? – Vergessen – tut mir Leid – keine Angst …«

Oxyls Stimme war immer leiser geworden, und als die letzte Silbe verklungen war, war von seiner Gestalt nichts mehr zu sehen. Weit in der Ferne ergaben sich gerade die letzten Flecken des Chaos dem frischen Grün junger Wälder, und Sabé und Ysell standen stumm über der Stadt, die Oxyl erschaffen hatte.

»Das hätte er uns sagen müssen!«, brach es plötzlich aus Sabé heraus. »Dass es ihn dann nicht mehr gibt!«

»Ja, das hätte er tun müssen, dieser …« Ysell senkte den Kopf, denn ihre Stimme zitterte und versagte ihr schließlich ganz den Dienst.

Es war hell geworden über dem Tal, das nun grün und fruchtbar vor Ysell und Sabé lag, und als die beiden sich schließlich umwandten und über den Passweg zurückschauten, da war es früher Morgen.

So entstand die Stadt, die man vorzeiten als die Stadt Oxyl kannte, denn Ysell gab ihr diesen Namen. Doch zuerst musste sie Galib bezwingen, denn als der Clan in das grüne Tal zog, riss er die Herrschaft an sich.

Die Teilung

»Schau mal, was ich schon kann!« Sabés Stimme klang ganz stolz.

Ysell sah zu ihm hinüber und vor Staunen blieb ihr einen Moment lang der Mund offen stehen.

Sabé ging feierlichen Schrittes ein Stück weit die Straße entlang und ein halbes Schrittmaß hinter ihm schwebte, brav wie ein Hund, Oxyls Tasche.

»Du kannst die Tasche *schweben* lassen?« Ysell war entgeistert.

»Es ist die Tasche eines Zauberers!«, sagte Sabé.

»Hast du schon lange gewusst, dass das geht?«

»Natürlich! Na ja, eher geahnt.«

»Und du hast Oxyl nichts davon gesagt? Du hast ihn die ganze Zeit die schwere Tasche schleppen lassen und ihm nichts von deiner Idee erzählt?«

»Vielleicht *wollte* er sie schleppen! Wer bin ich, dass ich einen Zauberer belehre?«, meinte Sabé und ging mit stolzen Schritten wieder ein Stück. Die Tasche folgte ihm.

In diesem Moment ging ein Zittern durch das Tal. Der Boden erbebte, einige Dachziegel rutschten von den Häusern herab, und einen Augenblick lang glaubte Ysell, alles würde wieder in sich zusammenstürzen.

»Entschuldige, Oxyl!«, schrie Sabé hastig. »Ich konnte ja nicht wissen, dass du uns hören kannst!« Dann horchte er einen Moment lang, aber alles blieb still und auch das Beben war vorbei. Sabé beschloss jedoch, ab sofort die Tasche lieber wieder zu tragen – jedenfalls solange er sich im Tal aufhielt!

Immer weiter gingen Ysell und Sabé durch die Stadt, die es gestern noch nicht gegeben hatte. Oxyl hatte wirklich ganze Arbeit geleistet. Nicht nur, dass er Wege, Straßen und Häuser geschaffen hatte, er hatte selbst daran gedacht, alles seiner Bestimmung gemäß auszustatten! In den Häusern der Handwerker gab es Werkzeuge aus bestem Metall und das entsprechende Rohmaterial; an jeder Straßenecke befand sich ein Brunnen; die Häuser waren mit einfachen Möbeln eingerichtet, und zu Ysells und Sabés Entzücken war der Ofen in der Bäckerei noch warm, und als sie ihn öffneten, fanden sie zwei riesige Brotlaibe darin.

Ysell und Sabé konnten sich nicht satt sehen an dem, was Oxyl für sie geschaffen hatte. Immer weiter liefen sie, bis weit in den Talkessel hinein. Auch hier war alles aufs Beste bestellt. Die Felder waren ordentlich bewirtschaftet und man konnte sehen, dass das Getreide bald schnittreif sein würde; es gab Obstbäume, die die schönsten Früchte trugen, und Insekten krabbelten in den Gräsern umher. Zwischen den Feldern standen auch kleine Bauernhäuser und neben jedem war ein großer Stapel Bauholz, damit die Bewohner sich Ställe und Schuppen zimmern konnten. Und alles war stabil und solide.

Noch etwas anderes entdeckten Ysell und Sabé: kleine, dicke, tollpatschige Tiere, die in Erdhöhlen lebten und sich von Wildpflanzen ernährten. Die beiden fanden, dass sie wegen ihres kahlen Flecks auf dem Kopf Oxyl sehr ähnlich sahen, und daran war bestimmt etwas Wahres, denn wenn die Trosshunde einem dieser Tierchen zu nahe kamen, löste es sich zeternd in Luft auf.

Als die Sonne fast den höchsten Stand erreicht hatte, füllten Ysell und Sabé all ihre Wasserflaschen, packten das große Brot ein, das sie noch nicht verzehrt hatten, und machten sich auf den Weg, um den Clan zu holen. Sabé bestand darauf, Oxyls Tasche, die er jetzt als die seine betrachtete, mitzunehmen, denn er freute sich schon auf die Gesichter der Clansleute, wenn er ihnen den Schwebetrick vorführte. Sobald sie die Passhöhe überwunden hatten, ließ er die Tasche wieder hinter sich hersegeln und konnte es nicht lassen, immer wieder ein paar Schrittmaß weit vom Weg abzuweichen, um sich am Anblick seiner treuen Begleiterin zu erfreuen. Da er dabei mehr nach hinten als nach vorn schaute, stolperte er immer wieder und die Luft der Steppe war mit Sabés leisen Flüchen und Verwünschungen erfüllt. Ysell stöhnte innerlich auf. Konnte es vielleicht sein, dass der Besitz der Tasche alle Menschen ein wenig wunderlich machte?

Trotzdem ging es gut voran, und als der Kraterring schon lange nicht mehr am Horizont zu erkennen war, erreichten Ysell und Sabé am Abend des achten Tages das Lager des Clans.

Kleine Felder vor dem Lager zeigten schon das erste Grün. Die Clansleute hatten einen beträchtlichen Teil des Saatgutes geopfert, um an diesem Ort überleben zu können. Grassamen, Schlangen und Mäuse gab es in weitem Umkreis kaum noch und Ysell konnte sich vorstellen, wie streng das Getreide jetzt rationiert werden musste, bis man die Ernte einbringen konnte.

Trotz aller Entbehrungen, die der Clan in den letzten Tagen zu erleiden gehabt hatte, staunten die Clansleute nicht schlecht, als sie Sabé mit der schwebenden Tasche sahen. Aus allen Zelten kamen die Menschen herbeigeströmt, um das Wunder ausgiebig zu bestaunen. Die eigentliche Nachricht, die Entdeckung einer leeren Stadt, nicht weit von hier, trat für den Moment völlig in den Hintergrund. Die Kinder kreischten vor Vergnügen, die Erwachsenen lachten sich halb tot und die Älteren schüttelten verwundert die Köpfe, wenn Sabé sich im Lager bewegte und die Tasche wie ein Schatten hinter ihm blieb. Nach einer Weile wurde Sabé die Sache peinlich. Er deponierte die Tasche in seinem Zelt und befahl ihr dort zu bleiben. Aber die Tasche dachte nicht daran!

Sobald Sabé einen Schritt tat, war die Tasche hinter ihm. Sabé erklärte ihr, dass er sie im Moment nicht brauche – die Tasche kam mit. Sabé beschimpfte und beleidigte sie – die Tasche stellte sich taub und kam hinterher. Sabé schrie sie an, flehte und hätte fast geweint – die Tasche ließ sich nicht erweichen! Sie hatte sich auf dem Marsch durch die Steppe wohl so an ihn gewöhnt, dass sie keinen Moment mehr ohne ihn sein konnte.

So war Sabé vollauf damit beschäftigt, sich vor den Augen einer Horde johlender Kinder für alle Zeiten zu blamieren, als Ysell Galib Bericht erstattete. Erst viel später kam er zu Ysells Zelt und fragte sie, was Galib denn zu der Entdeckung gesagt habe.

»Nanu, wo ist denn deine Tasche?« Der Spott in Ysells Stimme war nicht zu überhören.

Sabé machte ihr mit den Händen hastige Zeichen, dass sie nicht so laut sprechen solle. »Ich habe sie in eine alte Decke eingeknotet!«, flüsterte er ihr dann zu und sah sich ängstlich um. »So kann sie nicht sehen, wo ich bin!«

»Hoffentlich ist sie jetzt nicht beleidigt!«, gab Ysell

grinsend zu bedenken und sie konnte an Sabés Gesichtsausdruck ablesen, dass er genau das befürchtete. Dann begann sie zu berichten.

Zunächst war sie nur zu Galib gegangen, um zu sehen, ob sich mit ihm irgendetwas geändert hatte. Er war aber immer noch das gleiche alte Ekel, wie Ysell es ausdrückte. Zunächst hatte er sie eine ganze Weile lang vor seinem Zelt warten lassen. Als sie dann endlich eintreten durfte, hatte er sie behandelt wie eine Dienstmagd – »wenn nicht sogar schlimmer als eine Dienstmagd!«, wie Ysell sagte, und ihr Gesicht war dabei vor Ärger verkniffen. Aber sie hatte sich beherrscht und Galib ordentlich Bericht erstattet. Die ganze Wahrheit hatte sie ihm allerdings nicht erzählt, sondern nur, dass sie eine leere Stadt gefunden hatten.

Galib hatte so getan, als sei das auch das Mindeste, was man erwarten könne, und sie wissen lassen, dass man die Rückkehr der anderen Späher abwarten wolle, da die ja vielleicht noch bessere Gegenden entdeckt hätten.

»Das gibt es doch nicht!« Sabé war während Ysells Bericht aufgesprungen und lief nun vor dem Zelt auf und ab. »Da bringt man dem Dreckskerl Rettung für den ganzen Clan und er will die Leute noch tagelang hungern und dursten lassen, nur, weil er uns den Erfolg nicht gönnt!«

»Er hofft immer noch auf das wilde Land«, stellte Ysell fest, »um es nach seinen eigenen Vorstellungen zu formen. Es ist ihm egal, ob der Clan gutes Land findet; und jetzt, wo es die Stadt gibt, gönnt er uns den Erfolg nicht! Am liebsten würde er uns umbringen lassen, und wenn nicht schon so viele Leute die Wahrheit kennen würden – glaub mir, wir wären unseres Lebens nicht mehr sicher!«

»So wütend war er?«

»Spätestens seit der Aufstellung der Spähtrupps weiß er, was ich von ihm halte!«, bestätigte Ysell mit ausdruckslosem Gesicht. »Und sollte er inzwischen Zweifel bekommen haben, dann sind die ab heute wieder ausgeräumt!«

»Du hast es ihm wieder gesagt«, vermutete Sabé mit düsterer Miene.

»Dass er ein Versager ist? Ja! Dass er nur herrscht, um zu herrschen, ohne Sinn und ohne Ziel? Auch das! Und mehr noch: Ich habe ihm auf den Kopf zugesagt, dass er gar nicht Galib ist, und dass er am besten wieder unter einem Stein verschwände! – Er hat vor Wut gebrüllt und mich rauswerfen lassen.«

»Und seine Leute, was haben die dazu gesagt?«

»Die haben schlechte Laune, weil es schon so lange keinen Wein mehr gibt. Jetzt haben sie sich endgültig vom Saufen aufs Fressen verlegt! Stell dir vor, mehr als zwanzig Säcke Korn lagern in Galibs Zelt! Sie haben auch Fleisch, ich habe ein halbes Tragtier gesehen, und im Lager leiden die Menschen Not! Diesen Leuten ist alles egal, und solange

Galib sie versorgt, werden sie ihn beschützen. Fast wünsche ich mir, dass der Mangel so groß wird, dass sie sich gegen ihn stellen. Aber bis dahin wären die meisten von uns wohl verhungert!«

»Was willst du jetzt machen?«, wollte Sabé wissen.

»Was würdest du denn tun?«

»Aufbrechen natürlich!«

»Dann fang schon mal an, deine Sachen zusammenzupacken!«, meinte Ysell und stand auf. »Morgen geht es nämlich los!«

Den Rest des Tages war Ysell damit beschäftigt, den Clan in zwei etwa gleich große Gruppen aufzuteilen. Galib wollte mit seinen Leuten auf jeden Fall bleiben, bis alle Spähtrupps zurück waren, und er schien nicht bereit, von seiner Entscheidung abzurücken. Etliche Clansleute schlossen sich dem an. Sie wollten bleiben und die Ernte abwarten. Die Gruppe, die zur Stadt gehen würde, sollte nur das Nötigste mitnehmen und die Rationen der Zurückbleibenden würden sich dadurch fast verdoppeln. Außerdem waren viele der Verletzten noch nicht in der Lage den Marsch zu bewältigen und etliche der Gesunden wollten bleiben, um ihre Verwandten und Freunde zu pflegen.

Andere Clansleute dagegen konnten es kaum erwarten, endlich von hier wegzukommen, und so zerfiel der Clan ganz von selbst in zwei etwa gleich große Teile.

Schwieriger war es mit den Trossleuten. Gern wären alle schon morgen losgezogen und es musste gelost werden, wer ging und wer hier bleiben sollte, denn wenigstens fünf Aufspürer und vierzig Tragtiere mit ihren Führern mussten für den äußersten Notfall bleiben.

Ysell rechnete mit einem Marsch von zehn bis zwölf Tagen. Vorräte mussten gepackt werden und alle entbehrlichen Wasserbehälter wurden gefüllt. Jetzt, so kurz vor dem Ziel, wollte man sich nicht mehr damit aufhalten, Wasserlöcher zu graben. Ysell versprach den Zurückbleibenden, so bald wie möglich einen Tross mit frischer Nahrung zurückzuschicken, dann war alles geregelt und die letzte gemeinsame Nacht des Clans brach an.

Bereits im ersten Morgengrauen war fast das gesamte Lager auf den Beinen. Die Vorräte und Zelte wurden auf die Tragtiere gepackt und die Menschen fieberten dem Aufbruch entgegen, als wären sie nicht schon seit annähernd fünf Monden in der Steppe unterwegs. Überall herrschte hektischer Betrieb und mit Erstaunen sah Ysell, dass auch Galibs Gruppe anfing ihre Sachen zusammenzupacken und die Zelte abzubrechen.

»Wir kommen doch mit!«, erfuhr Ysell ungefragt von Eisor, als sie sich mit festem Schritt Galibs Zelt näherte. »Da freust du dich, was?«

Ysell antwortete nicht und ging direkt auf Galib

zu, der untätig dastand und überwachte, wie die Jungs sein Zelt abbrachen. »Wenn ihr mitwollt, dann lasst euer überschüssiges Getreide hier!«, eröffnete sie das Gespräch. »Wir brauchen es weder unterwegs noch in der Stadt und die Leute hier sind bitter darauf angewiesen.«

Unwillig drehte Galib sich nach ihr um. »Wie käme ich wohl dazu?«, sagte er nur.

»Entweder ihr lasst bis auf zwei Sack voll alles hier oder ihr kommt nicht mit!«

»Wie willst du das denn verhindern?«, grinste Galib.

»Etwa so! Pass auf!« Ysell zog ihr Messer und ging zu dem Stapel Getreidesäcke, der bereitlag, um auf die Tragtiere gepackt zu werden. Zwei schnelle Schnitte über Kreuz und das Korn rieselte aus dem aufgeschlitzten Sack in breitem Strom auf den Boden.

»Du verdammte …« Galib riss seinen Dolch heraus, um ihn nach Ysells Rücken zu schleudern. Er riss den Wurfarm weit zurück und wollte ihn gerade vorschnellen lassen, als er plötzlich ein drohendes Knurren hörte, das ihn erstarren ließ. Läufer, Dax und Reißer waren in Ysells Nähe gewesen und hatten sich jetzt blitzschnell vor ihr aufgebaut. Knurrend, mit gesträubtem Nackenfell, zurückgelegten Ohren und hochgezogenen Lefzen, die fingerlange Reißzähne sehen ließen, machten sie Galib unmissverständlich klar, dass sie sofort über ihn herfallen würden, sollte er es wagen, auch nur die kleinste Bewegung zu machen.

Ysell drehte sich um und sah den erhobenen Dolch. »Wirst du nun vernünftig oder soll ich weitermachen?«, fragte sie.

Sachte, ganz sachte senkte Galib den Wurfarm. Das Knurren der Hunde verstärkte sich zu einem Grollen.

Ysell sah, dass einige von Galibs Bewaffneten sich langsam näherten, aber von der anderen Seite eilten auch bereits weitere Aufspürer mit ihren Hunden herbei. Sie drehte sich wieder um und schlitzte blitzschnell den nächsten Sack auf, sodass das Korn wie Wasser in den Staub der Steppe rann. »Wenn ich so weitermache, dann habt ihr bald gar nichts mehr, was ihr auf eure Tiere laden könnt«, stellte sie mit lauter Stimme fest. »Wähle, Galib! Zwei Säcke oder gar nichts.« Ysell hob das Messer.

»Ver…verteil die verfluchten Säcke!« Galib gab auf. Seine Stimme war nur ein heiseres Krächzen und sein Gesicht glich einer Maske des Hasses.

»Fein!«, meinte Ysell, und steckte ihr Messer ein. »Warum nicht gleich so? Steckst du deinen Dolch bitte auch weg? Du machst dich lächerlich!«

Voller Wut schleuderte Galib die Waffe auf den Boden. Läufer missdeutete seine Bewegung und die Anspannung des riesigen Hundes entlud sich in einem gewaltigen Satz. Mit der Geschwindigkeit eines Wimpernschlags und mit der Gewalt eines

Rammbocks warf er Galib zu Boden und war über ihm, bevor er auch nur einen Schrei ausstoßen konnte. Allein dem blitzschnellen Befehl Ysells hatte Galib es zu verdanken, dass Läufer im letzten Moment innehielt und sich darauf beschränkte, breitbeinig über ihm stehen zu bleiben. Galib sah den mächtigen Hundeschädel direkt vor sich, ihre Nasen berührten sich fast und Läufers heißer Atem schlug ihm ins Gesicht. »Ich hab doch gesagt *einstecken*!«, hörte er Ysells Stimme wie von weit her. Plötzlich gab Läufer ihn wieder frei. Galib richtete sich vorsichtig auf und rieb sich den Sand aus den Augen. »Ich schicke jetzt die Leute, die die Säcke holen, und ich möchte, dass sie von euch ordentlich behandelt werden!«, hörte er Ysell noch sagen, und als er wieder richtig sehen konnte, war er mit seinen Leuten allein, die verlegen um ihn herumstanden. Galib wusste, was sie dachten: Er hatte von neuem gegen Ysell verloren und war jetzt nicht einmal mehr in der Lage sie angemessen zu ernähren. Welchen Sinn hatte es, zu Galib zu halten, wenn seine Macht mit jeder Auseinandersetzung mehr und mehr schwand?

Die Stadt Oxyl

Die Hälfte des Clans, die mit Ysell zur Stadt ging, setzte sich vor allem aus jüngeren und gesunden Menschen zusammen und man kam gut voran. Trotzdem brauchte man sieben Tage, bis die ersten Zacken der Berge am Horizont erschienen, und noch drei weitere, bis der Zug den Pass erreicht hatte.

Natürlich war Galib voller Ungeduld, denn seit er von der fliegenden Tasche gehört hatte, hegte er einen schlimmen Verdacht. Zusammen mit Eisor und zwei anderen Bewaffneten ritt er voraus, und als Ysell mit der Hauptgruppe eintraf, war der Erste Clansmann schon lange in der Stadt und hatte sich mit seinen Begleitern im Versammlungshaus eingenistet.

Ysell und Sabé blieb nichts weiter übrig, als den Passübergang selbst zu organisieren, und es verging ein voller Tag, bis die Lasten der Tragtiere wenigstens bis an den Stadtrand geschafft waren. Als Erste verdrückten sich die Ofana und Galibs Jungs, und auch viele andere sahen sich lieber schon mal die Stadt an, statt immer wieder schwer beladen die Passhöhe hinaufzuklettern.

Die Tragtiere konnten den Steilhang nicht begehen, deshalb wurde ein Trosslager am Fuß des Berges errichtet, und es waren Leute einzuteilen, die dort Wache hielten und die Tiere versorgten. Es gab eine Unmenge von Dingen zu erledigen, und als Ysell und Sabé endlich selbst die Stadtgrenze überschritten, war es schon später Abend geworden und fast alle Häuser im Tal waren bereits besetzt, denn Galib hatte den Leuten gesagt, dass sie sich ihr Eigentum ruhig schon nehmen sollten.

Oxyl hatte den Platz in der Stadt reichlich bemessen; dennoch reichten Wohnraum und Ackerland schon jetzt kaum noch aus. Ganze Stadthäuser wurden von nur zwei Personen mit Beschlag belegt und mehr als eine Landarbeiterfamilie hielt zwei oder sogar drei Bauernhöfe nebeneinander besetzt.

Mit den Menschen war auch der Unfriede in das Tal gekommen und es war, als sei Galibs bösartiger Charakter auf die Bewohner der Stadt übergegangen. Man stritt sich um Grenzsteine und Grundstücksgrößen und die erste Nacht im Tal war von der Angst überschattet, der Nachbar könne sich in der Dunkelheit noch schnell einen ungerechtfertigten Vorteil verschaffen. Ysell hörte Berichte von ersten Schlägereien und wurde selbst Zeugin, wie zwei Familien, die im Clan immer friedlich miteinander marschiert waren, wegen eines Stückchens Gartenland mit Knüppeln aufeinander losgingen.

Zusammen mit Sabé suchte Ysell sich eine der letzten freien Behausungen, eine kleine Hütte am Talrand. Im Moment war sie zu erschöpft, um sich noch um irgendetwas zu kümmern, schließlich hatten sie und Sabé den ganzen Weg schon zweimal hinter sich gebracht. Sie hoffte darauf, dass die Leute morgen vernünftiger sein würden und einsahen, dass sie den nachfolgenden Clansleuten auch noch Platz lassen mussten. Dennoch war ihr nicht wohl zumute und ein Gefühl von Traurigkeit und Verlorenheit bemächtigte sich ihrer.

Galibs Leute mussten irgendwo einen Weinkeller entdeckt haben und das Letzte, was Ysell an diesem Abend hörte, war das Gegröle der Betrunkenen, das aus der Stadt herüberwehte.

Sabé erging es kaum besser als Ysell. Auch er machte sich große Sorgen um die Zukunft der Stadt; dennoch schlief er bald ein. Als ihm dann Oxyl im Traum erschien, begrüßte er ihn wie einen alten Freund, hörte ihm aufmerksam zu und freute sich über seinen Besuch. Dennoch war er froh, als das Bild des Zauberers wieder verblasste und er in die wirklich dunklen Gefilde des Schlafes vordringen konnte. Auch das nervöse Geschnaufe und Getapse der Hunde, die das Grölen in der Stadt nicht schlafen ließ, konnte ihn nicht stören und bestens ausgeruht erwachte er am Morgen.

»Allein? Ohne Hunde?« Ysell sah Sabé misstrauisch an. »Der spinnt doch!«

»Hat er aber gesagt«, beharrte Sabé. »Nur mit der Tasche!«

»Der hat ja immer so tolle Tipps auf Lager!«, meinte Ysell verärgert. »Die Hunde sind doch unser einziger Schutz!«

»Oxyl sieht das anders. Er hat gesagt, wir könnten die Leute sowieso nicht auf Dauer zur Einsicht zwingen.«

»Aber die Tasche schafft das, ja?«, schnappte Ysell. »Du und dein Oxyl, ihr …«

»Nicht so!«, fuhr ihr Sabé plötzlich über den Mund. »Denke lieber daran, wie es hier noch vor wenigen Tagen aussah und was Oxyl daraus gemacht hat. Ich bitte mir ein wenig mehr Respekt für ihn aus und deine Wutanfälle kannst du dir ein für alle Mal sparen! Das kann man sich vielleicht als Kind erlauben, aber nicht als Herrscherin dieses Tals!«

Einen Moment lang war Ysell sprachlos. So eine Lektion hatte sie von Sabé noch nie erhalten und einen Moment lang sah es so aus, als wolle sie auf ihn losgehen. Dann sackte sie aber plötzlich in sich zusammen.

»Gut«, sagte sie. »Ich glaube, du hast Recht! – Bist

du dir wirklich sicher, dass es nicht nur ein Traum war?«

»Ganz sicher!«, bestätigte Sabé. »Er war es, Oxyl!«

»Und er hat gesagt, dass *ich* die Herrscherin werden soll?«

»Neben Galib!«, grinste Sabé. »Ich weiß auch nicht, warum, aber er würde es gerne sehen.«

»Werd nicht frech!«, grinste Ysell zurück. »Also gut, gehen wir zu Galib!«

»Ohne Hunde?«

»Ohne Hunde«, bestätigte Ysell. »Aber vergiss die Tasche nicht!«

Sabé und Ysell machten auf ihrem Weg in die Stadt etliche Umwege, weil sie bei allen Gebäuden, die in ihrer Reichweite lagen, den Befehl ausgaben, alle Menschen des Tals am Versammlungshaus zusammenzurufen. Zuerst murrten die Leute und wollten ihren neuen Besitz nicht verlassen, dann gehorchten sie aber doch, weil sie Ysell kannten und es bestimmt wichtige Neuigkeiten zu erfahren gab. Einige, die es gut mit den beiden meinten, warnten sie davor, so ganz ohne Schutz und Waffen in die Stadt zu gehen, denn Galib und seine Bewaffneten beherrschten das Zentrum, und dass der Erste Clansmann Ysell nicht gerade wohlgesonnen war, wusste nun wirklich jeder.

Ysell winkte nur dankend ab. Zwar hatte sie nicht Sabés Zuversicht, aber es war ihr klar, dass sie jetzt eine Entscheidung herbeiführen musste. Eine Herrschaft Galibs, gestützt von seiner Privatarmee, konnte nur Unglück über das Tal bringen und Ysell war bereit das zu verhindern, wenn ihr im Moment auch äußerst mulmig zumute war.

Wegen der vielen Umwege und Gespräche, die sie hinter sich gebracht hatten, war es bereits kurz vor Hochsonne, als Ysell und Sabé auf dem Platz vor dem Versammlungshaus eintrafen. Einer von Galibs Jungs schob vor der Tür Wache und rief etwas ins Gebäude hinein, als er die beiden erblickte. Mittlerweile waren auch schon etliche Siedler eingetroffen und Galib musste sehr nervös sein, denn binnen kurzem kam er, gefolgt von seinen Männern, aus dem Haus und baute sich oben an der Treppe auf.

»Steckst *du* wieder dahinter?« Sein Blick glitt über die Menge, die größer und größer wurde, und blieb dann auf Ysell liegen.

»Es gibt viel zu tun heute«, antwortete Ysell. »Ich wollte dich fragen, was du schon unternommen hast, um die Clansleute in der Steppe zu versorgen. Hast du schon Vorräte zusammenpack…«

»Was geht dich das an, Trossfrau?«, unterbrach Galib sie. »Die Leute in der Steppe haben es doch gut! Sie haben ein Wasserloch und bald werden sie sogar frisches Getreide haben. Was will man mehr?«

Die Bewaffneten an Galibs Seite, allen voran Eisor, grinsten und hinter Ysell wurde in der Menge da und dort beifälliges Gemurmel laut. Galib wartete auf eine hitzige Entgegnung Ysells, die aber stand nur ruhig da, und so war er genötigt, selbst fortzufahren: »Du siehst doch selbst, dass die Stadt jetzt schon voll ist!«, sagte er. »Das Letzte, was wir brauchen, ist diese Horde Alter und Kranker, die ja noch nicht einmal den Marsch hierher schaffen konnten. Warum sollte ich diesen Versagern wohl helfen, geschweige denn, sie in die Stadt holen lassen?«

»Weil sie durch deine Schuld dort bleiben mussten«, stellte Ysell fest. »Weil es als Erster Clansmann deine Pflicht ist, dich um *alle* Clansleute zu kümmern. Und wenn das noch nicht reicht, dann eben, weil ich es versprochen habe!«

»Da warst du wohl ein wenig voreilig!«, meinte Galib mit höhnischem Grinsen. »Wie willst du das denn machen, wenn ich dich und deinen Freund jetzt verhaften und in den Keller sperren lasse?«

Ysell sah sich um. Die Gesichter der Menschen hinter ihr waren leer. Zwar hatten etliche von ihnen, zu welchem Zweck auch immer, Knüppel oder Metallwerkzeuge mitgebracht, aber wenn sie auch von Galibs Verhalten angewidert waren, so meinten die meisten von ihnen doch ihren neu erworbenen Besitz vor den Clansleuten in der Steppe beschützen zu müssen. Sie waren jetzt Siedler und kaum einer von ihnen würde seine Hand erheben, um Ysell und Sabé vor Galibs Übergriffen zu schützen.

»Du willst uns verhaften lassen?«, erklang da plötzlich Sabés Stimme neben Ysell. »Das versuch nur!« Er stellte die Tasche vor sich auf den Boden und es sah fast so aus, als wolle er sich auf einen Faustkampf vorbereiten.

Galib lachte. »Ihr wehrt euch besser nicht. Meinen Leuten sitzt die Klinge ziemlich locker!«

Plötzlich teilte sich die Menge hinter Ysell, und ehe sie sich versah, stand Pekan mit einem Gefolge von mehr als zwanzig Trossleuten neben ihr und auch eine kleine Schar von Clansleuten trat vor und machte Front gegen Galib und seine Truppe, die jetzt nervös auf die Trosshunde schauten.

»Schickt die Hunde zurück!«, rief Ysell ihren Kameraden zu. »Sie dürfen nicht eingreifen!« Verständnislos zogen sich die Aufspürer mit den Tieren wieder zurück. Nun waren nur noch Pekan und die anderen Tragtierleute hinter Ysell und ohne den Schutz der Hunde war es ihnen doch sehr unbehaglich.

»Ist das nicht Pekan?«, höhnte Galib von der Treppe herunter. »Bei dem müsst ihr aufpassen«, wandte er sich dann grinsend an seine Männer. »Der ist so blöd, wenn der eine Axt über den Schädel kriegt, kippt er noch nicht einmal um, weil er nicht begreift, was damit gemeint ist!«

Galibs Jungs lachten und Pekan wollte etwas erwidern, aber Ysell kam ihm zuvor. »Was sind deine nächsten Pläne, Galib?«, wollte sie mit lauter

Stimme wissen. »Gefällt dir das Land hier eigentlich, oder willst du bald aufbrechen, um etwas Besseres zu finden? Vielleicht – *wildes* Land?«

Es riss Galib förmlich herum, als er diese Worte aus Ysells Mund vernahm. Er musste bereits geahnt haben, dass mit dieser verlassenen Stadt etwas nicht stimmte, aber wie alle größenwahnsinnigen Herrscher hatte er die Wahrheit nicht sehen können und auch nicht sehen wollen. Trotzdem klang es wie die Bestätigung von lange Gewusstem, als er nach einer Pause wieder sprach: »Ihr habt es verbraucht!«

»Bis auf den letzten Rest!«, bestätigte Ysell stolz. »Erstaunlich, was man aus wildem Land alles machen kann, nicht? Wir haben einen Zauberer getroffen und er hat diese Stadt daraus gebaut. Er hat es getan, damit der Clan lebt und damit Leute wie Psidayron oder ein gewisser Ishad keine Chance haben!«

Spätestens der Name des Zauberers aus grauer Vorzeit sagte Galib, dass Ysell wusste, wovon sie sprach, und sein Gesicht verzog sich zu einer aschfahlen Grimasse des Hasses.

»Es war übrigens ein wirklich großer Zauberer«, fuhr Ysell mit rasendem Herzen fort, denn gleich würde die Entscheidung fallen, »er war im vollen Besitz seiner Kraft! Nicht so ein entmachtetes Ekel wie du! Und er hat mir auch gesagt, wie ich mit dir fertig werde! – Ich möchte dich jetzt gern allein sprechen.«

»Nein!«, keuchte Galib und seine Augen traten fast aus den Höhlen. »Ihr habt das wilde Land verbraucht! Das durftet ihr nicht tun! Nein! Nein! Nur das nicht!« Plötzlich brüllte er seine Leute an: »Ergreift sie! Erschlagt sie! Tötet sie! – Sofort!«

Darauf hatte Eisor nur gewartet. Endlich sah er eine Chance, mit seinen alten Feinden abzurechnen, die ja zudem noch unbewaffnet waren. Blitzartig stürmte er, gefolgt von fünf anderen Bewaffneten auf Ysell und Sabé zu. Sein Gesicht verzog sich in bösartiger Vorfreude und die Spitze seines Speeres zeigte genau auf Ysells Herz. Pekan und die anderen wichen zurück, denn den Waffen von Galibs Leuten hatten sie nichts entgegenzusetzen.

Die Tasche hatte die ganze Zeit über ruhig vor Sabé gestanden. Als die Angreifer nur noch fünf Schrittmaß entfernt waren, öffnete sich plötzlich der Verschluss. Schneller als der Flügelschlag eines Vogels sprang die Tasche auf und ein fahlgrauer Schatten jagte auf Eisor und seine Kumpane zu. Es war nur ein nebelhaftes Gespinst, das sich den Männern entgegenstellte, aber sie prallten daran ab, als seien sie gegen eine Mauer gerannt. In Ysells Rücken ertönte ein vielstimmiger Aufschrei, aber trotzdem konnte sie das Krachen brechender Knochen genau hören. Die Männer fielen mit seltsam abgewinkelten Köpfen in den Staub. Die Erscheinung hatte ihnen blitzschnell das Genick gebrochen und zog sich nun langsam wieder in die Tasche zurück.

Galib stand mit halb offenem Mund oben auf der Treppe und konnte den plötzlichen Untergang seiner Garde noch gar nicht begreifen.

Ysell musste schlucken, als sie die sechs toten Männer zu ihren Füßen liegen sah, dann räusperte sie sich. »Kann ich dich jetzt bitte allein sprechen?«, fragte sie Galib, der sich nur wortlos umdrehte und in das Haus ging.

Ysell machte einen großen Bogen um die Toten und ging zwischen den anderen Bewaffneten auf das Haus zu. Niemand stellte sich ihr in den Weg.

Galib saß bereits an dem langen Tisch im Versammlungssaal, als Ysell hereinkam. Mit festen Schritten ging sie durch den Raum und setzte sich ihm gegenüber. »Nun, Ishad«, sprach sie den Dämon an, »es ist so weit! Verlasse jetzt diesen Körper oder ich werde dich dazu zwingen!«

»Ich will nicht sterben!« Galibs Stimme war kaum mehr als ein Flüstern.

»Ich will meinen Mann zurückhaben«, sagte Ysell schlicht. Sie konnte mit diesem Ungeheuer kein Mitleid empfinden, denn sie hatte das Blut der Kinder nicht vergessen, das Oxyl erwähnt hatte. Dann griff sie in die Tasche ihrer Weste, um Galib alles zu schenken, was sie besaß.

»Du wolltest mein Saatgut stehlen, aber das konntest du nicht – denn ich schenke es dir! Ich schenke es dir von ganzem Herzen, und hier hast du den Rest!« Sachte ließ Ysell die paar Körner aus ihrer Hand auf die Tischplatte rieseln und schob sie Galib dann zu.

Galib sah unwillig auf. »Was soll das?«

»Der Rest vom Saatgut meiner Eltern«, erklärte Ysell. »Diese Körner hatte ich mir eingesteckt!« Dann griff sie wieder in die Tasche ihrer Weste und legte das Zuchtbuch des Zwingers vor Galib auf den Tisch. »Das ist Bogans Vermächtnis«, erklärte sie. »Er hinterließ es mir, damit ich eine Zukunft als Züchterin habe!« Sie schob das Buch ein Stück weit auf Galib zu. »Es gehört dir!«

»Nein!« Galib schlug mit der Faust auf den Tisch und sprang auf. »Nein, nein, nein!« Es war nicht mehr Galibs Stimme, die da aus seinem Munde sprach, es war ein verzerrtes Heulen, wie das eines Tieres in Not. Galib hatte sich halb vom Tisch erhoben. Er wollte fort, denn der Dämon in ihm spürte, dass Ysell nun wirklich die Macht hatte ihn zu besiegen. Er wollte fliehen, aber die Körner und das Buch auf dem Tisch hielten Galibs Blick gefangen und er konnte nicht fort.

»Hier, der Ring meiner Mutter!« Ysell stand aufrecht vor dem Tisch und hielt Galib ihre flache Hand entgegen. »Nimm ihn, denn auch er gehört dir!«

»Verschwinde, du Hure! Hau ab, du dumme

Schlampe! – Raus hier!«, brüllte der Dämon und Galibs Kopf ruckte bei jedem Satz vor, wie der einer zustoßenden Schlange. »Ich mach's mit der Ofana! Die ist besser als du! Viel besser! Ich brauche dich nicht! Ich will deine Geschenke nicht!«

»Ich weiß«, erwiderte Ysell mit kaltem Lächeln. »Und gerade drum!« Mit einer raschen Bewegung streifte sie ihre Weste ab. »Hier mein letztes Geschenk«, fuhr sie fort und löste die Schlaufen ihres Umhangs, sodass er zu Boden fiel, »als Letztes nimm mich – denn ich liebe dich und ich begehre dich! Aber *du* musst es sein – *Galib*! Der andere gehe nun zurück in die Finsternis, aus der er kam!«

Da wurde Galib ganz still. Wie in großem Schmerz krümmte er sich, klammerte sich an die Tischplatte, und plötzlich sah Ysell, dass ein kleines Tier aus seinem Umhang gekrochen kam. Unwillkürlich trat sie einen Schritt vor. Es war ein hübsches Tierchen, mit einem goldfarbenen Pelz. Sein Körper war zwischen Galib und der Tischplatte eingeklemmt und nur sein Kopf mit den großen, flehenden Augen war zu sehen. Es litt Schmerzen! Es würde von Galib zerquetscht werden, der sich wie im Krampf immer weiter vorbeugte. Schnell streckte Ysell ihre Hand aus, um das Tierchen aufzunehmen; da brach plötzlich aus den Fugen des Bodens ein gleißend helles Licht hervor und Ysell riss, so schnell sie konnte, ihre Hand zurück, denn jetzt konnte sie die wahre Gestalt des Tieres erkennen.

Eine handtellergroße Spinne, schwarz wie die unerschaffenen Wesen im wilden Land, lauerte unter Galibs Brust auf der Tischplatte und wartete mit funkelnden Augen darauf, von Ysell aufgenommen zu werden.

»Das hast du dir fein ausgedacht!«, zischte Ysell. Blitzschell holte sie aus und fegte das Scheusal mit einem Schlag vom Tisch, dass es sich auf dem Boden noch ein paar Mal überschlug.

Galib sank auf den Tisch, rutschte seitlich ab und schlug schwer auf den Steinboden. Sein Brustkorb arbeitete heftig, dann krümmte er sich erneut und blieb regungslos liegen. Ysell ging schnell um den Tisch herum und suchte auf dem Boden nach der Spinne. Das Tier steckte zwischen zwei Bodenplatten fest und wurde von einer unsichtbaren Kraft langsam in den Spalt hinabgezogen. Ysell meinte, das ängstliche Weinen eines Kindes zu hören, wohl ein letzter Versuch des Dämons, Mitleid zu erwecken, dann verschwand der Leib der Spinne unter den Steinplatten und es war nichts mehr von ihr zu sehen. Nur noch ein grelles Licht brach für einen Moment aus der Tiefe hervor, dann war alles wie vorher – Oxyl hatte sich Ishads angenommen.

Rasch ging Ysell auf Galib zu und beugte sich zu ihm nieder. Er war bewusstlos, aber er begann sich schon wieder zu regen. Sie hockte sich neben ihn und legte vorsichtig seinen Kopf in ihren Schoß, da schlug er auch schon die Augen auf und sah sich verwirrt um. »Oh, ihr Götter, was ist denn los?«

»Du warst wahnsinnig, aber jetzt bist du wieder gesund!«

»Ich habe einen Geschmack im Mund, als hätte ich Pferdeäpfel gekaut!«

»Hast du das mal gemacht?«, wollte Ysell wissen.

»Natürlich!«, bestätigte Galib schwach grinsend. »Als Kind versucht man *alles*! – Wieso bist du eigentlich nackt und wo sind wir hier?«

»Nun, das ist eine lange Geschichte«, sagte Ysell.

Galib war sofort nach der Vertreibung des Dämons wieder ganz der Alte. Nach einer kurzen Zeit der Erholung, in der er sich alles berichten ließ, was vorgefallen war, fing er an, all das wieder in Ordnung zu bringen, was Ishad angerichtet hatte. Zwar konnte er die Toten nicht wieder lebendig machen, aber er konnte sich wenigstens so gut wie möglich um die Lebenden kümmern. Gemeinsam mit ihm sorgte Ysell dafür, dass die »Jungs« entwaffnet wurden und ordentliche Stadtsoldaten an ihre Stelle traten. Die Clansleute in der Steppe wurden versorgt und baldmöglichst nachgeholt und sie fanden auch genügend Platz zum Leben vor, denn der Einfluss des bösartigen Dämons hatte die Siedler vollständig verlassen und die Menschen handelten wieder einsichtig und hilfsbereit.

Bald schon war der ganze Clan vollzählig und zur

Zeit des nächsten Vollmonds gab es ein großes Fest im Tal, denn wenn man die Möglichkeit hat, ein so junges und schönes Paar wie Ysell und Galib zu Herrschern zu erwählen, dann ist das allemal ein Grund zu feiern.

Sabé blieb nicht mehr allzu lange in der Stadt, aber bevor er sich auf den Weg machte, ging er noch in der Spelunke vorbei, in der sich vor allem Galibs ehemalige Truppe traf. Die Ofana war dort Wirtin. Wenn sie genug getrunken hatte, dann schmiss sie eine Runde nach der anderen und überließ ihren Gästen schließlich ganz das Feld, um sich unter irgendeinem Tisch zur Ruhe zu begeben. Jetzt war es aber früh am Abend und die Unterhaltung spielte sich noch über den Tischplatten ab.

»Ich wollte mir von euch eine gute Reise wünschen lassen«, sagte Sabé, als er den Raum betrat. Alle Gespräche waren verstummt und aller Augen waren misstrauisch auf die Tasche gerichtet, die neben ihm auf dem Boden stand. »Ich weiß nicht genau, wie lange ich fort sein werde, aber ich komme bestimmt zurück, und dann hoffe ich, dass wir nicht *noch* ein paar Leuten die Köpfe zurechtrücken müssen! – Benehmt euch also anständig!« Die Tasche war bei diesen Worten ein Stück nach vorne geprescht und hing nun drohend zwischen Sabé und den Männern. Kurz ruckte sie auf die Gruppe zu, als wolle sie sich schon jetzt ihr erstes

Opfer holen, und die ganze Schar wich ängstlich zurück. Sabé hoffte, dass die Männer die Drohung nicht vergaßen, denn er würde recht lange fortbleiben. Aus den Gesprächen mit Oxyl wusste er, wie groß die Welt wirklich war, und er wollte sich all die Wunder selbst ansehen – schließlich hatte er einen gut aufgeladenen Bringer!

Epilog

Ysell und Galib regierten das Tal gemeinsam über zwanzig Jahre lang, und wenn sie auch kein Königspaar waren, so wurden sie doch als die Herrscher des Tals verehrt und ihre Kinder wurden von allen als ihre Nachfolger angesehen.

Ysell und Galib waren oft für lange Zeit unterwegs, um die Dinge im Land zu ordnen. Spähtrupps wurden ausgesandt und tief in der Einöde fand man noch weitere Clandörfer, von denen einige bewohnt waren. Manche Clans hatten es geschafft, der Steppe ein Stück dauerhaft fruchtbares Land abzuringen. Man legte Handelswege zwischen den Orten an und errichtete Rasthäuser. Aufspürer mit Trosshunden patrouillierten auf den Strecken und die Jumper wurden weit in die Steppe zurückgedrängt. Schließlich wurde auch der Weg zur Heimatstadt mit Wegmarkierungen gangbar gemacht und ein guter Tross konnte die Strecke in nur zwei Monden bewältigen.

Den Oberen der Heimatstadt ließ man die Nachricht zukommen, dass man dabei sei, die Steppe nach weiterem guten Land zu erkunden, und dass der nächste Clan direkt zur Stadt kommen möge, um sich ein Gebiet auszusuchen.

Eines Tages kam Galib nicht mehr von einer Erkundungstour zurück und es hieß, er sei zusammen mit fünf anderen in den Sandfeldern umgekommen. Ysell wartete bis zu ihrem letzten Tag auf seine Rückkehr, aber sie ließ es nicht zu, dass die Ungewissheit sie lähmte, und kümmerte sich, neben der Aufzucht von Trosshunden, von nun an allein um die Regierungs- und Verwaltungsgeschäfte.

Ysell wachte über alles. Sie war eine große Herrscherin über Stadt und Land und ihr immer noch leicht aufflammender Zorn war bei den Ungerechten gefürchtet. Sie achtete aber darauf, dass in ihrem Reich das Recht nicht die Güte erdrückte, die Strenge nicht der Liebe schadete und dass es den Richtern nicht an Weisheit fehlte. Denn sie hatte nicht vergessen, wie einstmals alles begonnen hatte.

Ysell regierte ihr Land mit Klugheit und Weitsicht, und als ihre Zeit gekommen war, da ging sie in Frieden, denn sie wusste, dass sie etwas zurückließ, auf das sie stolz sein konnte. Menschen aus dem ganzen Tal und aus vielen Clandörfern kamen, um ihr das letzte Geleit zu geben, und ein Bildhauer wurde beauftragt eine Statue der Herrscherin zu fertigen, so, wie die Ältesten sie noch vor Augen hatten. – Und so kann man Ysell noch heute sehen, wenn man die Stadt findet, die mittlerweile verlassen ist und schon vor langer Zeit ein Raub des Sandes wurde: eine junge Frau in einfacher Kleidung, den Blick in die Ferne gerichtet und weit ausschreitend. – Und auf dem Sockel der Statue stehen, unter dem ihren, die Namen der drei Trosshunde, in deren Mitte sie geht: Reißer, Dax und – ganz zuoberst – Läufer.

Die Deutsche Bibliothek – CIP-Einheitsaufnahme
Ein Titeldatensatz für diese Publikation
ist bei Der Deutschen Bibliothek erhältlich

Stuhr, Michael:
Der Ruf der Steppe
ISBN 3 522 17374 0

Umschlagillustration: Daniela Chudzinski
Umschlagtypografie: Michael Kimmerle
Satz: KCS GmbH in Buchholz/Hamburg
Reproduktion: Immedia 23 in Stuttgart
Druck und Bindung: Friedrich Pustet in Regensburg

5 4 3 2 1* 00 01 02 03 04

Thienemann im Internet: www.thienemann.de

Ralf Isaus Jahrhundert-Roman

672 Seiten,
ISBN 3 522 17306 6

Der Kreis der Dämmerung
Teil I: 1900-1929

Als David Camden am 1. Januar 1900 geboren wird, prophezeit die Hebamme den Eltern, ihr Junge sei ein Jahrhundert-Kind, ausgestattet mit besonderen Fähigkeiten, aber auch mit einer großen Bürde belastet, denn Jahrhundert-Kinder erscheinen nur dann auf dem Weltenplan, wenn sich die Menschheit in großer Gefahr befindet.

736 Seiten,
ISBN 3 522 17335 X

Der Kreis der Dämmerung
Teil II: 1930-1945

Exakt einhundert Lebensjahre sind David gegeben, um dem Kreis der Dämmerung das Handwerk zu legen. Dreißig Jahre sind bereits verronnen. Fieberhaft verfolgt David auf der ganzen Welt Spuren des Geheimbundes. Als seine jüdische Frau Rebekka im nationalsozialistischen Deutschland spurlos verschwindet, spürt er, wie sich die Schlinge enger zieht.

THIENEMANN